붉은
밤을 날아서

옮긴이 문세원

인하대학교 독어독문과를 졸업하였다. 이후 미국, 스위스, 캐나다 등지에서 학업 및 직장 경력을 쌓았으며, 여러 분야에서 출판, 산업 번역 경력이 풍부하다. 현재 출판기획 및 전문번역가로 활동하고 있다.
옮긴 책으로는 《마릴린 먼로의 점에서 소크라테스를 읽다》《나는 피노키오 부모인가》《세상에서 가장 포근한 담요》《샘과 앨리스의 미라 대모험》《티미스트의 긍정 코드 100》《세상의 모든 아들이 꿈꾸는 최고의 아빠》《소년과 작은 새》《옵티미스트의 긍정 코드 100》 등 다수가 있다

붉은 밤을 날아서

1판 1쇄 발행 2010년 6월 11일 | **1판 3쇄 발행** 2013년 7월 29일

지은이 벤 마이켈슨 | **옮긴이** 문세원
펴낸이 조재은 | **펴낸곳** (주)양철북출판사 | **등록** 제25100-2002-380호(2001년 11월 21일)
편집 임중혁 김성은 김지훈 김인정 박시영 | **디자인** 나지은 | **마케팅** 조희정 이단비 | **관리** 정영주
주소 서울시 마포구 양화로8길 17-9 | **전화** 02)335-6407 | **팩스** 02)335-6408
ISBN 978-89-6372-025-8 03840 | **값** 9,000원

Red Midnight by Ben Mikaelsen
Copyright © 2002 by Ben Mikaelsen.

카페 http://cafe.daum.net/tindrum 블로그 http://blog.naver.com/tin_drum

※ 잘못된 책은 바꾸어 드립니다.

Red Midnight

벤 마이켈슨 지음 | 문세원 옮김

양철북

붉은 밤하늘을 경험한
모든 아이들에게 이 책을 바칩니다.

:: **차례**

한밤의 군인들

1981년 5월 18일

과테말라, 도스 비아스

    그들이 우리 마을을 불태우던 날 밤의 기억을 떨쳐 내려 애를 쓴다. 그날 밤의 기억은 내 마음속에 희부연 구름처럼 자리 잡고 있다. 때때로 그 구름이 걷히면서 또다시 사람들의 비명, 군인들의 고함 소리와 총성이 들려온다. 개 짖는 소리가 들린다. 또다시 총성이 울리자 개 짖는 소리가 멎는다. 이어서 더 큰 비명과 함께 사람들이 죽어 나간다.

    그날 밤 나를 흔들어 깨우던 어머니를 기억한다. 내 품으로 여동생을 밀어 넣던 어머니의 목소리에 공포가 배어 있다.

    "일어나라, 산티아고!"

    낮지만 강한 속삭임이다.

"안젤리나를 데리고 도망치거라! 저들이 우리를 죽이러 오고 있어.
어서!"

어머니의 말대로다. 내가 안젤리나의 손을 붙들고 숲을 향해 고꾸라
지듯이 달리기 시작하자 군인들이 모습을 드러낸다. 횃불을 들고 우리
가 사는 작은 마을을 헤집고 다니며 집집마다 불을 지른다. 횃불에 비친
군인들은 웃는 얼굴이다.

우리 마을의 집들은 꽤 단순한 구조물이다. 흙바닥에 나무줄기로 벽
을 세운 다음 짚을 엮어 지붕을 얹었다. 마른 나무줄기로 만든 벽은 쉽
게 불이 붙는다. 군인들이 불길을 피해 뛰쳐나온 사람들을 죽이기 시작
한다. 총소리는 마체테(중남미에서 쓰는 날이 넓은 큰 칼로 농사용이나 무기
로 쓴다 — 옮긴이)로 코코넛을 내려치는 소리와 비슷하다.

나는 안젤리나의 손을 붙잡고 어둠 속을 내달린다. 그러나 무언가에
발이 걸려 넘어진다. 나는 넘어져 쓰러지면서 동생을 끌어당겨 마을 끝
자락에 있는 수풀 속으로 숨는다. 고개를 돌려 우리 마을에서 올라오는
불길을 바라본다. 그리고 군인들이 우리 가족과 이웃들에게 어떤 짓을
저지르는지를 두 눈으로 똑똑히 본다.

내게는 남동생 둘과 여동생 둘이 있다. 남동생은 아르투로와 롤란도,
여동생은 아니타와 안젤리나다. 열두 살인 내가 맏이다. 이날 밤, 안젤
리나를 제외한 우리 가족은 전부 죽는다. 모두 내가 보는 앞에서 죽는
다. 강간과 고문을 당하는 장면을 목격한다. 이날 밤 내가 본 것은 도저
히 입 밖으로 낼 수 없는 일들이다.

공포와 고통으로 터져 나오는 비명 소리가 밤공기를 메운다. 할아버

지를 보는데 내 눈에 눈물이 차오른다. 아돌포 할아버지가 도망치려 한다. 우리 할아버지는 나이 많은 노인이다. 할아버지가 총살당하는 모습을 차마 볼 수 없어 밤하늘을 올려다본다. 구름이 잔뜩 낀 하늘이다. 구름 사이로 나오는 가느다란 달빛이 마치 유령처럼 보인다. 설마 군인들이 달을 향해서까지 총을 겨누지는 않겠지.

안젤리나는 어둠 속에서 내게 꼭 붙어 있다. 행여나 동생이 소리라도 지를까 손으로 동생의 입을 막는다. 눈도 가릴 수 있다면 좋으련만 뜻대로 되지 않는다. 뭔가 끔찍한 일이 벌어지고 있다는 것쯤은 동생도 이미 알고 있다.

수풀 속에서 무언가가 움직인다. 나는 숨을 죽인다. 군인이라고 생각했는데 귀에 익은 목소리가 들려온다.

"산티아고, 계속 뛰어!"

라모스 삼촌이다. 그리 멀리 떨어지지 않은 곳에 삼촌이 쓰러져 있다. 거친 삼촌의 숨소리가 병든 말이 내는 소리 같다.

"삼촌, 같이 가요."

"안 돼, 난 총에 맞았어."

"제가 도울게요."

"아니라니까. 나는 이미 틀렸다만 너희는 살아야 해. 어서 가거라!"

나는 고개를 끄덕인다. 하지만 열두 살짜리 소년은 네 살짜리 여동생을 데리고 대체 어디로 가야 할지 막막하다. 과테말라의 전 국민이 공포에 떨고 있다. 과테말라에서는 더 이상 도망칠 곳이 없다.

"어디로 가야 하죠?"

내가 묻는다.

"과테말라를 떠나야 해. 최대한 멀리 가서 오늘 밤 이곳에서 벌어진 일을 세상 사람들에게 알려라."

"하지만 누가 제 이야기를 들어주겠어요. 저처럼 어린애가 하는 말을요."

통증이 오는지 라모스 삼촌이 아랫입술을 꼭 깨문다. 피가 배어 나온다.

"오늘 밤 벌어진 일을 목격한 것만으로도 너는 이미 어른이다."

삼촌의 목소리가 잦아든다. 삼촌은 가까스로 몸을 돌려 내 눈을 들여다본다.

"이 나라를 도우려는 바람이 부는구나."

삼촌이 말을 잇는다.

"지금 가거라! 그 바람을 타고 말이다. 저들의 만행을 밝힐 수 있는 사람은 너뿐이야."

"하지만 어디로요? 멕시코로요?"

내가 묻는다.

라모스 삼촌은 고개를 젓는다.

"북쪽도 이미 군인들로 가득해. 이사발 호수(과테말라에서 가장 큰, 북동부에 있는 호수—옮긴이)가 있는 남쪽으로 가서 카유코를 타고 미국으로 건너가거라."

삼촌이 턱을 치켜들며 말한다.

"내 주머니에 나침반이 들었어. 전에 어떻게 쓰는지 가르쳐 줬지? 그

걸 가지고 가거라."

나는 시키는 대로 한다. 카유코란 돛이 달린 항해용 카약으로 라모스 삼촌은 자신이 만든 카유코를 대단히 자랑스러워했다. 나는 삼촌의 주머니에 손을 찔러 넣어 나침반을 꺼낸다. 거대한 손목시계처럼 생겼다.

라모스 삼촌이 기침을 하자 목에서 피가 나온다.

"잘 들어라. 바늘의 붉은 끝이 가리키는 곳이 항상 북쪽이다. 그것만 기억하면 돼. 이제 가거라!"

나는 안젤리나의 입을 막았던 손을 풀고 일어선다. 뛰려고 몸을 돌리는 순간 군인 하나가 나를 발견한다. 마을에서 솟구쳐 오르는 불길 덕분에 내 얼굴이 훤히 드러나 보일 것이다. 군인이 총을 들어 나를 겨눈다. 나는 다시 안젤리나의 손을 잡고 숲 속으로 뛰어든다. 총소리가 내 뒤를 따라온다. 총알이 돌멩이들처럼 쏟아지더니 주변의 나무에 박힌다.

나는 멈추지도, 돌아보지도 않는다. 오늘 밤 죽음은 바로 문턱 너머에서 나를 기다린다. 나는 캄캄한 어둠 속을 빠르게 질주한다. 익숙한 길이다. 무거운 옥수수 더미를 지고 이 길을 다닌 것만 벌써 여러 번이다. 옥수수밭에서 우리 집으로 향하는 길이다.

"거기 서지 못해!"

뒤에서 고함 소리가 들려온다.

"죽여 버리고 말 테다!"

안젤리나는 더 이상 뛰지 못한다. 나는 안젤리나를 번쩍 들어 안고 뛴다. 숨도 쉴 수 없을 지경이지만 계속 달린다. 너무 무서워서 도저히 멈출 수 없다. 밤공기를 뚫고 개구리와 귀뚜라미 우는 소리만 들려올 즈음, 나는 비로소 멈춘다. 그제야 나는 뒤를 돌아다본다.

세상이 어떻게 되었나 보다. 마을에서 시작된 불길이 별을 향해 솟구쳐 오르는 모습이 나무 위로 보인다. 빨갛게 타오르는 밤하늘이 마치 타서 없어질 것만 같다.

카유코

내가 도망친 이야기와 카유코에 대한 이야기를 시작하기에 앞서 나에 대해 먼저 말해 두어야겠다. 내 이름은 산티아고 크루스다. 나는 도스 비아스라는 마을에서 태어나고 자랐다. 중앙아메리카 대륙, 과테말라의 낮은 산악 지대에 자리한 작은 마을이다. 과테말라는 우리의 선조, 즉 고대 마야인들이 남긴 돌 유적들로 가득한 위대한 나라이다. 나이든 어른들은 아침 안개 사이로 솟아 있는 신성한 유적지들에 대해 이야기할 때면 목소리를 낮추곤 한다. 그곳들은 여전히 성스러운 곳이기 때문이다.

나는 그런 곳에는 가 보지도 못했다. 우리 마을 외에 내가 가 본 곳이라고는 이사발 호수뿐이다. 마이즈 추수철이 되면 나는 라모스 삼촌을 도우러 이사발 호수로 간다. 마이즈는 토르티야(옥수숫가루나 밀가루를 발효시키지 않고 얇게 만든 빵—옮긴이)의 재료가 되는 옥수수다. 내가 사는 곳은 초록이 우거진 아름다운 산으로 숲이 무척이나 울창해서 지나가려면 마체테로 길을 내면서 걸어야 할 정도다. 우리 마을 사람들은 언제 닥칠지 모르는 위험을 대비하기 위해서 항상 마체테를 지니고 다닌다.

도스 비아스에는 도로도 없고 차도 없다. 물은 냇가에서 길어다 쓰고 나무로 불을 지펴서 음식을 만든다. 산비탈에는 옥수수밭이 펼쳐져 있고 숲에는 독수리, 앵무새, 벌새, 올빼미 등 여러 새들이 산다.

우리는 이 땅을 무척이나 사랑한다. 하지만 가난한 우리 가족이 가진 것이라곤 병아리 몇 마리와 우리가 기르는 옥수수가 전부다. 우리는 캄페시노, 다시 말해 농민이다. 농민들의 삶은 워낙 힘든 법이지만 우리의 경우는 더 심하다. 우리는 인디헤노스, 즉 원주민이기 때문이다. 우리 선조인 위대한 마야인들은 오래전 에스파냐 사람들이 배를 타고 이 땅을 발견하기 전부터 이곳에 살았다. 지금도 스페인 사람들은 자기들이 우리보다 우월하다고 여긴다. 이해할 수 없는 일이다.

우리 마을에 갈 방법은 도보밖에 없기 때문에 짐은 무조건 등에 져야 한다. 라모스 삼촌은 일 년에 두 번 우리 마을에 와서 옥수수 추수를 돕는다. 아버지와 나도 해마다 이사발 호숫가의 라모스 삼촌 집으로 가서 추수를 돕는다.

라모스 삼촌 집에 가려면 세 시간에 걸쳐 산을 탄 다음 트럭을 타고 두 시간을 더 가야 한다. 그렇게 핀카(finca)에 도착한다. 핀카란 대규모 농장을 말한다. 삼촌이 사는 곳이다. 근처 이사발 호수의 나무로 만든 작은 부두에는 라모스 삼촌의 카유코가 매여 있다.

카유코는 이곳을 찾는 관광객들이 타는 크고 하얀 플라스틱 보트와는

다르다. 관광객들이 타는 보트는 물 위에 뜬 거대한 빌딩처럼 보이지만 카유코는 그렇지 않다. 나무속을 파서 만든 조그마한 회색빛 카약일 뿐이다. 라모스 삼촌의 카유코는 바다 카약으로 그 길이가 픽업트럭만 하지만 폭이 좁아 팔을 뻗으면 양쪽 면을 동시에 잡을 수 있다. 천으로 만든 돛은 나비 날개 모양이다. 그리 높지 않아 노를 들어 올리면 꼭대기에 닿을락 말락 한다.

라모스 삼촌과 마이즈 추수를 할 때면 나는 자꾸만 하던 일을 멈추고 이마의 땀을 훔쳐야 한다. 구름 한 점 없는 하늘에 떠 있는 태양은 불덩이처럼 이글거린다. 나는 이따금 시원한 호숫가를 내려다보며 작은 부둣가에 묶인 카유코를 바라본다.

삼촌의 카유코는 우리가 일하는 동안 호숫가를 지나는 여느 카유코들과는 다르다. 배 한가운데에 돛을 매다는 기다란 장대가 있는데 이 돛은 좌우로 흔들거리는 장대 아랫부분을 감싸고 있다. 라모스 삼촌에게 카유코에 대해 묻지 않는다. 아버지는 그런 이야기를 하느라 낭비할 시간이 없단다. 하지만 꿈꾸는 것까지 허락받을 필요는 없지 않은가. 눈을 감으면 나는 나비가 된다. 바람은 나를 실어 호수 반대편으로 데려간다.

"산티아고!"

일하다 말고 카유코를 멍하니 바라보고 있는 나를 보고 아버지가 부르는 소리다.

"뭐하고 있냐!"

그렇게 나는 하루하루 열심히 일한다. 콧속에 먼지가 하나 가득이지만 코를 풀 겨를도 없다. 손에 난 상처도 혹은 거대한 찜통 속에 들어앉은 것 같은 무더위도 생각할 틈이 없다. 하지만 그 무엇도 호숫가에 외따로 떠 있는 카유코를 보고픈 나의 마음만은 꺾을 수 없다. 카유코가 마치 나를 기다리기라도 하는 것 같다. 어쩌면 우리 집이 너무 가난한 탓에 배를 타고 어디론가 떠나는 꿈을 꾸는지도 모른다. 꿈속에서 나는 구름처럼 이끌리는 대로 떠다닌다. 그렇지만 그런 일은 우리같이 가난한 사람들에게는 일어날 수 없는 꿈일 뿐이다.

산속에 있는 우리 집으로 돌아가면 나는 돛이 달린 작은 장난감 카유코를 만들어 본다. 하지만 생각처럼 쉽지가 않다. 바람이라도 불라치면 카유코는 금방 뒤집어지고 만다. 한번은 라모스 삼촌이 우리 집의 옥수수 추수를 돕기 위해 도스 비아스에 왔다가 내가 계곡 근처에 있는 야트막한 웅덩이에서 장난감 카유코를 띄우려고 애쓰는 모습을 보았다. "네 카유코가 자꾸 고꾸라지는 이유는 이것 때문이야." 삼촌은 그렇게 말하며 내 배가 바로 설 수 있도록 배를 손봐준다. 그러고는 배가 좌우로 움직일 수 있도록 돛을 만든다.

"이런 것들은 다 어디서 배우셨어요?"

내가 묻는다.

"한때 태평양 연안에서 고기잡이도 했고, 뱃사람으로 일한 적이 있지."

삼촌이 설명한다.

"게릴라와 군인들 사이에 전쟁이 일어나기 전이지만 말이다."

"게릴라들은 왜 군인들과 싸우는 거죠?"

내가 묻는다.

"게릴라들 말로는 자기들이 우리나라를 해방시켜 주기 위해서 왔다는구나."

라모스 삼촌이 어깨를 으쓱한다.

"그게 정말인지 알 수는 없지만."

"그럼 그들이 삼촌을 쫓아낸 건가요?"

내가 묻는다.

"그 사람들은 게릴라가 아니었어. 우리 땅을 탐낸 것은 군인들이었지."

"그렇다고 군인들이 땅을 빼앗을 수 있나요?"

내가 묻는다.

"그렇다는구나. 군인들은 로스 리코스(los ricos), 즉 부자들을 위해 일한단다. 부자들이 원하는 일이라면 뭐든지 할 거다. 우리 땅의 주인이 우리가 아니라니 말이다. 누가 땅 주인인지 알려 주는 그 종잇장 얘기다. 글쎄, 우리 중에서 그 소유권이라는 것에 대해 알고 있는 캄페시노가 과연 몇이나 될는지. 땅이 사람의 소유라고 생각해 본 적도 없는 우리에게는 토지소유권이라는 개념 자체가 낯선 일이지. 땅은 모두의 것이잖니. 처음부터 땅에 금이 그어져 있어서 여기까지는 내 땅이네, 저기부터는 네 땅이네 한 적이 있었느냔 말이다. 모든 사람들은 평등한 법이야. 우리는 서로 돕고 뭐든지 나누어야 해. 그것만이 우리 인디헤노스가 살아남을 수 있는 유일한 방법이다. 그러니 소유권이 무슨 대수겠니? 아무튼, 어느 날 군인들이 나를 찾아와서 웬 종잇장에 지장을 찍기만 하면 땅에 대한 소유권을 주겠다고 하더구나. 글을 읽을 줄 몰랐던

나로서는 군인들을 믿을 수밖에. 나중에 알고 보니 내가 지장을 찍은 그 종이에는 내가 내 땅을 포기한다는 말이 쓰여 있었다는구나."

"삼촌은 왜 가족이 없어요?"

내가 묻는다.

삼촌은 마른 침을 삼키더니 멀리 계곡 건너편을 바라본다.

"모두 떠났지."

그 말뿐이었다. 삼촌은 내 손에서 장난감 카유코를 가져가더니 미소를 짓는다.

"산티아고, 글을 배워야 한다. 그래야 원하지 않는 일을 하지 않을 수 있어. 자, 이제 카유코 조종법을 알려 주마."

그날 라모스 삼촌은 바다 카유코는 일반 카유코와는 다른 방식으로 나무를 깎아 만든다는 것을 가르쳐 주었다. 앞은 뾰족하고 용골은 길게 만들어야 큰 파도를 만나도 안전하게 항해할 수 있기 때문이란다. 가느다란 끈으로 돛을 매단 내 장난감 카유코가 바람을 타고 얕은 연못 위를 흘러간다. 마술이라도 부린 것 같다.

"더 자세히 가르쳐 주세요."

나는 조른다.

"그러려면 글 읽는 법부터 배우거라."

라모스 삼촌이 다시 한 번 말한다.

"그럼 삼촌은 읽을 줄 아세요?"

내가 묻는다.

라모스 삼촌이 고개를 끄덕인다.

"이제는 읽을 수 있지. 모든 것을 잃은 다음에야 깨달았다. 인디헤노스들이 스스로를 지키기 위해서는 반드시 글을 깨우쳐야 한다는 것을 말이다. 우리의 무지는 적의 가장 강력한 무기지. 네가 원한다면 글 배우는 일을 도와주마."

그날 밤, 라모스 삼촌은 스페인어로 된 항해 잡지를 내게 준다. 한 장, 한 장 넘길 때마다 숨이 멎을 것만 같다. 형형색색의 커다랗고 아름다운 돛단배 사진들에 넋을 잃는다. 나는 글을 읽을 수 없기에 사진만 볼 뿐이다. 라모스 삼촌이 글자가 내는 소리를 가르쳐 준다. 나와 우리 가족은 켁치(kekchi)어를 쓴다. 때문에 나는 스페인어를 잘 모른다.

"너무 어려워요."

나는 라모스 삼촌에게 말한다.

라모스 삼촌이 빙그레 웃으며 말한다.

"그럼 스페인어를 더 많이 가르쳐 줘야겠구나. 언젠가는 학교에 다녀야 할 테니 말이다."

어디에 있는 학교냐고 묻기도 전에 삼촌이 말을 잇는다.

"미국에선 모든 아이들이 학교에 가고 읽는 법과 쓰는 법을 배운다는 걸 알고 있니?"

나는 고개를 젓는다. 알지도 못하는 일일뿐더러 가능한 이야기처럼 들리지도 않는다.

라모스 삼촌이 도스 비아스를 떠나면서 내게 해 주었던 말들을 잊을 수 없다. 나의 무지가 적의 무기가 될 수 있다는 사실을 알지 못했다. 그리고 항해에 대해 더 많이 생각하게 되었다. 라모스 삼촌이 준 잡지는 내겐 특별한 것이 된다. 나는 이를 대단한 보물이라도 되는 것처럼 간직한다. 그 잡지에 내 꿈이 담겨 있기 때문이다.

도스 비아스에 있는 우리 마을에는 할 일이 많다. 일과는 새벽 3시부터 시작되어 해가 진 뒤에야 마친다. 하지만 바쁜 일과도 내 꿈을 막을 수는 없다. 야식을 먹은 뒤 나는 마체테로 오코테를 잘라 낸다. 오코테는 소나무의 일종으로 불이 잘 붙으면서도 천천히 타는 특징이 있다. 이걸로 불을 지펴 놓고 나무에 기대 앉아 항해 사진들을 열심히 들여다본다. 나는 눈을 가느다랗게 뜬다. 불빛이 약해 어둑어둑하기 때문이다.

나는 라모스 삼촌이 가르쳐 준 단어와 문장을 연습한다. 배나 항해 등과 같은 단어들을 알게 되었지만 주로 사진만 보며 꿈속으로 젖어 든다.

우리가 그다음에 삼촌의 옥수수 추수를 돕기 위해 삼촌 집을 찾았을 때 나는 오로지 삼촌의 카유코를 타고 싶은 마음뿐이었다. 가뜩이나 할 일이 많은 삼촌에게 그런 부탁을 할 엄두가 나지 않지만 나 혼자라도 카유코를 구경하러 갈 짬은 낼 수 있을 것이다.

그러던 어느 날 밤, 나는 종일 일을 하느라 녹초가 되었다. 나는 아버지에게 밖에 나가서 잠을 자겠노라고 말한다.

"집 안은 너무 더워서 못 자겠어요."

내 거짓말을 눈치챘는지 어쨌는지, 아버지는 아무 말도 하지 않는다. 그날 밤, 아버지와 라모스 삼촌의 숨소리가 코 고는 소리로 바뀌는 것을 확인하고, 이웃집에서 개 짖는 소리도 잦아들자 나는 소리 없이 자리에서 일어나 호수로 향한다. 나는 가축우리의 울타리를 따라 걷는다. 어둠 속에서 들려오는 내 발소리에 소들이 뒤척이며 '음매' 하고 운다. 그곳에서부터 호숫가까지 길게 이어지는 길을 따라 걷는다. 물가로 난 험한 길을 따라가다 보니 어느새 작은 부둣가에 다다른다.

어둠 속에서 보이는 바다 카유코는 나비 같은 모습이 아니다. 오히려 내게 덤벼들 태세를 하고 있는 괴물처럼 보인다. 무서운 마음에 아주 조심스럽게 다가간다. 부두에 올라서자 나무들이 삐걱삐걱 소리를 낸다. 온 세상을 깨울 만큼 큰 소리다. 나는 카유코를 건드려 보지도 못할 만큼 겁을 먹었지만 간신히 몸을 숙여 카유코 안으로 기어 들어간다. 자리를 잡고 앉는 사이 물이 튀어 배 옆면에 부딪힌다. 너무 흥분되기도 하고 또 내가 하고 있는 행동이 두렵기도 해서 몸이 절로 떨린다.

나는 조심스럽게 노를 들어 파도에 맞서 배를 모는 시늉을 한다. 노를 담갔다 뺐다 하면서 방향을 바꾸는 척한다. 오른편에는 넓적한 판이 있는데 그 판은 배가 옆으로 밀리는 것을 막기 위해 밑으로 내릴 수도 있다. 삼촌이 사이드보드라고 불렀던 것 같다. 큼지막한 수나사로 조여진 사이드보드를 물속으로 내리려면 커다란 핀부터 뽑아야 한다. 나는 손을 뻗어 핀을 뽑는다. 보드가 요란한 소리를 내며 물속으로 떨어진다. 나는 행여나 누가 듣지는 않았는지 걱정이 되어 어둠 속을 살핀다.

다음에는 손가락으로 밧줄을 일일이 만져 본다. 각각의 밧줄이 어디로 이어져 있는지 그 밧줄이 어떤 역할을 하는지 확인하기 위해서다. 나는 한동안 어둠 속에 앉아 배를 타고 바다를 항해하는 시늉을 한다. 내 머릿속에서 나는 산처럼 커다란 파도를 헤치며 전진하는 중이다. 그날 밤 나는 평소라면 엄두도 내지 못할 일들을 해 보지만 돛을 올릴 용기만큼은 나지 않는다. 돛은 흔들거리는 돛대에 밧줄로 묶여 있다.

마침내 고개가 떨어질 만큼 졸음이 밀려오자 나는 집으로 돌아가기 위해 카유코에서 일어선다.

"돛을 올리기가 겁나는 거냐?"

어둠을 뚫고 깊은 목소리가 들려온다.

항해 수업

    나는 번개라도 맞은 듯 화들짝 놀라 뒤를 돌아다본다. 부두 끄트머리에 서 있는 라모스 삼촌이 보인다. 삼촌의 맑고 짙은 눈이 나를 바라보고 있다. 언제부터 보고 있었던 걸까.

    "미안해요, 삼촌."

    카유코에서 급히 뛰어내리며 말하는 내 목소리가 두려움으로 떨린다.

    라모스 삼촌이 어둠 속에서 나를 기다린다.

    "카유코 타는 법을 알고 싶었으면 내게 말하지 그랬니?"

    삼촌이 말한다.

    "삼촌이 화내실까 봐서요."

    "그럼 내 허락도 없이 이곳에 와 있는 너를 보면 화가 나지 않을 것 같더냐?"

    라모스 삼촌이 묻는다. 개가 으르렁거리는 듯한 목소리다.

"벌을 받을게요."

내가 말한다.

삼촌이 나를 노려보는 듯하더니 이윽고 달빛에 비친 얼굴에 미소가 어린다.

"네 심장이 멎을 뻔했으니 벌은 그걸로 충분한 것 같구나."

그러고는 삼촌이 다시 묻는다.

"카유코 타는 법을 배우고 싶니?"

잠시 나는 내 귀를 의심한다.

"네. 세상에서 제일 배우고 싶어요."

내가 대답한다.

"좋다."

삼촌이 말한다.

"일요일까지 옥수수 추수를 마치면 그때 배 타는 법을 알려 주마. 지금은 내 코를 후비지도 못할 만큼 어둡구나."

나는 웃는다. 하지만 여전히 두렵다.

"삼촌은 카유코를 자주 타세요?"

삼촌은 집을 향해 걸음을 옮기며 대답한다.

"그리 자주 타는 편은 아니지. 둘세 강을 따라 푸에르토 바리오스로 옥수수를 실어 나를 때나 쓰니까 말이다. 하지만 이 녀석은 썩 괜찮은 배란다. 바다에서도 끄떡없을 게다. 내가 숲에서 직접 자른 커다란 과나카스테 나무로 만들었지. 과나카스테 나무가 목재로는 최고란다. 단단하고 곧은 데다가 물에 젖어도 쉽게 썩지 않거든."

26

"이 카유코로 얼마나 멀리 갈 수 있어요?"

내가 묻는다.

"바람과 물이 있는 곳이라면 어디든지. 온두라스, 벨리즈, 유카탄, 쿠바, 그리고 미국에도 갈 수 있지."

삼촌의 대답이다.

"미국이라고요?"

나는 설레설레 고개를 흔들며 말한다.

"미국이란 곳이 얼마나 먼지는 모르겠지만, 아주 긴 항해가 되겠네요."

라모스 삼촌은 집을 향해 빠르게 걸으면서 이야기를 계속한다.

"물론이지. 아주 긴 항해일 뿐 아니라 매우 위험하기도 하지."

"제가 오늘 허락도 없이 이곳에 온 걸 아버지가 알면 화내실 거예요."

내가 말한다.

"그렇다면 이 얘긴 아버지에게 비밀로 하자꾸나."

라모스 삼촌이 대답한다.

"고맙습니다."

나는 낮은 목소리로 대답한다.

삼촌 집에 다다르자 나는 최대한 소리를 내지 않으려 하면서 페타테(멍석 형태로 중앙아메리카 사람들이 침낭으로 사용한다 —옮긴이) 속으로 기어 들어간다. 아버지가 깨면 큰일이기 때문이다. 아버지가 내 소리를 들은 것도 같다. 하지만 아버지는 아무 말도 하지 않는다.

나는 그 주를 열심히 일하며 보낸다. 내 평생 가장 열심히 일한 때다.

밤이면 카유코 타는 법을 배울 생각에 설레어 잠을 설친다.

마침내 일요일이 온다. 나는 너무 들뜬 나머지 내 이름도 잊을 지경이다. 새벽이 되자 우리는 배에서 먹을 토르티야를 만들고 과일을 챙긴다. 아버지도 들뜬 것 같다. 하지만 티를 내지는 않는다.

라모스 삼촌은 우리를 배에 태워 돛을 올리고 내리는 방법과 방향을 바꾸는 방법을 알려 준다. 물을 빼는 방법, 바람을 읽는 방법, 궂은 날씨에 대처하는 방법을 가르쳐 준다. 삼촌은 내게 바람에 맞서 항해하는 방법도 가르쳐 준다. 머릿속으로 생각만 해서는 잘 이해가 되지 않는 부분이다.

"배를 타고 미국에 가려면 어떻게 해야 하나요?"

나는 묻는다.

라모스 삼촌은 주머니에서 작은 지도를 꺼내 든다. 눈을 가늘게 뜨고 지도상에서 호수를 살펴보더니 손가락을 짚는다.

"우선 이곳에 있는 섬으로 가야 하지. 나는 이 섬을 '새섬'이라고 부르지. 그곳에는 새들이 많이 서식하고 있거든. 거기서 프론테라스 시에 있는 큰 다리 밑을 지나가면 엘 골페테라고 하는 또 다른 호수가 나올 거다. 그 호수를 건너면 거기서부터 둘세 강이 시작될 거다. 깊은 협곡을 지나 구불구불 흐르는 이 강을 따라가다 보면 왼쪽으로 스페인 요새를 지나게 될 거야. 그다음엔 온두라스 만과 카리브 해를 만나게 되지."

"그러면 미국이 나오나요?"

내가 묻는다.

라모스 삼촌이 큰 소리로 웃는다.

"아니, 아직 과테말라를 벗어나지도 못했단다. 이제 북쪽으로 올라갈 차례다."

삼촌이 지도를 펴서 보여 준다.

"낮에는 해가 네 오른쪽에 있어야 하고 저녁에는 해가 왼쪽으로 져야 맞게 가는 거다. 밤에는 북극성을 따라가면 되고. 오늘 밤 북극성이 무엇인지, 어떻게 찾는지 알려 주마."

라모스 삼촌은 지도의 해안선을 따라 손가락을 북쪽으로 움직이며 설명한다.

"멕시코 만류라는 강한 해류가 있는데 북쪽으로 항해하는 데에는 도움이 되는 해류야. 항해란 위험한 것이란다. 폭풍이나 해적을 만날 수도 있으니 말이야. 카유코보다 몸뚱이가 긴 상어들도 있고 태양도 너무 뜨거워서 달걀을 깨뜨리면 바로 프라이가 되기도 한단다."

"하지만 그렇게 하면 미국에 갈 수 있나요?"

내가 묻는다.

라모스 삼촌은 고개를 젓는다.

"아마도 일주일은 쉬지 않고 북쪽으로 이동해야 대륙의 해안선을 벗어날 수 있을 게다. 서쪽으로 더 이상 육지가 보이지 않는다면 유카탄 반도 꼭대기에 다다랐다는 뜻이지. 가장 위험한 여정은 이제부터가 시작이란다. 해류가 배를 동쪽으로 밀어붙이겠지만 무슨 일이 있어도 계속해서 북쪽으로 올라가야만 하거든."

라모스 삼촌은 또다시 지도를 가리킨다.

"그렇게 멕시코 만을 건너가게 되면 이쯤에 도착할 게다."

삼촌이 미국 땅의 해안선 한 곳을 짚으며 말한다.

"미국은 여러 지역으로 나뉘어 있는데 이를 주(州)라 부르지. 네가 도착하게 될 이곳은 플로리다 주라고 한단다."

"삼촌은 어떻게 이런 걸 다 알고 있어요?"

내가 묻는다.

라모스 삼촌은 이 물음에 답을 하지 않는다.

"플로리다까지는 얼마나 걸리죠?"

내가 묻는다.

라모스 삼촌은 지도를 들여다보며 잠시 생각한다.

"아마 이십 일 정도는 걸릴 게다."

"멕시코 만을 건너면서 계속해서 북쪽으로 올라가지 못하게 되면 어떻게 되죠?"

내가 묻는다.

"해류에 밀려 쿠바와 플로리다 사이로 빠져서 동쪽으로 흘러가게 되면 대서양을 표류하게 되지. 그렇게 되면 죽는 거다. 바다는 엄마 품 같지 않은 법이거든."

삼촌은 그렇게 말하면서 아버지를 향해 눈을 찡긋한다.

"바다는 네 불순종이나 실수를 결코 용서하지 않지."

도스 비아스에 처음으로 나쁜 소식이 들려온 것은 라모스 삼촌 집을 방문한 뒤이다. 더 높은 산자락에 있는 윗마을로부터 들려온 소문에 따르면 게릴라와 군인들 사이의 전투가 한층 더 치열해졌단다. 그들이 마을을 불태우고 주민들을 고문하여 수천 명이 죽고 또 집을 잃었다고 한다. 나는 사실일 리가 없다고, 그저 소문이라고 생각한다. 어떻게 수천 명을 죽인단 말이지? 하지만 군인들이라면 충분히 그럴 수 있다고 아버지가 말한다.

곧 게릴라들이 우리 마을에 도착한다. 처음에는 이것저것 묻기만 하고 먹을 것만 달라고 한다. 나로서는 이들이 우리 편인지 적인지 구분할 길이 없다. 게릴라들의 말에 따르면 그들은 인디헤노스이면서 가난한 캄페시노인 우리들의 권리를 위해 싸우는 것이라고 한다. 하지만 그들에게 머리를 조아려 가며 먹을 것을 건네주는 어머니와 아버지의 눈에서 공포를 읽을 수 있다.

군인들이 도스 비아스에 도착하자 부모님의 얼굴에 서린 공포는 한층 더 커진다. 그들도 이것저것 많은 질문을 하더니 총을 흔들면서 소리친다. "게릴라를 돕는 자들은 총살당할 것이다!"

문제는 이것이다. 우리가 군인들을 도우면 우리는 죽게 될 것이다. 마찬가지로 게릴라를 도와도 역시 우리는 죽을 것이다. 우리는 죽고 싶지 않다. 그저 옥수수나 기르며 살고 싶을 뿐이다. 이게 우리가 원하는 전부다. 게릴라가 쏜 총이 군인이 쏜 총보다 덜 아프리라고 생각지는 않는다. 총은 총이다.

문제는 여기서 끝나지 않는다. 세상 어느 곳이건 사이가 안 좋은 이웃은 있기 마련이다. 군인과 게릴라가 마을에 올 때면 누구네 집이 반대편을 도왔네 하며 일러바치는 사람들이 생긴다. 그러자 곧 모든 주민들이 서로를 스파이라고 의심하기 시작한다.

도스 비아스 사람들은 우리 어머니와 아버지를 좋아한다. 어머니는 마을 사람들에게 서로 도와야 한다고 이야기한다. 또 아버지는 이렇게 말한다. "희망과 꿈을 잃지 않고 우리가 생각하는 정의를 위해 싸우고자 하는 사람들이 많아진다면 과테말라도 바뀔 것입니다. 가난한 캄페시노이자 인디헤노스인 우리들도 말입니다."

　정말 아버지 말처럼 될 수 있는지는 모르겠다. 하지만 적어도 사람들에게 희망이 필요한 것만은 사실이라고 생각한다. 우리 마을의 인디헤노스들에게도 희망이 있었다. 언젠가는 자유의 몸이 되어 마음 편히 살 날이 오리라고 믿었다.

　하지만 군인들이 우리 마을을 불태우던 날 밤, 마을 사람들이 품었던 희망도 함께 불에 타고 말았다. 땅바닥으로 흘러내린 피가 말라붙고 인디헤노스의 마음도 그들의 육신과 함께 죽었다. 나는 앞으로도 그날 밤을 악의 밤으로 기억하리라. 그리고 신이 인디헤노스에게 등을 돌린 밤이라고 기억하리라. 그렇다. 신은 우리에게 등을 돌렸다.

로스 산토스의 코코넛 열매

그들이 우리 가족을 죽이던 날 밤, 라모스 삼촌을 만나 도망치라는 말을 들은 이후, 나는 어둠 속을 쉬지 않고 달린다. 안젤리나는 겁을 먹은 데다가 지쳤다. 그래서 나는 또다시 동생을 안아 들고 뛴다. 마침내 우리 가족이 마이즈를 기르던 밭에 다다른다. 마이즈는 토르티야를 만드는 옥수수다. 여기서 일단 멈춰야 한다.

어둠 속에 말 한 마리가 서 있다. 목에는 끊어진 밧줄이 매여 있다. 말은 고개를 들고 공포에 질린 눈으로 나를 노려보고 있다. 어둠 속에서 자신을 향해 다가오는 물체가 무엇인지도 분간하지 못하는 것 같다. 나는 손을 뻗으며 아주 천천히 다가간다. 나는 혀를 차 어르는 소리를 내며 말에게 옥수수 주는 시늉을 한다. 그리고 밧줄을 붙잡자 말이 순순히 따른다. 나는 말 콧등에 밧줄을 둘러 고삐를 만든다. 안젤리나는 내 다리를 붙든 채 떨어지려 하지 않는다.

시간이 촉박하지만 나는 무릎을 굽히고 안젤리나 옆에 앉는다. 나는 겁에 질린 동생에게 억지웃음을 지어 보이며 묻는다.

"우리 말타기 놀이 할까?"

동생은 커다란 눈을 깜빡이며 고개를 끄덕인다.

"우리 바람처럼 빨리 달려 볼까?"

어두웠지만 얼핏 동생의 얼굴에 미소가 스친다.

"좋아."

내가 말한다.

"하지만 꼭 잡아야 해. 할 수 있겠니?"

안젤리나는 다시 한 번 고개를 끄덕인다.

"좋았어. 준비됐지?"

안장도 없다. 그래서 나는 말 등으로 뛰어오른 후 안젤리나를 끌어올려 내 뒤에 앉힌다. 말머리를 산 아래로 돌린다. 혀를 차서 신호를 보내며 고삐를 당긴다. 말이 전속력으로 내달리기 시작한다.

안젤리나가 바짝 매달려 있다.

"천천히 가!"

안젤리나가 소리친다.

"바람처럼 빨리 달려야 해!"

내가 받아친다.

밤에는 쉽게 말에서 떨어질 수 있기 때문에 이렇게 빨리 달리는 것은 무모한 짓이다. 하지만 오늘 밤, 속도는 선택 사항이 아니다. 지금도 군인들이 우리를 쫓고 있다. 나는 그저 말이 가는 대로 따른다. 그러는 편이 오히려 안전하다.

이 말은 살집이 별로 없다. 그래서 말의 등뼈에 우리 엉덩이가 자꾸만 부딪힌다.

"아야!"

안젤리나가 소리를 지르더니 울기 시작한다.

뒤에서 총소리가 점점 더 많이 들린다. 하지만 나는 뒤돌아보지 않는다. 우리 뒤로 캄캄하고 고요한 하늘만 빼고는 아무것도 남지 않을 때까지 열심히 달린다. 마침내 나는 속도를 늦춘다. 곧 로스 산토스에 도착할 텐데 그곳에는 아는 사람들이 있으니 안전하리라. 아버지 친구들과 함께 지낸다면 이사발 호수에 갈 필요도 없을 것이다. 이사발 호수는 아주 먼 데다가 나는 너무 지쳤다. 그리고 너무 무섭다.

안젤리나의 팔에 힘이 풀리고 있다. 떨어질 것만 같다. 나는 손을 뻗어 동생을 내 앞으로 끌어온다. 한 팔로 안젤리나를 안고 달린다. 안젤리나가 울음을 그친다.

로스 산토스 위로 솟은 산에 도달한다. 나는 지칠 대로 지쳐서 힘이 빠진다. 근육이 욱신거리고 다리 안쪽의 피부는 불에 덴 듯하다. 나는 말갈기를 손가락으로 움켜쥔다. 산 아래로 내려다보이는 마을에서 올라오는 작은 불꽃들을 보니 마음이 편해진다.

"이제 그만 달려도 괜찮은 거야?"

물어보는 안젤리나의 목소리가 겁에 질려 있다.

"응, 이제 그만 달려도 돼."

내가 말한다.

"여기가 어딘데?"

"저기가 로스 산토스야."

내가 먼저 말에서 뛰어내린 뒤 안젤리나를 받아서 땅으로 내려 준다.

"우리, 바람처럼 빨리 달린 거야?"

안젤리나가 묻는다.

나는 미소를 짓는다.

"바람보다 빨리 달렸는걸."

나는 한 손으로는 안젤리나의 손을 잡고 다른 손으로는 말을 끌면서 로스 산토스를 향해 걸어간다. 그런데 뭔가 이상하다. 수수 줄기와 나무판자들이 불에 타서 바닥에 뒹굴고 있는 것을 보고 알아차린다. 이것들이 불에 타고 남은 전부다. 집들은 모두 불타서 자취를 감추었다. 도스 비아스처럼 말이다. 불쾌한 냄새가 공기 중에 가득하다.

이 어둠 속에서 이상한 점이 또 있다. 사람이 아무도 보이지 않는다. 불에 타 버린 집과 집 사이에는 코코넛 열매들만이 바닥을 뒹굴고 있다. 나는 불붙은 나뭇조각을 집어 들고 앞을 비춘다. 이제야 좀 보인다. 나는 바닥을 구르는 코코넛 하나를 집어 든다. 숨이 멎는다. 나는 코코넛을 떨어뜨리고 다시 안젤리나의 손을 붙든다. 불쾌한 냄새가 어디서 나는지 이제야 알겠다.

"사람들은 어디 있어?"

안젤리나가 낮은 목소리로 묻는다.

"떠났어. 모두 다."

나는 속삭인다. 나는 안젤리나에게 우리가 본 코코넛이 사실은 불에 탄 사람들의 머리라고 말해 주지 않는다.

"떠나야겠어. 다시 말에 타자."

나는 말한다.

나는 불타는 나뭇조각을 머리 위로 치켜든다. 불타지 않은 나무들 근처에 널브러져 있는 시체들이 보인다. 남자들과 여자들, 노인들과 아이들이다. 모두 총에 맞았다. 마을을 거의 빠져나올 무렵 높다란 풀밭 속에 있던 시체에 발이 걸려 넘어진다. 나는 몸을 일으킨다. 몸이 떨려 온다. 카를로스다.

카를로스의 가족은 우리 마을로 이사 왔다. 또래였던 카를로스와 나는 축구공을 가지고 같이 놀곤 했다. 카를로스는 공을 세게 찰 줄 아는 친구다. 오늘 밤, 잘려 나간 그의 다리가 그의 몸통 옆에 놓여 있다. 이 끔찍한 악몽을 떨쳐 보려고 나는 머리를 세차게 흔들어 본다. 그래도 카를로스의 시체는 사라지지 않는다. 나는 손으로 안젤리나의 눈을 가린다. 하지만 이미 늦었다. 안젤리나도 몸을 떨기 시작한다.

나는 서서 카를로스의 몸통 옆에 놓인 다리를 물끄러미 본다. 내게 공을 수도 없이 차 보냈던 바로 그 다리다. 이 다리가 무슨 잘못이 있지? 이 다리는 게릴라의 것도, 군인들의 것도 아니다. 그저 어린 남자아이의 다리일 뿐이다. 군인들의 짓이 분명하다. 그들이 어떻게 사람을 죽이는지는 이미 내 눈으로 봐서 알고 있다.

군인들을 이해할 수가 없다. 특히 그들이 우리 마을 사람들에게 했던 짓은 이해가 가지 않는다. "당신들, 빨갱이야?" 인디헤노스가 원하는 것은 두려움 없는 삶이다. 열심히 마이즈를 기르고 아이들에게 로스 안

시아노스(los ancianos), 즉 선조들의 지혜를 가르치는 것으로 족할 뿐이다.

우리 부모님은 언제나 서로를 돕고 주변 사람들에게 잘해야 한다고 했다. 군인이 다치면 우리는 군인을 도와야 한다. 게릴라가 다쳐도 마찬가지다. 아마도 이 때문에 군인들이 우리를 공산주의자라고 부른 것 같다. 하지만 다른 사람들을 도와주면 착한 사람인 것이지 빨갱이가 되는 것은 아닐 텐데 말이다.

나는 인디헤노스다. 내 속에는 나의 선조 마야인들의 영혼과 피가 흐른다. 그게 나다. 군인의 총에 맞건 게릴라의 총에 맞건, 육신의 죽음에는 더함도 덜함도 없다. 죽음은 죽음일 뿐이다.

하지만 나는 살아남았다. 그리고 이해할 수가 없다. 처참히 죽임을 당한 마을 사람들 손에는 겨우 마체테와 몽둥이뿐이었다. 군인들이 이런 우리를 어찌 두려워한단 말인가? 제사장이 우리는 누구나 신의 아들이라고 했다. 그게 사실이라면 오늘 밤 신의 아이들이 모두 죽어 나가는 이때에, 신은 어디에 있단 말인가? 신은 자신의 수많은 자녀들이 고문과 강간을 당하고 죽어 가는 것을 보지 못했나 보다. 나의 아버지와 어머니, 그리고 나의 형제자매들이 죽는 것도 보지 못한 것 같다. 오늘 밤 안젤리나를 제외한 모두가 죽었다. 그리고 나의 친구 카를로스도 죽었다. 두 다리가 잘린 채 말이다. 신은 이것도 보지 못했다. 이 모든 것을 본 사람은 오로지 나뿐인 것 같다.

아니다, 만일 신이 정말 있다면 오늘 밤은 군인들 편이기에 우리를 지켜 주지 않은 걸지도 모른다. 산에 사는 가난한 캄페시노들은 안중에도 없는 것이다. 좋은 옷을 입고 구두에 광을 낼 돈이 없는 우리 캄페시노들 말이다. 오늘 밤, 하늘이나 바람도 결코 보아서는 안 될 일이 벌어졌다. 라모스 삼촌이 왜 멀리 도망치라고 했는지 이제야 알 것 같다. 이곳 과테말라에는 우리를 지켜 줄 신이 없기 때문이다. 그렇기 때문에 내가 오늘 본 것을 세상에 알리라고 삼촌이 말한 것이다. 살아남은 자만이 할 수 있는 일이다.

그래서 나는 또다시 무릎을 굽혀 안젤리나 앞에 앉는다.

"내 눈을 봐."

내가 동생에게 말한다. 안젤리나가 눈길을 피하려고 하자 나는 안젤리나의 머리를 붙든다.

"내 눈을 봐."

다시 말한다.

이제야 안젤리나가 나를 쳐다본다.

"멀리 도망쳐서 배 타러 갈까?"

안젤리나가 고개를 끄덕인다.

"우리는 항해사가 되는 거야."

내가 말한다.

"항해사가 뭔데?"

안젤리나가 묻는다.

뭐라고 해야 할지 모르겠다. 우리는 항해사가 아님을 알고 있기 때문이다. 우리는 그저 겁에 질린 두 명의 바보일 뿐이다.

옥수수 속의 돼지들

말을 타고 로스 산토스를 떠나는데 머릿속이 멍하다. 정신 똑바로 차려야 한다고 스스로에게 되뇐다. 깨어 있어야 한다. 밤에도 게릴라나 군인을 마주칠 수 있기 때문이다. 그래서 나는 말을 천천히 움직인다. 귀를 세우고 어둠 속에서 들리는 작은 소리 하나하나를 유심히 듣는다.

초요라는 마을에 도착하려면 여기서 한 시간은 걸릴 것이다. 그곳에 말을 두고 이사발 호수로 가는 트럭을 탈 계획이다.

안젤리나에게 미안한 마음이 든다. 아직 어려서 지금 무슨 일이 벌어지고 있는지 이해하기 어려울 것이다. 언젠가는 오늘 밤에 대해 설명해 줘야겠지만 지금은 나 자신조차 바로 이해하고 있는 건지 알 수 없다.

좁은 길을 따라 밭을 지나고 계곡을 건너 가파른 언덕을 넘는다. 안젤리나가 내 어깨를 두드린다.

"집에 가고 싶어."

동생이 말한다.

나는 잠시 생각한 뒤 입을 연다.

"집에 가는 길이야."

틀린 말이 아니다. 이미 집을 잃은 이상 어디든 새 집이 될 수 있으니 말이다.

이 말라깽이 말을 타고는 한 발짝도 더 갈 수 없다는 생각이 들 무렵 어디선가 흥겨운 음악이 들려온다. 초요 마을이 보인다. 초요는 거리마다 전기, 자동차, 소음 그리고 쓰레기로 가득하고 바쁘게 돌아가는 마을이다. 한밤중에도 트럭 소리와 음악 소리가 끊이지 않는다. 불빛이 보이기도 전에 모터 돌아가는 냄새부터 난다.

여기서부터 이사발 호수까지 말을 타고 가기에는 너무 멀다. 그래서 초요에 도착하기 전 나는 말에서 내린다. 그리고 안젤리나를 받아 땅으로 내려 준다. 말이 밧줄을 밟아 목이 졸리는 일이 없도록 고삐는 말 목에 감아 둔다. 그러고는 손바닥으로 말을 힘껏 내리쳐 어둠 속으로 내몬다. 운 좋게도 좋은 주인을 만나면 좋은 말이 될 수 있을 것이다.

말이 사라지는 것을 지켜보며 나의 판단이 틀리지 않았기를 바라본다. 주머니에서 꺼낸 나침반을 들여다볼 수도 없을 정도로 주변이 캄캄하다. 하늘로 고개를 들어 북극성을 찾는다. 저 별이 라모스 삼촌이 말했던 별이다. 항해사에게 미국으로 가는 길을 가르쳐 준다는 별 말이다. 그렇다면 오늘 밤 내가 이사발 호수를 향해 남쪽으로 가는 사이에는 저 별이 내 뒤를 따라와 주어야 한다.

우리에게는 버스를 탈 차비도 없다. 그리고 한밤중에 어린 여동생을 데리고 혼자 다니는 것은 무척 위험한 일이다. 내가 할 수 있는 일이라 곤 초요 마을 어귀의 식당 근처에서 기다리는 것뿐이다. 트럭들이 쉬어 가면서 허기를 달래는 식당이다. 우리 몸을 숨길 트럭을 찾아야 한다. 목재를 가득 실은 트럭 한 대가 들어온다. 다음 트럭은 닭장에 닭들을 잔뜩 싣고 있다. 나와 안젤리나가 숨기에는 닭을 실은 트럭이 좋겠다고 생각한다. 하지만 다시 생각한다. 아니지, 안젤리나가 울음을 터뜨리고 말 거야. 버스 두 대가 지나가더니 트럭 한 대가 멈춰 선다. 이번에는 말린 마이즈 옥수숫대를 운반하는 트럭이다. 캔버스 소재의 방수포가 트럭의 짐칸을 덮고 있다.

"우리 옥수수 트럭에 탈까?"

내가 안젤리나에게 묻는다.

"집에 가고 싶어."

안젤리나가 고집을 부린다. 안젤리나는 아랫입술을 앞으로 내밀며 말한다.

"옥수수 트럭에 타면 집을 찾을 수 있을지도 몰라."

내가 타이른다.

안젤리나는 마지못해 나를 따라 나선다. 건물과 건물 사이에 생긴 그림자들을 지나 트럭으로 가까이 다가간다. 나는 안젤리나 옆에 무릎을 굽혀 앉는다.

"잘 들어, 안젤리나."

내가 말한다.

"난 옥수수 사이에 우리가 앉을 자리를 만들어야 해. 그러니 넌 여기서 나를 기다려. 내가 손을 흔들면 나한테 뛰어오는 거야. 알았지?"

동생이 고개를 끄덕인다.

"내가 손을 흔들 때까지 여기서 꼼짝도 하면 안 돼."

나는 조금 더 힘주어 다시 말한다.

안젤리나가 다시 한 번 고개를 끄덕이자 나는 손을 놓는다. 거리에는 아무도 없다. 나는 흐릿한 불빛의 거리를 빨리 달려 트럭의 그림자 속으로 몸을 숨긴다. 뒤를 돌아다보자 안젤리나가 참을성 있게 기다리고 있다. 나는 재빨리 트럭으로 기어 올라가 방수포 한쪽을 들춘다. 트럭 뒤편은 말린 옥수숫대로 가득했지만 우리가 탈 자리는 있다. 나는 몸을 돌려 안젤리나에게 손짓을 한다.

안젤리나가 나를 보고 트럭을 향해 걸어오기 시작한다. 길을 반쯤 건너왔을 때 한 남자가 건물 모퉁이를 돌아 이쪽으로 온다. 나는 큰 소리로 속삭인다.

"서둘러!"

하지만 안젤리나는 걸음을 멈추고 그 남자를 쳐다본다.

"어서 뛰어!"

나는 큰 소리 나는 것도 아랑곳하지 않은 채 속삭이듯 외친다.

하지만 안젤리나는 멈추어 서서 술에 취한 남자를 쳐다본다. 남자는 손에 술병을 들고 비틀거리며 걷고 있다. 남자가 발을 멈추고 안젤리나에게 축축한 눈길을 부낸다. 나는 거리로 뛰어나가 안젤리나의 손을 움켜쥔다. 나한테 끌려 길을 건너는 안젤리나가 겁에 질려 있다.

"서두르지 않으면 옥수수 트럭에 탈 수 없어."

내가 안젤리나에게 말한다. 나는 재빨리 동생을 들어 올려 트럭 뒤편에 태운다. 그리고 나도 기어 올라가 우리 머리 위로 방수포를 덮는다.

우리는 아무 소리도 내지 않고 어둠 속에서 기다린다. 숨을 쉬기도 어려운 상황이지만 안젤리나는 불평하지 않는다.

"숨바꼭질하는 것 같아."

동생의 목소리에 장난기가 가득하다.

나는 어둠 속에서 미소 짓는다.

"그렇구나. 숨바꼭질하는 것 같네."

나는 속삭인다.

"그러니까 소리를 내면 안 돼."

우리는 한참을 기다린다. 어린 여자아이로서는 대단히 힘든 일이다. 신선한 공기를 쐬고 싶어서 방수포를 들어 올리려던 찰나, 운전수가 차 문을 열고 들어오는 소리가 들린다. 차에 시동이 걸린다. 요란한 소리와 함께 덜컥거리며 출발하더니 곧 흙먼지 가득한 길을 달리기 시작한다. 방수포 아래로 바람이 밀려들어 온다. 길에서 올라온 흙먼지와 옥수수 때문에 우리는 눈을 뜰 수 없다. 바람 소리와 엔진 소리가 워낙 커서 우리는 겁도 없이 대화를 한다.

"우리와 함께 옥수수 트럭을 탈 수 있는 운 좋은 사람이 아무도 없구나."

내가 안젤리나에게 말한다. 서글픔이 서린 진실이다.

"배고파, 오빠."

동생이 말한다.

44

"넌 정말 운이 좋은 아이야."

나는 옥수수 더미에 손을 집어넣어 아직 덜 마른 옥수숫대 하나를 찾아낸다.

"자, 여기."

동생의 손에 옥수숫대를 쥐어 준다.

"토르티야랑 프리홀레스(콩 요리—옮긴이) 먹고 싶어."

동생이 말한다.

"그럼 한번 찾아볼까?"

나는 옥수수 더미 속을 다시 뒤지는 시늉을 한다. 나는 고개를 젓는다.

"이 옥수수 트럭에 탔던 마지막 사람들이 토르티야와 프리홀레스를 모두 먹어 치웠나 봐. 우리 안젤리나를 위해서 아무것도 안 남겨 놓다니 이런 돼지들 같으니라고."

안젤리나가 키득키득 웃는다.

"옥수수 속의 돼지들."

안젤리나가 말한다.

"우리 '옥수수 속의 돼지들'이라는 노래를 만들자."

그렇게 우리는 곡조를 만들어 붙인다. 안젤리나는 옥수숫대를 씹으며 노래를 부른다. 트럭이 속도를 늦출 때마다 나는 손가락을 동생 입술에 살짝 갖다 댄다. 꽉 누를 필요는 없다. 이제 안젤리나도 소리를 죽여야 한다는 사실을 배웠기 때문이다.

"목말라, 오빠."

나는 또다시 옥수수 속을 뒤지는 시늉을 한다.

"이거 알아?"

나는 깜짝 놀란 투로 말한다.

"응, 알아, 알아. 그 돼지들이 물도 몽땅 마서 버렸구나?"

동생이 말한다.

나는 마을을 하나하나 지날 때마다 방수포를 조금 들어 올려 밖을 내다본다. 기억나는 마을이 있는가 하면 그렇지 못한 마을도 있다. 보카델 몬테 마을은 기억난다. 그다음에 지난 마을은 라 쿰브레 마을이나 산페드로 카데나스 마을인 것 같다. 길이 흙먼지로 가득하다. 나는 셔츠를 끌어 올려 입을 막는다. 안젤리나도 지저분해진 빨간 원피스 자락으로 입을 막는다.

밤이 늦어지면서 이사발 호수로 향하는 길이 콜타르를 바른 길로 바뀌면서 흙먼지도 잦아든다. 안젤리나는 잠이 들었다. 다행이다. 나도자고 싶다. 어제저녁 해가 진 게 언제였는지 모르겠다. 내일 아침이 되면 안젤리나를 제외한 우리 가족은 세상에 없다. 이제 옥수수 트럭은 이사발 호수 가까이에 이르렀다. 너무 많은 것이 변했다. 변화란 허락도없이 찾아온다던 아버지 말이 옳았다.

세막스 마을을 지나자 나는 이사발 호수가 가까웠음을 안다. 이제 나는 조심스럽게 둘러본다. 프론테라스라는 대도시에 당도하기 전에 트럭에서 뛰어내려야 하기 때문이다. 거기서부터는 다른 길로 호숫가를따라가야 한다. 도시에는 불빛이 많기에 누군가 우리를 볼 수도 있다.나는 안젤리나를 좀 더 자게 둔다. 되도록 잠을 많이 자 두어야 하기 때문이다.

별로 피곤함을 모르겠다. 하지만 마음속이 텅 빈 느낌이다. 나이가 들어 버린 것 같다. 나는 방수포를 걷어 고개를 빼고 내다본다. 프론테라스에서 불빛들이 반짝인다. 무서운 밤이다. 도시에서 발각이라도 되면 어쩐다? 만일 안젤리나와 내가 붙잡힌다면? 우리는 어떤 일을 당하게 될까?

나는 안젤리나를 깨운다.

"이제 가장 신나는 일을 할 차례야, 안젤리나."

내가 말한다.

"이 옥수수 트럭이 멈춘 다음 뛰어내리면 시시한 놀이가 되겠지. 그래서 생각한 건데, 트럭이 달리는 도중에 뛰어내리면 어떨까? 재밌겠지?"

동생은 손등으로 졸린 눈을 비비며 바람 속을 내다본다. 도시가 점점 가까워 온다. 나는 계속해서 앞을 살핀다. 이렇게 빨리 달릴 때 뛰어내리기는 쉽지 않을 테니 우선 기다린다. 트럭이 속도를 늦추면서 기어 변속을 하는 것이 느껴진다. 엔진이 요란한 소리를 낸다. 프론테라스에 들어서자 길에는 두 사람만 보인다. 밤이 아주 늦었기 때문이다.

나는 트럭이 조금 더 속도를 늦출 때까지 기다린다. 그러고는 방수포를 활짝 열어젖힌다. 나는 안젤리나의 허리를 붙들고 트럭의 난간 위로 끌어올린다. 한 팔로 동생을 안고 트럭 뒤편으로 기어가 뛰어내릴 곳을 찾는다. 트럭 운전사가 우리를 발견하지 못하기만을 바랄 뿐이다.

안젤리나가 내 목을 너무 꽉 붙드는 바람에 숨을 쉬기조차 힘들다. 지금 동생이 붙들 수 있는 것이라고는 나뿐이기에 그래도 괜찮다.

그렇게 나는 뛰어내린다.

두 발로 착지하려고 했지만 너무 빨랐다. 우리는 땅바닥으로 나가떨어진다. 다행히도 안젤리나는 땅바닥이 아닌 내 위로 떨어진다. 하지만 덕분에 나는 숨이 막히고 팔과 어깨에서는 살점이 떨어져 나간다. 잠깐 나는 꼼짝도 하지 않고 누워만 있다. 뼈가 부러지지 않았기를 바라면서 말이다. 그러자 안젤리나가 이렇게 말한다.

"이거 다시 하자, 오빠!"

트럭 운전사가 백미러로라도 우리를 보지 못했기만을 바라면서 나는 몸을 일으킨다.

"미안해, 이건 딱 한 번만 할 수 있는 거야."

나는 안젤리나에게 말한다. 나는 재빨리 동생의 손을 잡고 길을 건넌다. 팔과 어깨가 통증으로 화끈거린다. 하지만 오늘 밤에 일어난 일들에 비하면 이따위 고통쯤은 아무것도 아니다.

안젤리나가 몸을 돌려 멀어져 가는 트럭을 향해 잘 가라고 손을 흔든다.

"누구한테 인사하는 거야?"

내가 묻는다.

"옥수수 속의 돼지들한테."

안젤리나가 대답한다.

연료통의 진흙

안젤리나의 손을 붙들고 프론테라스 거리에서 서 있는 지금이 몇 시인지 모르겠다. 이 밤은 끝이 없는 어둡고 긴 터널과도 같다. 수탉이 우는 소리가 들리는 것을 보아하니 곧 동이 트려나 보다. 아침이 밝았는데도 여전히 이 도시에 남아 있다면 매우 위험해질 것이다. 군인들은 자기들이 저지른 짓을 목격한 사람들을 모조리 잡아다가 죽이려 들 테니까 말이다.

나는 재빨리 세 블록을 지나 이사발 호수에서 도시로 접어드는 길로 들어선다. 이렇게 이른 시간에는 트럭도 다니지 않는다. 하지만 이 길을 따라서 라모스 삼촌의 집까지 가려면 30킬로미터는 족히 걸어야 한다. 떠돌이 개들만 눈에 뜬다. 삐쩍 마른 개들이 여기저기에 널려 있는 쓰레기 더미들을 헤집고 있다. 도시는 연기와 쓰레기와 트럭 엔진 소리로 가득하다. 숲의 소리와 냄새를 가리는 것들이다.

안젤리나가 내 옆에서 걷고 있다. 동생의 커다란 눈이 초점을 잃은 채 어둠을 응시하고 있다. 무언가에 넋이 나간 것 같은 표정이다. 까맣고 긴 머리는 엉겨 붙고 헝클어져 있다. 길을 따라 걷다가 어떤 집 앞에 세워진 픽업트럭 하나를 발견한다. 나무줄기를 높다랗게 세워서 짐칸을 만든 것이 꼭 지붕 없는 가축 우리 같다. 시동이 켜진 걸로 봐서는 운전수가 곧 돌아올 모양이다. 이사발 호수로 가는 트럭인지 알 수는 없지만 트럭의 머리가 향한 곳으로 봐서는 그렇다. 나는 안젤리나를 데리고 길을 건너 픽업트럭으로 다가간다. 우리는 어두운 그늘에 서서 기다린다.

얼마 기다리지 않아 또 다른 트럭이 우리를 향해 다가온다. 좋았어, 나는 생각한다. 어쩌면 이 트럭에 탈 수 있겠어. 하지만 속도를 늦춘 트럭 안에는 군인들이 가득 타고 있다. 거리의 불빛 덕분에 잘 보인다. 군인들은 마치 소들처럼 트럭의 짐칸에 서 있다. 어쩌면 도스 비아스에 쳐들어온 바로 그 군인들일지도 모른다. 트럭은 우리와 아주 가까운 곳에서 멈춘다. 군인들의 얼굴을 알아볼 수 있을 만큼 가까운 거리다. 군인들이 트럭에서 뛰어내리기 시작한다.

생각할 겨를이 없다. 곧 그들 중 하나가 우리를 발견하게 되리라는 것만은 확실하다. 어쩌면 우리가 누군지 알아보는 군인이 있을지도 모른다. 나는 최대한 빠른 속도로 안젤리나를 들어 픽업트럭 뒤에 싣고 나도 기어 들어간다.

"엎드려."

나는 안젤리나에게 말한다. 재미있는 이야기를 만들어 낼 시간도 없기에 나는 그냥 손으로 동생의 입을 틀어막는다.

우리가 어디에 엎드려 있는지도 모르겠다. 뭔가 부드럽고 축축하다. 그리고 말똥 냄새가 난다. 이제야 우리가 말을 운반하는 차량에 탔다는 것을 깨닫는다. 하지만 다른 방도가 없다. 군인들이 우리를 향해 걸어 오고 있다. 시끄럽게 떠들며 이 밤과 기나긴 이동에 대해 불평을 늘어놓는다. 누군가 도스 비아스에 대해서도 이야기한다.

이제 군인들이 픽업트럭 옆을 지나간다. 숨도 쉴 수 없다. 누군가 나뭇가지 사이를 들여다보기라도 한다면 우리는 대번에 발각되고 말 것이다. 안젤리나가 꼼짝 않고 있어 주기만 바랄 뿐이다.

어두워서 천만다행이다. 군인들의 목소리가 멀어져 간다. 우리를 지켜 주고 있는 어떤 힘이 존재하는 것 같다. 운전사가 집에서 나와 운전석에 올라타는 소리가 들린다. 차를 급히 출발시키는 모양이다. 운전사는 자꾸만 어깨 너머로 군인들을 쳐다본다. 이 남자도 두려워하고 있는 게 분명하다. 아직도 우리의 존재를 알아채지 못하는 이유가 그것이다. 트럭은 이사발 호수를 향해 달린다.

"우린 지금 진흙에 누워 있어."

안젤리나가 내게 속삭인다.

"돼지들처럼."

"맞아."

내가 말한다.

"돼지들 같아."

안젤리나가 몸을 돌려 말똥에 얼굴을 파묻지만 않으면 좋겠다. 그래서 이렇게 말한다.

"우리 별 구경할까?"

우리는 등을 대고 누워 하늘을 바라본다. 이 트럭, 어쩐지 이상하다. 속도를 올리는가 하면 다시 늦추고 왼쪽으로 꺾었다가 또다시 오른쪽으로 꺾기도 한다. 아마도 운전사가 술에 취한 것 같다.

"왜 자꾸 도는 거야?"

안젤리나가 묻는다.

"멀미 나려고 해."

"이 아저씨는 아주 좋은 분이야."

내가 말한다.

"우리를 재미있게 해 주려고 그러시는 거야."

"오빠한테서 말 냄새가 나."

동생이 말한다.

나는 웃으며 높이 솟은 밤하늘의 별들이 앞뒤로 흔들거리는 모습을 구경한다.

"맞아."

내가 말한다.

"내게서 말 냄새가 나지? 너도 마찬가지야. 왜냐하면 우리는 오늘 밤 말을 타는 중이거든."

제발 안젤리나, 우리 아래로 깔린 말똥에 대한 질문만은 말아 주렴.

트럭은 계속해서 비틀거리고 흔들거린다. 곧 나도 멀미가 나기 시작한다. 신선한 공기를 마시고 싶어서 몸을 일으켰다가 곧 뒤쪽으로 기어가 트럭 밖으로 고개를 내밀고 연신 구토를 해 댄다. 운전사가 알아차리지 못했는지를 재차 확인하며 다시 자리에 눕는다. 안젤리나를 바라보니 이미 잠이 들었다.

안젤리나의 작은 얼굴이 편안해 보인다. 좋은 꿈을 꾸고 있나 보다. 이 모든 일을 겪고도 어떻게 그럴 수 있는지 모르겠다. 나도 잠이 들어 나쁜 일들은 모두 잊어버렸으면 좋겠다. 하지만 지금은 그것 말고도 바랄 것이 너무 많다. 일단 운전사가 술 취한 것이 아니기를 바란다. 안젤리나와 함께 말을 타고 산에서 내려온 일이 모두 즐거운 놀이였기를. 그리고 무엇보다도 내가 지난밤에 본 모든 것이 그저 폭죽놀이에 불과하기를. 나의 바람대로라면 오늘 밤은 한낱 꿈에 불과할 텐데.

지금까지 이 밤이 내게 허락한 시간은 도망칠 시간과 안젤리나를 돌볼 시간뿐이었다. 내 자신에 대해서 돌아볼 시간은 허락되지 않았다. 별들이 나를 내려다보고 있는 지금, 나는 오늘 일어난 일들을 떠올린다. 무섭다. 어머니는 항상 내게 이렇게 말하곤 했다. "크고 잘생긴 산티아고, 넌 도스 비아스에서 가장 용감한 아이란다."

어머니의 말은 틀렸다. 오늘 밤 나는 한없이 작은 존재다. 그리고 어디론가 숨고만 싶다. 일어나서는 안 될 일들이 많이 일어났다. 이 밤은 심한 공포를 겪었다. 그리고 그 공포는 아직도 끝나지 않았다. 내게는 안젤리나를 데리고 이 픽업트럭에서 무사히 내리는 일, 그리고 동이 트기 전에 라모스 삼촌 집에 도착하는 일이 아직 남아 있다.

라모스 삼촌의 집이 어디인지 정확히 기억이 나지 않는데. 아버지와 함께 삼촌 집에 가는 길에 나는 주변의 새로운 것들을 구경하느라 정신이 없었다. "그래, 여기서 꺾어져서 저 길로 가야 해"라는 식으로 가는 길을 눈여겨보아 두지 못했다. 이제 와서 후회가 된다. 왜 미리 살펴보아 두지 못했을까? 어쩌면 이미 지나쳤을지도 모르겠다. 이 술 취한 운전사가 영 다른 곳으로 데려가면 어쩌지? 이러다가 교통사고라도 나면?

나는 짐칸 너머로 캄캄한 밖을 내다본다. 내가 어디쯤 있는지 알 수 있을까 해서다. 들판과 집들과 건물들이 지나간다. 아무것도 기억나지 않는다. 흐릿한 달빛만이 호수를 비춘다. 마음이 편해진다. 아직 호수가 보이는 걸 보니 지나친 것은 아니다.

꽤 먼 거리를 달려왔다. 운전사는 여전히 이리저리 방향을 틀고 속도를 변경한다. 두 번이나 도로를 이탈할 뻔했다. 졸음운전을 하는지도 모르겠다. 아직 라모스 삼촌 집에는 도착하지도 않았지만 당장 안젤리나를 데리고 이 트럭을 빠져나가야겠다고 결심한다. 과테말라에서는 많은 사람들이 교통사고로 죽는다. 열악한 도로 상태와 음주운전 때문이다. 하지만 무슨 수로 차를 멈추게 한단 말인가? 주변을 둘러보며 방법을 찾아본다. 긴 밤을 지나다 보니 뇌마저 무감각해지는 것 같다.

어둠 속에서 폭포가 보인다. 갑자기 기억이 살아난다. 삼촌 집에서 그리 멀지 않은 곳에 폭포가 있었다. 이제야 생각이 난다. 그렇다면 여기서 이 픽업트럭을 멈춰 세워야 한다. 하지만 어떻게? 말똥을 던져서 앞 유리에 맞힌다면 운전사가 차를 세울 것이다. 하지만 우리는 곧 잡히겠지. 차바퀴에 구멍을 내면 어떨까? 하지만 달리는 차바퀴에 구멍을 낼 방법이 없다. 내가 가진 것이라고는 짐칸 가득한 말똥과 아주 짧은 시간뿐.

좋은 생각이 떠오른다. 나는 몸을 낮추고 뒤편으로 기어간다. 나뭇가지 사이로 손을 뻗어 짐칸의 옆면을 더듬는다. 주유구를 찾기 위해서다.

차가 또 방향을 바꾼다. 또다시 도로를 이탈할 뻔했다. 나는 안젤리나를 깨운다. 안젤리나는 눈을 뜨고 두리번거리다가 차량 밖으로 손을 뻗은 나를 발견한다.

나는 손가락을 들어 입술로 가져간다. 그러고는 내 쪽으로 기어오라고 손짓을 한다. 동생이 옆으로 다가오자 나는 주유구 뚜껑을 비틀어 연다. 그리고 뚜껑을 안젤리나에게 건넨다.

"들고 있어."

나는 속삭인다. 나는 말똥을 한 움큼 쥐어 주유구 속으로 밀어 넣는다. 내가 또다시 말똥을 집으려 하자 안젤리나가 작은 목소리로 묻는다.

"오빠, 뭐하는 거야?"

"연료통에 진흙을 넣는 중이야."

안젤리나는 졸린 눈으로 나를 바라본다.

"왜?"

"차를 멈추게 하려고. 진흙을 넣으면 엔진이 안 돌아갈 테니까."

나는 속삭인다.

나는 여러 번에 걸쳐 말똥을 연료통에 쑤셔 넣는다. 그러고는 엔진이 멈추기를 기다린다. 안젤리나가 작은 손가락들로 말똥을 집어 내게 건네준다. 나는 웃으며 말한다.

"고마워."

내가 비록 자동차에 대해서 아는 바는 없지만, 연료통에 말똥을 넣은 채로는 그리 오래 달리지 못하리라. 그러는 사이 차는 라모스 삼촌 집으로 가는 길목을 지나친다.

내 손놀림이 더 빨라진다. 트럭은 더욱더 비틀거린다. 안젤리나가 말똥을 건네주는 속도는 점점 빨라져서 이제는 거의 던지는 수준이다. 안젤리나가 킬킬거리며 웃는다. 나는 운전사를 가리키며 다시 손가락을 입술에 갖다 댄다.

갑자기 엔진이 쿨럭거리더니 차가 속도를 늦춘다. 나는 행운을 비는 마음으로 말똥을 한 움큼 더 쥐어 연료통으로 밀어 넣는다. 그리고 안젤리나의 손을 잡아끈다. 나는 안젤리나를 옆구리에 끼고 뛰어내릴 준비를 한다.

"우리 또 점프해?"

안젤리나가 묻는다.

나는 고개를 끄덕인다. 차는 한층 더 심하게 요동을 치더니 속도가 부쩍 내려간다.

"하지만 소리를 내면 안 돼."

안젤리나에게 말한다.

"네가 조용히 한다면 점프를 한 번 더 할 수 있어."

트럭이 서서히 멈추자 나는 한 팔로 안젤리나의 허리를 감싼 채 뛰어내린다. 땅에 발을 디딘 나는 어둠 속으로 빠르게 뛰어 들어간다. 라모스 삼촌 집을 향해 뛰기 시작한다. 우리 집은 가난해서 신발이 없다. 그래서 내 발은 무척 거칠다. 그래도 자갈밭을 뛰자니 발이 아프다. 뒤로는 엔진이 마지막으로 요동을 하더니 완전히 멈추는 소리가 들린다. 나는 안젤리나를 땅에 내려놓는다. 우리는 계속 달린다.

안젤리나를 쉬게 하려고 잠시 멈추자 술 취한 운전사가 우리 등에 대고 고래고래 저주를 퍼붓는 소리가 들린다. 아침이 되어 사태가 파악되면 운전수는 어떤 기분일까? 어쩌면 너무 술에 취해 있어서 어떻게 말똥이 연료통에 들어갔는지 아예 모를 수도 있다. 하지만 어쨌건, 내가 오늘 밤 이 남자의 목숨을 구해 준 걸 수도 있다.

라모스 삼촌이 살던 집으로 들어가는 진입로에 다다르자 귀뚜라미들은 더 이상 울지 않았고 하늘 위로 떠 있는 별들도 빛이 희미해진 상태였다. 이제 1킬로미터만 더 가면 된다. 발걸음을 재촉한다. 누군가 우리를 발견하여 군인들에게 알릴 수도 있기 때문이다. 용변을 볼 때를 제외하고는 쉬지 않고 걷는다.

희붐한 새벽이 올 무렵, 드디어 작은 오두막을 발견한다. 나무판자로 벽을 세워 야자수 잎으로 지붕을 얹은 집이다. 개나 닭이 들어오지 못하게 하려고 철사를 감아 놓은 문이 보인다. 나는 철사를 푼다. 무사히 집 안으로 들어오자 나는 문을 닫는다. 캄캄한 어둠 속이다. 이 세상의 무게보다 더 무겁게 내 몸을 짓누르던 쇳덩이가 사라진 것 같다.

"드디어 해냈어, 안젤리나."

나는 지친 목소리로 말한다.

"이번 점프는 별로 재미없었어."

동생이 말한다.

"왜 그랬을까?"

내가 묻는다.

안젤리나가 키득거린다.

"넘어지지 않았으니까."

나는 안젤리나를 안고 크게 소리 내어 웃는다. 간밤의 공포를 털어 내고 싶기 때문일지도 모른다.

"우리 다음에는 꼭 넘어지자."

나는 안젤리나에게 약속한다.

어둠이 너무 짙어 이 작은 방을 둘러보기도 어렵다. 손으로 더듬거리며 간신히 라모스 삼촌의 침대를 찾는다. 도스 비아스에서는 누구나 페타테를 깔고 바닥에서 잔다. 페타테란 풀을 엮어서 만든 멍석이다. 어머니는 내게 흙이 우리의 진정한 어머니기에 우리는 흙 가까이에 있어야 한다고 가르치곤 했다. 이러한 이유로 우리는 의자를 사용하지 않는다. 페타테에 앉아서 음식을 먹고 페타테에 누워서 잔다. 진정한 어머니로부터 굳이 멀어질 필요는 없지 않은가?

하지만 지금, 이보다 더 피곤한 적은 없었다. 그런데 페타테를 찾을 수가 없다. 하루쯤 폭신한 매트리스에서 잔다고 큰일이 날 것 같지는 않다. 대자연 어머니도 이해해 주리라. 나는 안젤리나를 침대로 데려온다.

"여기서 자자."

나는 말한다.

"좋아."

안젤리나가 어둠 속에서 침대로 기어들어 온다.

나도 눕는다. 너무 피곤해서 생각도 할 수 없다.

"오빠, 이거."

안젤리나가 내 옆구리를 쿡쿡 찌르며 말한다.

"뭔데?"

나는 간신히 눈을 뜨며 묻는다.

동생이 손을 뻗는다. 나는 어둠 속에서 더듬거리며 동생의 손을 잡는다. 동생의 작은 손가락 사이에 들린 것은 다름 아닌 주유구 뚜껑이다.

라모스 삼촌의 집

아무도 없는 라모스 삼촌의 집에서 안젤리나와 나는 정신없이 잔다. 나는 마치 죽은 사람처럼 잔다. 죽음과 다른 점이라고는 꿈을 꾼다는 것 뿐이다. 나는 여러 꿈을 꾼다. 두려워하는 것들에 대한 꿈이다. 군인들과 총, 그리고 가난한 캄페시노이자 인디헤노스들에게 무슨 일이 생기건 말건 아무런 관심이 없는 부자들에 대한 꿈이다. 꿈속에서 나는 총을 피해 도망치려 한다. 군인들이 나를 붙잡고 그중 하나가 나에게 총을 겨눈다. 내 머리 위로는 하늘이 불타고 있다. 그러고는 잠에서 깬다. 얼굴과 몸이 땀에 흥건히 젖어 있다. 내가 어디 있는지 모른다. 내가 있는 곳을 알아차리는 데에 시간이 걸린다.

옆에는 안젤리나가 자고 있다. 자는 모습이 천사 같다. 어떻게 이럴수 있는지 모르겠다. 안젤리나도 내가 본 것을 모두 같이 보았는데 말이다. 창틀 사이로 스며든 달빛이 비춘 동생의 얼굴을 보니 입꼬리가 살짝 올라간 것이 옅은 미소를 띠고 있다. 동생은 내 옆에 꼭 붙어서 자고 있다. 작고 동그란 얼굴이 웃고 있는 달과 같다. 사랑스러운 동생. 이제 내 유일한 가족이다. 내가 믿을 수 있는 유일한 사람이기도 하다. 나를 해하지도, 위협하지도 않는 유일한 사람이다.

다시 눈을 뜨자 해가 중천에 떠 있다. 누군가 나를 세차게 흔들어 깨운다.

"너희들 여기서 뭐하는 거냐?"

큰 목소리로 외친다. 나는 눈을 뜬다. 손에 마체테를 든 커다란 몸집에 나이 든 남자가 머리맡에 서 있다. 나는 일어나 도망치려 한다. 하지만 남자가 내 머리 위로 마체테를 휘두르며 다시 소리친다.

"여기서 뭐하는 거냐니까!"

안젤리나도 일어난다. 나는 동생을 가까이 끌어당긴다.

"라모스 삼촌이 여기로 오라고 했어요."

말하고 있지만 목소리가 목구멍에 걸려서 나오지 않는다.

그러자 남자가 나를 노려본다.

"라모스가 너희 삼촌이라고?"

나는 끄덕인다.

"라모스가 왜 너희를 여기로 오라고 했지?"

남자가 묻는다.

뭐라고 설명해야 할지 모르겠다.

"아저씬 누구세요?"

이번에는 내가 묻는다.

남자는 마체테를 들어 문 쪽을 가리키며 말한다.

"나는 호숫가에서 1킬로미터 떨어진 곳에 살고 있다. 하지만 라모스가 떠난 뒤로 이 땅을 돌보고 있지."

그는 여전히 내가 잘못이라도 저지른 것처럼 나를 노려본다.

"라모스는 어디 있느냐?"

남자가 묻는다.

나는 남자를 처다본다. 밭일 때문인지 그의 옷은 누더기처럼 낡았다. 뜨거운 태양 때문인지 피부가 동물 가죽처럼 거칠다. 남자는 천천히 마체테를 내려놓는다. 하지만 눈동자에 서린 분노는 그대로다.

그 역시 가난한 캄페시노임이 분명하므로 나는 군인들이 저지른 학살에 대해 이야기한다. 말을 타고 로스 산토스에 갔더니 사람들이 모두 죽어 있더라는 이야기도 한다. 슬픔이 밀려와 눈에 눈물이 가득 고이더니 급기야 나는 울음을 터뜨린다. 하지만 이야기는 계속한다.

"옥수수를 실은 트럭을 타고 프론테라스까지 왔어요. 그러고는 거기서 술 취한 운전수가 운전하는 픽업트럭을 타고 여기로 왔고요."

나는 말한다. 연료통에 말똥을 쑤셔 넣은 이야기는 하지 않는 편이 좋겠다.

내가 말을 마치자 남자는 마체테를 침대에 내려놓더니 한 손은 내 어깨에, 다른 한 손은 안젤리나의 머리에 올려놓는다. 그의 두 눈도 눈물로 가득하다.

"마드레 데 디오스!(스페인어로 '신의 어머니', 즉 성모 마리아라는 뜻을 가진 감탄어구—옮긴이)"

62

그는 하늘을 올려다보며 낮은 목소리로 중얼거린다.

"네가 말한 게 모두 사실이냐?"

나는 끄덕인다.

"그렇다면 이곳은 너희들이 있기에 너무 위험하구나."

그가 말한다.

"여기엔 군인들이 아주 많아."

"라모스 삼촌이 제게 카유코 타는 법을 가르쳐 주셨어요."

내가 말한다.

"저더러 카유코를 타고 멀리 떠나라고 하셨죠. 내가 목격한 것을 세상 사람들에게 알려 주라고도 하셨고요."

"배를 타고 어디로 가라고 하더냐?"

남자가 묻는다.

"미국으로요."

내가 말한다.

"네 동생을 데리고 말이니?"

나는 고개를 끄덕인다.

남자는 한동안 우리를 뚫어지게 바라보며 생각에 잠긴다.

"내가 가서 집사람에게 음식을 만들어 달라고 하마."

그가 말한다.

"곧 돌아올 테니 그때 다시 이야기하자. 너희에게 해 줄 이야기가 많구나."

남자는 일어서서 내게 손을 내민다.

"내 이름은 엔리케다."

남자와 악수를 한다.

"저는 산티아고예요. 이 아이는 제 동생 안젤리나고요. 물 좀 마실 수 있을까요?"

엔리케 아저씨가 고개를 끄덕인다.

"가기 전에 물부터 가져다주마. 하지만 여길 떠나서는 안 된다. 여기에 낯선 사람들이 있다는 걸 아는 순간 군인들이 들이닥칠 테니까 말이다."

얼마 안 있어 엔리케 아저씨가 양동이 가득 물을 담아 온다.

"무슨 일이 있어도 집 밖으로 나가면 안 된다."

아저씨가 강조한다.

엔리케 아저씨가 떠난 후 나는 안젤리나를 붙들고 묻는다.

"안젤리나, 괜찮니?"

안젤리나가 창밖을 내다본다.

"이제 그만 놀아."

동생이 말한다.

"집에 갈 시간이야. 엄마 아빠 보고 싶어."

안젤리나도 우리 가족이 모두 죽고 집이 불타는 모습을 보았다. 하지만 동생은 그런 일이 일어난 적이 없다고 믿고 싶은가 보다. 아무 일 없는 척하는 동생은 그렇다 쳐도 나까지 그러한 행동에 동조를 하는 것이 맞는지 모르겠다.

"아주 나쁜 일이 일어난 것은 너도 알지?"

내가 말한다.

"지금은 집에 갈 수 없어. 이제부터 너는 용감한 소녀가 되어야 해. 배 타고 멀리 떠나야 하니까."

"어디로 가는데?"

동생이 묻는다.

"미국이라는 곳이야. 먹을 것과 장난감도 많고, 강아지와 고양이도 많은 곳이지."

내가 이 말을 하는 이유는 안젤리나가 고양이와 개를 무척이나 좋아하는 것을 알기 때문이다.

안젤리나의 눈에 눈물이 그렁그렁하다.

"집에 가고 싶어."

반복해서 말하는 동생의 목소리에서 상처가 느껴진다.

나는 안젤리나를 껴안으며 말한다.

"울지 마, 우리 천사. 좋은 일도 생길 거야."

이 말은 나부터 믿어야 할 약속이다.

안젤리나는 다른 아이들처럼 큰 소리로 울거나 짜증내지 않는다. 안젤리나는 내가 아는 가장 용감한 소녀다. 동생은 눈물을 훔치며 애써 웃음을 짓는다.

"목마르니?"

내가 묻는다.

안젤리나는 고개를 끄덕인다.

나는 컵을 찾아 물을 따른다. 배도 많이 고프지만 먹을 것이 없다. 그래서 우리는 잠을 더 자기로 한다.

다시 깨어나자 어느덧 해가 지고 있다. 엔리케 아저씨를 기다리며 물을 가져다가 안젤리나의 얼굴과 손을 씻긴다. 트럭에서 뛰어내리며 다친 내 어깨도 물로 씻어 낸다. 살갗이 벗겨져 빨갛게 된 데다가 아직도 피가 난다.

드디어 발소리가 들린다. 나는 안젤리나의 입술에 손가락을 대고 조용히 하라는 신호를 한다. 발소리가 문까지 다가오자 낮은 목소리가 들려온다.

"얘들아, 우리가 왔다."

문을 열자 엔리케 아저씨가 들어선다. 아저씨 뒤로 양팔에 꾸러미를 든 아주머니가 따라 들어온다. 삐쩍 마르고 피곤한 기색이 역력한 나이든 아주머니다. 아픈 사람처럼 보인다.

"여기는 내 아내, 실비아란다."

아저씨가 소개한다.

안젤리나는 미소를 띠며 아주머니를 바라본다. 아마도 아주머니를 보며 우리 어머니를 떠올리는 모양이다.

우리도 인사를 한다. 아주머니가 꾸러미를 펼치며 말한다.

"먹을 것을 좀 가져왔단다."

꾸러미가 채 열리기도 전에 안젤리나가 음식을 향해 손을 뻗는다. 아주머니가 미소를 짓는다.

"이이한테서 너희들 얘기 들었어."

아주머니가 말한다.

"우리도 가난하지만 할 수 있는 데까지 너희를 돕고 싶구나."

안젤리나와 내가 토르티야와 과일을 먹는 동안 엔리케 아저씨가 이야기를 시작한다.

"나는 오랫동안 라모스를 알고 지냈지. 그곳에서 사는 동안 인디헤노스들에게는 나쁜 일들만 일어났다. 라모스는 옥수수 운반을 하려고 카유코를 만든 게 아니야. 언젠가는 과테말라를 떠날 목적이었지. 그게 그의 꿈이었어. 라모스는 누구나 두려움 없이 자기 생각을 말할 수 있는 그런 곳으로 가고 싶어 했단다. 과테말라에서 벌어지고 있는 악행을 세상에 알리고 싶어 했지. 그의 이런 생각을 알고 있는 사람은 실비아와 나뿐이다. 라모스가 세상을 떠나면서 그 꿈을 너희들에게 물려 준 모양이구나.

"산속 마을들이 불에 탔다는 이야긴 들었다. 여기서도 학살이 자행되고 있지. 매일 사람들이 없어지고 있어. 과테말라를 떠나 멕시코로 망명하려는 사람들이 수천 명이나 된다고 하더구나."

"그 사람들은 무사히 망명하고 있나요?"

내가 묻는다.

엔리케 아저씨는 어깨를 으쓱한다.

"그런 이들도 있다지만 많이들 죽지. 먹을 것도 충분하지 않을뿐더러 병에도 많이 걸리니까. 구토와 고열에 설사까지 한다지. 너희들이 하려는 일은 많은 인디헤노스들이 꿈꾸는 일이야. 너희가 미국에 갈 수만 있다면 그곳에서 희망을 찾을 수 있을 게다."

"하지만 우리가 죽으면요?"

내가 묻는다.

엔리케 아저씨는 잠시 멈추었다가 다시 말을 잇는다.

"이곳에서 우리의 삶은 짐승의 삶이나 다름없다. 총에 맞아 죽느니 물에 빠져 죽는 게 나을지도 모르겠구나. 어쩌면 콜레라나 말라리아, 아메바 병, 기아 따위로 천천히 죽느니 바다에서 빨리 생을 마감하는 것도 나쁘지 않을 거야. 여긴 희망이 없어. 카유코를 타고 미국으로 가려 한다는 자체만으로도 희망적이지."

"여기 상황이 나아질 수도 있잖아요?"

내가 말한다.

엔리케 아저씨는 고개를 젓는다.

"부자들은 우리한테 관심이 없어. 지난 수 년 동안 우리는 인디헤노스에게도 감정이 있고 희망이 있다는 사실을 알리기 위해 노력해 왔단다. 사람답게 사는 것이 우리의 유일한 바람이라는 것을 말이야."

"왜 저들이 우리를 미워하죠?"

내가 묻는다.

"왜냐하면 부자들에게는 양심이 없기 때문이란다."

"아저씨, 우리가 미국에 갈 수 있을까요?"

내가 묻는다.

엔리케 아저씨는 고개를 끄덕인다.

"실비아와 나도 조금만 더 젊었다면 너희와 함께 가려고 했을 게다. 하지만 우리는 늙었고 또 실비아는 모기에게서 전염병을 옮아 앓고 있단다. 오늘 너희들을 만난 뒤로 참 많은 생각이 들더구나. 최대한 빨리 이곳을 떠나거라."

"오늘 밤에요?"

내가 묻는다.

"그래, 오늘 밤 말이다."

엔리케 아저씨가 고개를 끄덕이며 말한다.

"내가 이 카유코를 여러 번 타 봤으니 만이 나올 때까지는 함께 가 주마. 같이 가면서 너희에게 필요한 것들을 알려 주지. 바다에 이르면 나는 해안가에 내려서 버스를 타고 다시 이곳으로 돌아오면 돼. 그 이후에는 너희들끼리 가야 하지만 날씨만 좋다면 별 탈 없을 거다."

"날씨가 궂으면요?"

내가 묻는다.

엔리케 아저씨는 고개를 흔든다.

"날씨가 아주 나쁠 경우에는 섬이나 해안가를 찾아 피해야지."

궁금한 것들이 많이 있지만 엔리케 아저씨는 질문할 틈도 주지 않고 이야기를 계속한다.

"북쪽 해안선을 따라 올라가는 도중에는 무인도를 발견하더라도 절대로 쉬어서는 안 돼."

엔리케 아저씨가 말을 잇는다.

"너희 것을 빼앗거나 혹은 너희를 죽이거나, 그것도 아니면 군인들에게 일러바칠 사람들이 도처에 깔려 있기 때문이지. 먹을 것은 우리가 챙겨 주마. 그리 많은 양은 아니지만 간신히 연명할 정도는 될 게다."

"이걸 받으렴."

아저씨가 마체테를 주며 말한다.

"코코넛을 쪼개거나 과일을 자를 때, 물고기를 잡거나 카유코를 손볼 때 꼭 필요할 게다. 또 이걸로 너희 스스로도 안전하게 지켜 내길 바란다."

"왜 저희에게 이렇게 잘해 주시는 거죠?"

내가 묻는다.

이때까지 거의 말이 없던 실비아 아주머니가 우리 옆에 무릎을 꿇고 앉더니 손을 안젤리나의 머리에 얹는다.

"라모스는 우리 부부를 아주 많이 도와주었지. 그가 가족을 잃은 후 그는 우리에게 형제와 다름없었단다."

"삼촌의 가족은 어떻게 되었는데요?"

내가 묻는다.

실비아 아주머니는 이 질문에 대답을 하지 않는다.

"너와 네 여동생이 과테말라에 남는다면 정말 위험할 거야."

아주머니가 말한다.

"엔리케와 나도 여러 번 도망칠 궁리를 했다만 꿈일 뿐이었지. 우리는 너무 늙었고 나는 병까지 들었어. 그래, 우리는 못 가지만 너희는 갈 수 있을 거야. 너희가 미국에 가려고 한다는 것만으로도 우리의 꿈과 희망이 너희와 함께 가는 것 같구나."

아주머니가 부드러운 어조로 말한다.

"그게 우리 두 늙은이가 바라는 전부다."

"미국은 어떤 곳인가요?"

내가 묻는다.

엔리케 아저씨가 어깨를 으쓱하며 말한다.

"우리도 얘기만 들었지. 집집마다 똥을 누면 똥이 사라지는 변기라는 게 있다는구나. 또 집에 파이프가 연결되어 물이 나올 뿐 아니라 원할 때마다 언제든 쓸 수 있다지. 미국은 가난한 사람들도 입을 옷과 자동차, 음식을 누릴 수 있는 곳이란다. 부자들이 가진 재산을 나눠 주고 아무도 가난한 이들의 땅을 빼앗지 않는 미국이란 나라는 정말 좋은 나라 같아."

"날이 저물고 있어요, 여보."

아주머니가 아저씨에게 시간을 상기시킨다.

"그렇군. 우리에겐 할 일이 많지."

엔리케 아저씨가 말한다.

"이제 곧 어두워질 게다. 나는 카유코 위에 나무판을 올려 못질을 좀 해야겠다. 비가 와도 배 안으로 물이 들어가지 못하도록 말이야. 여행 길에 먹을 토르티야와 과일은 실비아가 챙겨 줄 게다. 물병도 좀 넣어 주마. 비가 내리지 않으면 먹을 것보다 물이 더 아쉬워지는 법이거든. 배가 고프면 바다에서 물고기를 잡아먹으면 되니까 말이야."

"저희가 도울 것은 없을까요?"

"너희는 우선 더 자 두는 것이 좋겠다. 일단 이곳을 떠나 출발을 하면 미국에 도착할 때까지 제대로 잠을 자기 어려울 테니 말이야."

나는 끄덕인다. 아저씨와 아주머니의 행색으로 짐작하건대 가난한 분들임에 틀림없다. 안젤리나와 내게 가져다줄 음식이란 것은 아마도 이들이 다음 달을 버틸 식량일 것이다. 그래서 나는 이렇게 인사한다.

"고맙습니다. 정말 고맙습니다. 언젠가는 이 은혜를 꼭 갚을게요."

내 귀로 내가 말하는 소리가 들린다. 무척이나 작은 목소리다.

"너희가 미국에 무사히 도착하는 것이 우리에게 은혜를 갚는 길이야."

실비아가 말한다.

"너희가 성공한다면 너희는 우리 부부의 꿈이자 동시에 모든 인디헤노스의 꿈을 이루어 주게 되는 거란다."

나의 귀여운 다람쥐

잠을 자고 싶지만 생각이 많아서 좀처럼 잠들지 못한다. 라모스 삼촌이 내게 준 나침반을 주머니에서 꺼내어 본다. 자세히 살펴보는 것은 지금이 처음이다. 크기는 작지만 묵직하다. 놋쇠로 된 뚜껑을 열어 여기저기 긁히고 얽은 유리면을 만져 본다. 라모스 삼촌이 나침반 사용법을 알려 줄 때만 해도 나는 이것이 내 목숨을 구하리라고는 생각하지 못했다.

손에 들린 나침반을 가만히 들여다보고 있자니 내가 지금 용감한 행동을 하는 건지 아니면 엄청나게 어리석은 행동을 하는 것인지 궁금해진다. 모르겠다. 내가 아는 것이라고는 내겐 희망이 있다는 것뿐, 그렇다고 그 희망이 언제나 진실을 말하는 것만은 아니다. 안젤리나는 침대에 누워 잠을 자고 있다. 나는 그런 동생을 바라본다. 더는 동생이 상처받게 할 수 없다. 아직 어린 내 동생은 아무것도 모른다. 이제부터 우리가 아주 길고 위험한 여행을 떠나게 되리라는 것도 이해하지 못한다.

내가 이 여정을 떠나야 하는 이유에는 안젤리나도 포함된다. 안젤리나는 어린 인디헤나 소녀다. 이곳 과테말라에서는 여자아이들이 정당한 대우를 받지 못한다. 인디헤나 소녀라면 상황은 더 나쁘다. 이 여행은 우리 둘을 위해서 꼭 해야만 하는 여행이다. 희망이라는 것을 알게 된 이상 말이다.

나침반 뚜껑을 덮고 다시 주머니에 넣는다. 그리고 작은 방 안을 둘러보면서 쓸 것이 없나 찾는다. 라모스 삼촌이라면 내가 필요한 것을 챙겨 가기를 바랄 것이다. 내가 찾은 음식은 작은 쌀자루와 말린 콩 한 자루뿐이다. 물에 담가 두면 먹을 수 있을 것이다. 자루들을 식탁 위에 올려놓는다. 다른 것들도 더 찾아낸다. 빈 물병 세 개, 나뭇조각에 감긴 낚싯줄과 낚싯바늘 등이다. 작고 꼬깃꼬깃한 지도도 찾는다. 삼촌이 카유코를 타고 함께 바다로 나갔던 날 내게 보여 주었던 그 지도다. 나는 지도를 조심스럽게 비닐봉지로 싼다. 이 지도와 나침반이 반드시 필요할 것이다.

나는 찾은 물건들을 모두 비닐 자루에 담는다. 물을 실어 나르는 데에 쓰던 자루다. 이제 밖이 캄캄하다. 밤하늘에 뜬 달이 크지 않아서 다행이다. 남의 눈에 띄고 싶지 않은 밤이기 때문이다. 나는 엔리케 아저씨와 실비아 아주머니를 기다린다. 행여나 우리를 도우려던 마음을 바꾸신 것은 아닐까? 얼마 안 있어 문가에서 다시 발소리와 함께 조용히 부르는 소리가 들린다.

"얘들아."

나는 안도의 한숨을 내쉰다.

"준비되었니?"

엔리케 아저씨가 문을 열며 속삭인다. 아저씨 뒤로는 실비아 아주머니가 침착한 얼굴로 서 있다.

"네."

나도 속삭인다. 나는 침대로 가서 안젤리나를 두 팔로 들어 올린다. 동생은 계속 자는 중이다. 한 팔로는 동생을 안고 다른 팔로는 비닐 자루를 든다.

"이것들이 필요할 것 같아서요."

나는 여전히 속삭이며 말한다.

"빈 물병에 물을 채워야 해요."

실비아 아주머니가 빈 병들을 들고 재빨리 어둠 속으로 사라진다. 이윽고 아주머니가 물이 가득한 병들을 들고 돌아온다.

"우리가 가진 음식 전부를 가져왔어."

아주머니가 말한다.

"이것밖에 안 되어서 미안하구나. 과일과 말린 생선 그리고 토르티야도 좀 넣었단다."

"난 너희를 위해 코코넛을 많이 따 왔지."

엔리케 아저씨가 끼어든다.

"코코넛은 먹을 수도 있고 마실 수도 있어. 또 무게도 만만치 않기 때문에 큰 파도를 만나더라도 배의 무게 중심을 잡아 주는 역할을 할 거야. 또 카유코 위쪽으로 나무판자를 대어 놓았다. 물이 들어오는 것을 막기 위해서지. 이만하면 준비가 된 것 같구나."

엔리케 아저씨가 페타테를 들어 올리며 말한다.

"이것도 필요할 때가 올 게다. 갑판 밑에 사탕수수도 넣어 두었어. 사탕수수를 씹으면서 배고픔을 잊어 보려무나."

우리는 아무 말 없이 엔리케 아저씨와 함께 울타리를 따라 내려간다. 카유코 타는 흉내를 내어 보고 싶던 그날 밤, 내가 혼자 부둣가를 찾아가던 바로 그 길이다. 오늘 밤은 흉내 내려 가는 길이 아니다. 이제부터 일어날 모든 일은 실제 상황이다. 어디론가 숨고만 싶고 울고 싶어진다. 나는 강해져야 해, 라고 스스로에게 되뇌어 본다.

카유코에 이르자 엔리케 아저씨는 내가 들고 가던 여분의 물병과 각종 물품이 든 양동이를 받아 든다. 아저씨는 이를 다른 식량과 함께 갑판 아래, 코코넛 더미 위로 남은 작은 공간으로 밀어 넣는다.

"이걸 꺼내려면 쉽지 않을 게다."

엔리케 아저씨가 말한다.

"네 대신 안젤리나가 기어 들어가야 할 거야."

내 품에서 자던 안젤리나도 이제 잠에서 깨어 커다란 눈을 멀뚱거리며 주변을 둘러본다. 아직도 완전히 잠에서 깨지 못해 눈꺼풀이 내려앉는다.

"안젤리나가 다람쥐처럼 필요한 것을 꺼내다 주면 되겠네."

나는 말한다.

"안젤리나, 내 귀여운 다람쥐가 되어 줄래?"

나는 안젤리나에게 묻는다.

동생이 고개를 끄덕인다.

"다람쥐?"

동생은 여전히 하품을 하면서 말한다.

"우리 다람쥐 놀이해?"

"응, 맞아."

나는 말한다.

실비아 아주머니가 내 옆으로 다가오더니 내 주먹보다도 작은 비닐 꾸러미를 건네준다.

"안젤리나가 울 때 요긴하게 쓰렴."

아주머니가 작은 목소리로 내게 일러준다.

"이게 뭔데요?"

실비아 아주머니가 미소를 짓는다.

"사탕이지. 일이 뜻대로 되지 않거든 너도 사탕을 먹으면 기분이 좀 나아질 게다."

이렇게까지 베풀어 주는 아저씨 아주머니에게 나는 뭐라고 감사의 말을 해야 할지 모르겠다. 아까도 고맙다는 말을 하려고 했지만 말로는 고마운 마음을 다 전할 수 없어서 나는 두 분을 꼭 안아 드린다. 내가 우리 부모님에게 했듯이 말이다.

"출발하자."

엔리케 아저씨가 말한다.

우리는 카유코로 기어 들어간다. 카유코 속은 대단히 비좁다. 위쪽에는 널빤지를 가로질러 못 박아 두었기 때문에 나무판자가 가리지 않은 뒤쪽으로 한 사람만 간신히 앉을 수 있다. 나머지 한 사람은 갑판 아래로 눕거나 그 위에 올라앉아야 한다. 갑판 아래로는 안젤리나만 겨우 들어갈 공간이 남는다. 나는 코코넛 위로 페타테를 깔아 안젤리나가 누울 자리를 만들어 준다.

엔리케 아저씨가 갑판 위로 몸을 뻗어 뒤쪽을 가리킨다.

"이제부터는 네가 항해사다."

아저씨가 말한다.

"나는 승객일 뿐이지."

카유코에 올라타면서 나는 나의 무지함을 깨닫는다. 나는 항해사가 아니다. 나는 뭍에서 멀어지는 것조차 두려워하는 가난한 인디헤노일 뿐이다.

"제가 지금 어리석은 짓을 하는 게 아닐까요?"

내가 말한다.

엔리케 아저씨는 마치 아무 말도 들리지 않는 듯이 부두에서 배를 밀어 보낸다. 아저씨가 내게 노를 건넨다.

"일단 배가 호숫가에서 멀어져야 돛을 올릴 수 있지."

나는 마치 뭔가를 깨뜨리기라도 하는 양 조심스럽게 노를 물속으로 넣어 본다. 나는 그렇게 미국 땅을 향한 첫 노질을 시작한다. 그러고는 한 번, 또 한 번 노를 젓는다. 기나긴 여정이 시작된 것이다.

"서쪽에서 시원한 바람이 불어오는구나."

엔리케 아저씨가 말한다.

"잘됐어. 해 뜨기 전에 둘세 강을 빠져나가 바다로 진입할 수 있겠어."

나는 꿈속에서 수도 없이 해 보았던 대로 노를 저으며 호숫가에서 점점 멀어진다. 나는 갑판 위로 기어 올라가 돛대에 감긴 밧줄을 끄른다. 그러고는 배 기둥에 묶인 인양 밧줄을 풀어 돛과 위쪽 돛대를 끌어 올린다. 삼각돛이 끝까지 올라가자 밧줄을 핸들에 감는다. 라모스 삼촌이 배 기둥의 가장 아래까지 조여 놓은 핸들이다.

내가 엔리케 아저씨를 지나 뒤쪽으로 기어가는 사이 바람에 돛이 펄럭인다. 나는 사이드보드를 내려 돛대 아랫부분이 앞뒤로 크게 흔들리도록 둔다. 돛에 바람을 가득 싣기 위해서다. 카유코가 뒤뚱거리면서도 앞으로 나가기 시작한다.

"노를 키처럼 사용하여 저 방향으로 틀어 보거라."

엔리케 아저씨가 멀리 보이는 희미한 불빛을 가리키며 말한다. 나는 갑판 아래, 좁고 어두컴컴한 곳을 들여다보며 말한다.

"괜찮니, 안젤리나?"

동생이 작은 머리를 삐죽 내밀고 묻는다.

"여기가 어디야?"

"이사발 호수야. 이 배를 타고 미국에 가는 길이지."

동생은 작은 어깨를 으쓱한다.

"나도 알아."

동생은 그렇게 말하더니 다시 어둠 속으로 기어 들어간다.

엔리케 아저씨가 미소 지으며 말한다.

"나는 원래 뱃사람이 아니다만 라모스 덕분에 바다에 여러 번 나가 보았지. 네 삼촌은 나를 두 번째 돛이라고 부르곤 했다. 내가 네 삼촌을 잘

도와주었기 때문인 것 같다. 안젤리나도 네 두 번째 돛이 될 수 있을 것 같구나."

나는 끄덕인다.

'바다로 진입하기 전에 연습을 많이 해 두어야 해. 저쪽으로 가 보거라."

엔리케 아저씨는 그렇게 말하며 방향을 다시 가리킨다.

나는 잘 생각하면서 돛대를 내 쪽으로 당긴다. 그러고는 노를 키처럼 이용하여 방향을 튼다.

"아주 잘했다."

엔리케 아저씨가 말한다.

"이번에는 저쪽으로 가 보거라."

아저씨는 갑판 너머 북쪽을 가리킨다.

이번에는 완전히 왼쪽으로 틀어 돛이 갑판을 덮칠 듯이 돛을 눕혀 본다. 돛이 펄럭일 때는 몸을 숙여야 한다. 돛대에 머리를 맞을 수도 있기 때문이다. 돛에 바람을 가득 싣는다. 돛이 배를 덮치거나 뒤집히지 않도록 하기 위해서다.

엔리케 아저씨가 연신 고개를 끄덕인다.

"꽤 여러 번 배를 타 본 모양이구나."

"삼촌이랑 딱 한 번 타 봤어요. 하지만 꿈에서는 천 번도 넘게 타 봤죠."

엔리케 아저씨가 몸을 돌려 나와 마주 앉는다.

"이제부터 내가 하는 이야기를 잘 듣거라. 이 여행에서 살아남기 위해서 반드시 알아야 하는 것들이야. 알겠니?"

"네, 아저씨."

"좋다. 우선 바람이 불어 파도가 거칠어지면 파도를 향해 정면으로 노를 젓거나 파도에 몸을 맡겨야 해. 배의 측면으로 파도가 덮치면 뒤집히는 것은 이처럼 순식간이지."

아저씨가 손가락을 튕겨 보이며 말한다.

나는 고개를 끄덕인다.

"지금은 5월 중순이다. 북쪽으로 항해하기에 좋은 때지. 해류가 항상 뒤쪽에서부터 밀어줄 테니까 말이다. 바람도 대체적으로 뒤쪽에서 불어올 거야. 보통 아침은 화창하고 평화롭겠지만 오후가 되면 햇살이 강해지면서 때때로 폭풍우를 만날 수도 있지. 아주 안 좋은 상황이 될 수도 있고. 그러니 항상 조심하고 단단히 대비하거라. 돛을 내려야 하는 경우에는 지체하지 말고 돛을 내려야 해. 좁은 카유코에 선 채로 폭풍 속에서 돛을 내리는 것은 아주 위험하니까.

"허리케인은 걱정하지 않아도 될 것 같구나. 두어 달쯤 있어야 시작될 테니까 말이야. 하지만 자연현상은 결코 정해진 규칙을 따르지 않는다는 점을 명심하거라. 이 배보다 훨씬 더 큰 배도 시도 때도 없이 불어닥치는 폭풍우에 침몰하곤 하니까."

엔리케 아저씨는 자신의 머리를 가리킨다.

"정신만 똑바로 차리고 있으면 너는 살 수 있지만 배는 그렇지 않아. 이 점을 반드시 기억해라."

아저씨가 내게 해 준 말들은 마른 땅을 적시는 비와도 같다. 나는 한

마디도 놓치지 않고 들으려고 애를 쓴다. 이해가 가지 않는 부분은 아저씨에게 다시 묻는다. 엔리케 아저씨의 이야기를 들으면서 나는 갑판 아래로 발을 뻗는다. 안젤리나가 내 발바닥을 간질인다. 우리가 자주 하던 놀이지만 오늘 밤엔 안젤리나를 간지럼 태워 줄 기분이 아니다. 아저씨가 하는 이야기를 들어야 하기 때문이다. 대신에 발가락을 꼼지락거려 준다. 안젤리나가 키득거리며 웃는다.

"정말 필요할 때에 대비해서 돛 내리는 연습을 해 두렴."

아저씨가 말한다.

"폭풍이 닥쳤을 때 처음 해 볼 수는 없는 노릇이잖니."

"밤에는 어떻게 해야 하죠?"

내가 묻는다.

"폭풍이 심하거나 너무 피곤할 때는 피할 곳을 찾아야 해. 맹그로브(얕은 바다나 강가의 습지에서 자라는 열대 나무─옮긴이) 섬 같은 무인도나 얕은 암초라도 찾아보거라. 섬에 해변가가 형성되어 있지 않다면 사람이 없다는 뜻이야. 그러니 아무에게도 발각되지 않을 테지. 잘 기억해 두렴. 그리고 자칫 암초 안으로 배가 들어가 버리면 북쪽으로 너를 밀어 주던 강한 해류를 놓칠 수도 있어."

"섬을 찾지 못하면요?"

"그럴 때가 종종 생기지. 그렇다면 앉아서 자는 법을 배워야 해. 유카탄 반도의 북쪽 끄트머리를 떠나는 순간이 가장 힘들 게다. 이 주를 밤낮으로 쉬지 않고 노를 저어야 하니까. 네 삼촌한테 여러 번 들었겠지. 라모스가 꿈꾸던 여정이었으니까. 아마 쉴 틈이 없을 게다. 잠깐씩 눈을 붙일 수는 있겠지만 내리 몇 시간을 잘 수는 없을 거야. 피곤할 때를 특히 조심해야 한다. 큰 배를 타는 항해사들에게도 멕시코 만을 건너는 것은 두려운 일이지."

아저씨는 미소를 짓는다.

"하지만 이 무모한 짓을 하기에는 지금이 가장 좋은 때구나. 운이 따른다면 날씨도 네 편이 되어 줄 게다."

안젤리나가 내 발가락을 가지고 장난치기를 멈추었다. 잠이 들었나 보다. 호수 건너편을 바라본다. 밤이라서 지금 우리가 어디쯤 왔는지는 분간하기가 어렵다. 육지의 불빛들이 멀어져 이제는 모두 똑같아 보인다. 널따란 호수 한가운데에 덩그러니 떠 있으려니 내 자신이 정말 작아진 기분이다. 그렇다면 바다에서는 어떤 기분일까?

캄캄해서 엔리케 아저씨의 얼굴도 보이지 않는다. 달빛에 비친 아저씨의 형체만 보일 뿐이다. 턱을 살짝 들고 있는 아저씨는 가슴이 넓어 황소처럼 보인다. 나이가 꽤 들었지만 오늘 밤 어둠 속에서 들리는 목소리에는 젊은 사람의 열정이 담겨 있다.

"나도 너희와 함께 가고 싶구나."

긴 이야기를 마친 엔리케 아저씨가 말한다.

"저도 아저씨와 함께 가면 좋겠어요."

"폭풍이 심할 때는 안젤리나와 붙어 있어라."

아저씨가 말한다.

"배가 뒤집혔을 때 안젤리나가 갑판에 갇혀 있다면 익사하고 말 거야."

"네, 아저씨."

저 앞에 보이는 해안가의 불빛들이 점점 밝아진다. 바다 여행이 그렇게 힘들 줄은 미처 몰랐다.

엔리케 아저씨가 어둠 속을 가리킨다.

"지금 지나는 곳이 새섬이란다."

아저씨가 말한다.

"이제 곧 프론테라스에 있는 다리를 지나게 될 거야."

눈앞에 펼쳐진 밝은 불빛들을 바라본다. 너무 많은 일들이 너무 빨리 일어나고 있다. 내가 옥수수 트럭을 타고 프론테라스에 도착한 것이 바로 어젯밤의 일이다. 지난 밤 안젤리나와 나는 술 취한 픽업트럭 운전사와 함께 죽으면 어쩌나 걱정하며 말똥 속에 앉아 있기도 했다. 내가 알고 있는, 그리고 사랑하는 모든 이들이 죽임을 당한 것도 바로 어젯밤일이다. 이제야 눈에 눈물이 맺힌다. 인생이란 이렇게 빠르게 변하기도 하는 법인가 보다.

프론테라스의 큰 다리 밑을 지나면서 엔리케 아저씨는 아무 소리도 내지 않는다. 자동차와 트럭의 불빛들이 머리 위로 지나가는가 하더니 곧 우리 뒤편으로 멀어진다. 아저씨가 오랫동안 아무 말이 없어 내가 먼저 말을 건다.

"무슨 일이에요, 아저씨?"

"여기가 엘 골페테 호수야."

아저씨가 말한다.

"어부들에게 듣기로는 군인들이 탄 배가 둘세 강으로 이르는 어귀를 지키고 있다더구나. 자칫 문제가 생길 수도 있어."

"왜 미리 얘기해 주지 않으셨어요?"

아저씨는 미소를 짓는다.

"네겐 이미 너무 많은 문제들이 일어났잖니. 내가 배에 같이 탄 이유가 바로 이 때문이다. 군인들의 감시망을 무사히 빠져나가야 하니까."

하얀 나비

프론테라스의 불빛들을 뒤로하고 엘 골페테라는 작은 호수로 들어서자 벌써 분위기가 다르다. 바람이 더 강하게 분다. 파도가 일렁이며 카유코 앞머리에 부딪힌다.

아저씨가 손으로 가리키며 말한다.

"북쪽 해안선에서 멀어지면 안 돼. 바람이 강할 때 호수 한가운데에 있으면 대단히 위험하거든."

걱정이 앞선다. 하물며 이렇게 작은 호수도 위험한데 바다는 얼마나 위험할까? 나는 밧줄을 이용해 돛대를 카유코 쪽으로 끌어당기고 노로 방향을 틀어 앞머리를 해안가로 향한다.

엔리케 아저씨가 어둠 속을 응시하고 있다.

"바다에서 1미터 높이의 파도쯤은 문제가 되지 않아."

아저씨가 마치 내 생각이라도 읽은 듯이 말한다.

"파도와 파도 사이의 간격이 멀기 때문이지. 파도가 지나가면서 카유코가 위아래로 출렁일 뿐이야. 하지만 엘 골페테는 얕은 호수이기에 파도 간격이 상당히 가까워. 그렇기에 한 번 파도에 밀려 배가 내려갔다가는 그다음 파도 전에 미처 올라오지 못할 수도 있지. 그래서 엘 골페테가 위험한 거란다. 저기가 카요 라르고다."

아저씨가 어스름한 그림자로 보이는 섬을 가리키며 말한다. 잠시 후 아저씨가 또다시 가리킨다.

"저기가 카요 홀리오로구나."

바람이 방향을 바꾼다. 우리는 해안선을 따라 흘러간다. 카유코의 속도가 느려진다. 나는 돛을 반대편으로 보내고 배의 방향을 바꾸어 탁 트인 쪽으로 향한다. 배가 빨리 움직이기 시작한다. 잘했다는 표시로 엔리케 아저씨가 고개를 끄덕인다. 달빛이 비친 아저씨의 얼굴에 근심이 서려 있다. 아저씨는 계속 앞을 살펴보며 해안가를 찾는 중이다.

나는 이제야 이사발 호수에서 출발하여 여기에 이르기까지 아저씨의 도움이 없었으면 불가능했음을 깨닫는다. 캄캄한 밤이라 모든 것이 똑같아 보인다. 구름 사이로 북극성이 보인다. 하지만 멕시코 만에 들어서기 전까지는 북극성이 별로 도움이 되지 않는다. 나침반도 딱히 소용이 없다. 밤에 보이는 해안선은 어스름한 그림자와도 같아 마치 산길처럼 방향을 이리저리 바꾸기 때문이다.

갑자기 엔리케 아저씨가 입을 연다.

"저 해안가로 가자."

아저씨가 호수 건너편을 가리킨다.

"저곳이 더 어두울 거야. 해안가에 닿으면 돛을 내리고 배를 숲 가까이에 바짝 대자꾸나. 한참 걸릴지도 몰라."

아저씨가 말한다.

"그래도 군인들이 둘세 강어귀를 막고 있다면 그 수밖에 없을 것 같구나."

나는 곧 방향을 바꾸어 보지만 호수를 가로지르는 일은 무척이나 힘들다. 바로 뒤에서 파도가 치거나 혹은 정면으로 덤벼들면 카유코는 꼼짝도 못한다. 파도가 옆에서부터 공격해 들어오자 카유코가 기우뚱거리더니 뒤집히려고 한다. 나는 노를 꽉 붙든 채 밀리지 않으려고 애쓴다.

엔리케 아저씨가 어둠 속을 응시하며 말한다.

"방법은 이것뿐이다."

안젤리나도 잠에서 깨 갑판 밑에서 기어 나온다. 아무 말 없이 내 무릎께에 쭈그리고 앉는다. 꺽꺽거리는 소리가 들려 보니 동생이 울고 있다. 그렇다고 노를 내려놓고 동생을 안아 줄 수도 없는 상황이다. 카유코는 지금도 기우뚱거리며 옆으로 넘어가려고 하고 있다. 엔리케 아저씨가 갑판 위에 납작하게 엎드리다시피 하여 체중으로 균형을 잡고 있다.

"만약에 배가 뒤집힌다면 말이다."

아저씨가 말한다.

"안젤리나를 붙들고 카유코에 매달리거라. 가라앉지는 않을 테니까."

나는 끄덕인다. 카유코가 좀처럼 말을 들으려 하지 않는다. 나는 노를 붙들고 고군분투한다. 파도가 좋지 않다. 기우뚱거리는 배가 밀리지 않도록 노를 꽉 붙잡고 버티려니 거친 나뭇결에 손이 쏠려 아프다. 나는 안젤리나의 우는 소리를 무시하려고 애쓴다. 외롭고 아픈 울음소리다.

"바다에 홀로 남겨지기 전에 연습한다고 생각하려무나."

아저씨가 말한다.

"해안가까지는 얼마나 남았죠?"

내가 묻는다.

엔리케 아저씨가 고개를 절레절레 흔든다.

"그야 우리가 해안가에 도달해 봐야 알 일이지. 시간을 재고 있으면 시간이 더 느리게 가는 법임을 명심하거라."

아저씨 말이 맞다. 나는 속으로 얼마나 남았는지를 천 번도 넘게 생각하고 있었다. 하지만 하늘은 내 사정 따윈 아랑곳하지 않는다. 얼마나 남았는지 궁금해한들 카유코는 결코 더 빨리 가지 않는다. 마침내 어둠 속에서 해안선이 모습을 드러낸다. 하지만 이미 무감각해진 내 마음은 그다지 기쁜지도 모른다. 오늘 밤의 항해는 물 위를 나는 나비의 활공이 아니다. 진흙을 뒹구는 성난 소에 가깝다.

"돛을 내리거라."

엔리케 아저씨가 말한다. 아저씨의 목소리는 이제 쉰 소리로 들린다.

"좀 쉬렴. 둘세 강까지는 내가 노를 저으마. 이제부터는 조용히 있어야 한다."

내겐 아저씨를 만류할 기운도 없다. 내 팔은 이제 팔이 아니라 어깨에 매달린 죽은 나뭇가지 같다. 나는 몸을 낮추고 배의 앞쪽으로 기어가 돛을 묶고 있던 밧줄을 끄른다. 그리고 돛을 조심스럽게 바닥으로 떨어뜨린다. 돛과 돛대를 한데 묶는 손가락에는 힘이 하나도 없고 물집이 잡혀 있다.

안젤리나는 더 큰 소리로 울기 시작한다.

엔리케 아저씨가 단호하게 말한다.

"지금은 울면 안 돼. 울음을 그치려 하지 않거든 입이라도 막거라."

안젤리나가 울음을 그치게 해야 한다. 하지만 안젤리나는 겁을 먹으면 더 운다. 나는 동생의 팔을 잡고 조용히 말한다.

"안젤리나, 이리 와서 여기 앉아 봐. 우리 놀이할까? 내가 나비 찾는 것 좀 도와줄래?"

동생이 울음을 그치더니 딸꾹질이라도 하듯이 꺽꺽거리며 숨을 고른다.

"그래, 나비 말이야."

내가 말한다.

"이리 와서 나 좀 도와줘. 어서."

안젤리나가 갑판 위로 기어 올라와서 내 옆으로 다가온다.

"나비가 어디 있는데?"

동생이 묻는다.

나는 어깨를 으쓱한다.

"나도 몰라. 그러니까 네가 도와줘야 해."

나는 안젤리나를 내 무릎 위에 앉히고는 속삭인다.

"우리가 아주 조용히 하지 않으면 나비들이 겁을 먹어서 가까이 오지 않을 거야. 알았지?"

안젤리나는 끄덕이며 어둠 속을 바라본다.

내 뒤로는 엔리케 아저씨가 노를 젓기 시작한다.

"해안선을 따라 작은 섬들이 있으니 거기서 몸을 숨기자꾸나."

아저씨가 작은 목소리로 말한다. 아저씨는 물소리가 밤공기를 뚫고 흘러 나가지 않도록 아주 조심스럽게 노를 젓는다.

"나비를 찾아봐, 안젤리나."

나는 안젤리나에게 속삭인다.

"한 마리 찾은 것 같아."

안젤리나가 고개를 끄덕이며 작은 목소리로 말한다.

"어디?"

내가 묻는다.

동생이 작고 오동통한 손가락을 들어 캄캄한 허공을 가리킨다.

"저기."

동생이 말한다.

"봐, 까만 나비야."

"정말 그러네."

내가 말한다.

안젤리나가 또다시 가리킨다.

"저기도 까만 나비가 또 있네."

"쉿, 안젤리나."

나는 안젤리나에게 속삭인다.

"조용히 하지 않으면 나비들이 무서워서 도망칠지도 몰라."

엔리케 아저씨가 뭍을 향해 배를 저어 간다. 아저씨의 노질은 힘이 있고 방향성이 분명하다. 울창한 숲으로부터 비어져 나온 나뭇가지들이 수면에 닿을 듯이 뻗은 모습이 마치 누군가 우리를 붙잡으려고 팔을 뻗은 것처럼 보인다. 우리는 어둠 속을 잘 살핀다. 엔리케 아저씨와 나는 군인들의 배가 있는지 찾는다. 안젤리나는 나비를 찾는다.

나무 아래에서 들려온 요란한 파도 소리에 가슴이 철렁 내려앉는다.

"우리가 지나가는 소리를 듣고 악어가 놀란 거란다."

아저씨가 속삭인다.

안젤리나가 내 어깨에 머리를 기대더니 곧 잠이 든다. 아저씨가 노 젓기를 멈추자 나는 아저씨를 돌아본다. 아저씨는 손가락을 입술에 갖다 대더니 물 쪽을 가리킨다. 아저씨의 손가락을 따라가 보지만 내 눈에는 모두 시커멓게만 보인다. 아저씨의 손가락은 계속 물 쪽을 향하고 있다.

그러자 흐릿하고 고요한 어둠 속으로 배 한 척이 보인다. 군용 보트다. 마치 우리를 태우려고 기다리고 있는 커다란 버스처럼 보인다. 불빛이 반짝이는 것을 본 것 같다. 어쩌면 군인 중 하나가 담뱃불을 붙인 것인지 모른다. 그저 파도에 비친 달빛일 수도 있고.

엔리케 아저씨는 다시 노를 저어 해변으로 좀 더 가까이 다가간다. 움직임 하나하나가 조심스럽고 신중해야 한다. 잠자는 도마뱀 옆을 살금살금 지나가고 있는 지렁이라도 된 기분이다. 나는 숨을 죽인다. 카유코는 조심스럽게 지나간다. 그러다가 별안간 머리 위에서 나뭇가지 하나가 부러지더니 요란한 소리를 내며 물속으로 떨어진다. 군용 보트에서 눈부신 서치라이트를 비춘다. 깜짝 놀란 엔리케 아저씨가 신음 소리를 내뱉는다. 고개를 들어 살펴보니 우리 배의 돛대가 죽은 나무가 늘어뜨린 나뭇가지를 쳐서 부러뜨린 모양이다. 서치라이트가 호수 위를 훑고 지나가더니 우리 앞쪽의 해안가를 비춘다. 아저씨가 빠른 속도로 노를 젓는다. 늘어진 나뭇가지들 사이로 몸을 숨기기 위함이다. 나는 여전히 한 팔로 안젤리나를 껴안은 채 나뭇가지와 덩굴을 잡아당겨 후미진 곳으로 들어간다.

밝은 불빛이 우리를 훑더니 우리 뒤쪽의 해안을 샅샅이 비춘다. 안젤리나가 다시 잠에서 깬다. 나는 손으로 안젤리나의 입을 살짝 막는다. 동생이 소리를 지를지 몰라서다. 안젤리나가 커다란 눈으로 늘어진 나뭇가지 사이로 보이는 눈부신 서치라이트 불빛을 바라본다.

우리가 숨은 곳 맞은편에서 또다시 새하얀 불빛이 번쩍인다. 불빛이 우리가 숨은 곳에 잠시 머물지만 우리를 찾지는 못한다. 그러더니 뒤쪽의 나무 사이를 뒤지기 시작한다. 엔리케 아저씨와 나는 숨을 죽인다. 늘어진 나뭇가지들이 썩 괜찮은 은신처가 되어 준다. 하지만 나뭇가지들 위로는 우리 배의 돛대가 삐죽 올라와 있다. 제발 이 돛이 죽은 나무처럼 보이길.

마침내 눈부시고 새하얀 불빛이 꺼진다. 하지만 언제 불빛이 다시 켜질지 모르기에 우리는 가만히 기다린다. 그렇게 한참이 지나자 깊은 한숨 소리가 들려온다. 엔리케 아저씨의 입에서 난 소리다. 조그만 손이 내 어깨를 톡톡 친다. 안젤리나가 내 머리를 잡아끌더니 귀에 대고 속삭인다.

"나, 엄청 크고 하얀 나비를 본 것 같아."

마지막 나비

엔리케 아저씨가 천천히 카유코를 움직여 나뭇가지 사이를 빠져나온다. 다시 노를 젓기 시작한다. 우리 배는 해변을 따라 이동하는 유령처럼 보인다. 더 이상 군용 보트들이 보이지 않는 곳까지 빠져나온다. 그러는 사이 온 세상이 멈춰 버린 것만 같다. 바람도 멎는다. 우리는 다시 돛을 올린다. 아저씨가 갑판 위로 기어 올라가고 나는 노를 잡고 배 뒤편에 앉는다. 안젤리나가 내 곁을 떠나려 하지 않기에 나는 무릎 사이에 동생을 앉힌다.

이후 한 삼십 분 동안 우리는 아무 말도 하지 않는다. 군용 보트를 보고 겁에 질린 탓이다. 우리는 강의 한가운데에 있다. 해류와 바람이 더 강하지만 남의 눈에 띄고 싶지 않다. 해안선을 따라 작은 집들이 다다닥 붙어 있다.

집들이 모두 캄캄하다. 모두들 자고 있나 보다. 낮이면 이곳도 우리 마을 같은 모습이겠지. 지난밤 군인들이 들이닥치기 전까지의 도스 비아스 말이다. 나무들 사이로 밥 짓는 연기가 올라오고 아이들 노는 소리가 요란하다. 마체테로 땔감을 자르는 소리가 항상 메아리처럼 울려 퍼진다. 어떤 날은 다 같이 이웃집 갈대 지붕을 새로 얹는 일을 돕기도 한다. 추수 때가 되면 남자들은 머리에 띠를 동여매고 허리를 숙인 채 산길을 바삐 다닌다. 등에 무거운 옥수수 꾸러미를 잔뜩 싣고 집으로 가는 길이다. 여자들은 마을에 남아 옥수수를 갈기도 하고 강가에 줄지어 앉아 빨래를 하기도 하며 납작한 돌멩이로 서로 때를 밀어 주거나 등을 두드려 주기도 한다.

카유코가 좁다란 골짜기에 점점 가까이 다가가자 둘세 강줄기도 점점 좁아지더니 곧 달빛 아래 양쪽 강변이 한눈에 들어온다. 강줄기가 구불구불 돌아가는 덕에 바람도 덩달아 이리저리 방향을 바꾼다. 돛을 끌어당기거나 밀어내기를 반복하지 않고는 도저히 배가 앞으로 나가지 않는다. 이따금 바람이 사라질 때를 틈타 나는 열심히 노를 젓는다.

그리 고요하지는 않은 밤이다. 새와 귀뚜라미들이 울고 물고기들은 물 위에서 펄떡거린다. 동물들의 날카로운 울음소리와 개구리 우는 소리 덕분에 밤이 살아 있음을 느낀다.

엔리케 아저씨가 낮은 목소리로 내게 말한다.

"네겐 여권이나 이민 서류가 없어. 그 말인즉슨, 네가 과테말라를 떠나는 행위 자체가 불법이라는 얘기다. 그러니 어떤 나라든 불법으로 통과할 수밖에. 그래서 미국에 도착할 때까지는 어떤 해안가에도 들러서 쉬어 가지 말라는 거다. 목숨이 위태로운 경우가 아니라면 말이야. 미국은 너희들을 받아 줄 거야. 왜냐하면 아직 어리고 가족까지 모두 잃었다는 사실 때문이지. 너희들의 희망은 그것이야. 유일한 희망이지."

협곡에 들어서자 강기슭이 가팔라지면서 바람이 점점 거세진다. 곧 양쪽으로 높다란 절벽들이 나타나더니 달빛을 가린다. 코앞도 보이지 않을 정도로 어둡다. 엔리케 아저씨가 몸을 돌려 어둠 속을 찬찬히 살핀다. 나도 눈을 가늘게 뜨고 본다. 배가 절벽에 부딪치지 말아야 할 텐데. 물살을 타고 이 협곡을 빨리 빠져나갈 수 있다면 좋으련만.

그렇게 한참 동안 우리는 커다란 협곡을 천천히 지난다. 강가에서 작은 모닥불이 타고 있는 모습이 눈에 들어온다. 덕분에 강 아래편이 보인다. 그러더니 다시 캄캄해진다. 이따금 달빛이 절벽 사이로 비추어 눈이 밝아지기도 한다. 눈꺼풀이 점점 내려앉는다. 내 다리 사이에 앉은 안젤리나는 잠이 들었다. 나도 동생처럼 잠시라도 눈을 붙이고 싶다.

"곧 이 계곡을 벗어날 게다."

엔리케 아저씨가 속삭인다.

"그리고 얼마 안 있으면 오래된 스페인 요새가 나올 텐데 난 거기서 내리마."

"요새라고요?"

나는 묻는다.

"몇백 년 전 스페인 사람들이 해적들로부터 호수를 지키기 위해서 만든 건데 이제는 박물관이 되었지. 하지만 해적들은 아직도 있으니 조심해야 해. 가진 것을 몽땅 빼앗는 건 물론, 얼마든지 죽일 수도 있는 놈들이지. 그러니 뭍에서 되도록 멀리 떨어져야 한다."

아저씨는 잠시 생각하더니 다시 말을 잇는다.

"네겐 총도 없으니 만일 군선이나 해적선이 따라붙으면 반드시 안젤리나부터 숨겨 놓고 머리를 잘 써야한다."

"어떻게요?"

내가 묻는다.

"일단 스페인어를 쓰지 마라. 못 알아듣는 척해. 웃으면서 켁치어로 말하거라. 마냥 좋고 아무 일도 없다는 척해야 해. 너희랑 말도 안 통하고 빼앗아 갈 것도 없다고 생각하면 포기할 게다. 아마도 낡아 빠진 배를 타고 너무 멀리 낚시를 나온 얼빠지고 가난한 캄페시노 정도로 여길게다."

해적과 군인에 대한 이야기를 하고 있다는 사실이 싫다. 그리고 엔리케 아저씨가 곧 떠나야 한다는 사실도 싫다. 그동안 아저씨 덕분에 용기를 낼 수 있었다. 아저씨가 이 배에서 내리는 순간 나는 두려움에 휩싸일 것이다.

곧 우리는 협곡을 빠져나온다. 이제는 강가가 보일 만큼 날이 밝아졌지만 하늘에 구름이 잔뜩 끼더니 비가 내리기 시작한다. 이곳의 물살은 더 약하다. 앞쪽으로 강가를 따라 불빛들이 보인다. 불빛 뒤편으로는 새카만 밤만 있을 뿐 아무것도 보이지 않는다.

엔리케 아저씨가 가리키며 말한다.

"저기가 바다야. 북쪽으로 항해를 시작하기 전에 일단 배를 저어 멀리 나가거라. 절대로 해안가에 가까이 다가가면 안 돼. 그리고 저기."

아저씨는 강둑에 우뚝 선 거대한 검은 물체를 가리킨다.

"저게 스페인 요새다. 카스티요 데 산 펠리페 데 라라(Castillo de San Felipe de Lara)라고 하지. 저기로 가자. 이제 거기서 우리는 헤어져야 해."

나는 순순히 시키면 요새로 향한다. 또다시 연기와 모터 냄새가 바람을 타고 온다. 근처에 사람들이 살고 있다는 뜻이다.

"강가에 도착하면 위험한 상황이 될 수도 있어."

아저씨가 속삭인다.

"거기서는 작별 인사를 할 시간이 없으니 여기서 먼저 인사를 하자. 넌 정말 용감한 일을 하고 있는 거야. 너희를 위해 기도하마. 부디 무사하길 바란다. 그리고 무엇보다 너희가 두려움 없이 살 수 있는 곳에 무사히 도착해서 도스 비아스에 일어난 끔찍한 일을 세상에 알리기를 진심으로 바라마."

"해 볼게요."

내가 말한다.

"고맙습니다. 위험을 무릅쓰고 저희와 동행해 주셔서요."

엔리케 아저씨는 어깨를 으쓱한다.

"난 이미 늙었다. 앞으로는 위험을 감수하고 싶어도 기회가 많지 않지. 하지만 너희는 아직 어려. 그러니 더욱 조심하거라. 아무도 믿어서는 안 돼."

"아저씨는 믿어요."

내가 말한다.

엔리케 아저씨가 미소 짓는다.

"네게 주어진 운을 전부 써 버리지는 마라."

아저씨는 하늘을 올려다보더니 말한다.

"이제 내가 알고 있는 건 모두 알려 준 것 같구나. 그래도 많이 부족할게다. 이제부터는 바다가 네 선생이다. 바다에게 잘 배우렴. 너는 인내심이 많고 사려 깊은 아이니까 분명 미국까지 무사히 갈 수 있으리라 믿는다. 그래, 만일 이 계획이 가능하다면, 그리고 너라면 반드시 성공할거야. 부에나 수에르테(건투를 빈다)!"

아저씨가 내게 행운을 빌어 준다.

엔리케 아저씨가 남긴 마지막 말이었다. 정말 친절하고 용감한 아저씨다. 나는 아저씨가 가리키는 쪽으로 배를 움직인다. 돛대를 조심스럽게 내린 채 오래된 스페인 요새를 향해 아무 소리도 내지 않고 미끄러져들어간다. 엔리케 아저씨는 자신이 알고 있는 전부를 내게 가르쳐 주었다. 하지만 아저씨 또한 한 번도 카유코를 타고 미국에 가 본 적이 없다. 우리가 과연 바다의 가르침 속에서 살아남을 수 있을까.

카유코가 오래된 요새에 가까이 다가가자 다양한 감정들이 밤의 적막을 채운다. 비가 점점 세차게 내린다. 엔리케 아저씨에게 무슨 얘기라도 하고 싶은데 뭐라고 해야 할지 모르겠다. 어쩌면 그저 아저씨의 목소리를 조금이라도 더 듣고 싶은 건지도 모르겠다.

해변에 바싹 다가간다. 돛이 마음껏 펄럭이도록 속도를 반으로 줄인다. 안젤리나도 잠에서 깨어난다. 엔리케 아저씨가 팔을 뻗어 동생의조그마한 머리를 쓰다듬더니 미소를 짓는다. 그러고는 배의 앞쪽으로기어간다.

비가 오고 있기에 나는 갑판을 가리키며 안젤리나에게 속삭인다.

"젖지 않게 들어가 있어."

안젤리나는 고분고분하게 갑판 밑으로 기어 들어간다. 나는 노를 저어 몇 미터를 더 들어간다. 드디어 카유코가 모래 바닥을 긁는다.

엔리케 아저씨는 뭍으로 뛰어내리더니 배의 앞 코를 다시 바다 쪽으로 민다. 아저씨는 아무 말도 하지 않은 채 손가락을 들어 탁 트인 바다를 가리키더니 내게 손을 흔든다. 그러고는 몸을 돌려 뒤도 돌아보지 않고 어둠 속으로 사라진다.

갑자기 나는 혼자가 된다.

나는 한참 동안 아저씨의 뒷모습을 바라본다. 그러고는 노를 저어 해안가를 빠져나가 돛을 올린다. 비가 세차게 내린다. 빗방울이 얼굴과 팔에 떨어진다.

"나도 보고 싶어."

안젤리나가 말한다. 기어이 밖으로 머리를 내밀려고 한다.

"좋아. 하지만 조용히 해야 해. 여긴 나비가 아주 많거든."

내가 말한다.

안젤리나는 주변의 불빛들을 바라본다. 빗방울이 머리카락을 타고 내려와 볼에 흐르는 모습이 마치 눈물이 흐르는 것 같다. 우리는 이렇게 바다 위에 덩그러니 남겨졌다. 밝은 불빛을 뒤로하고 밤을 뚫고 망망대해로 향하는 이 작은 카유코는 참으로 용감하다. 우리의 바다 여행이 드디어 시작되었다. 지금 이 순간, 나는 용기가 나지 않는다. 나는 혼자가 되어 대단히 무서울 뿐이다.

"나비가 비를 좋아해?"

안젤리나가 묻는다.

"아니."

내가 말한다.

"아마 당분간 아니, 아주 오랫동안 나비를 볼 수 없을지도 몰라."

첫날 밤

혼자다.

지금 내 기분이 그렇다. 너무 외로워서 아플 지경이다. 가족들과 함께 죽는 편이 나았을지도 모르겠다. 밤을 헤치며 노를 저어 가는 동안 잠시 이런 생각을 해 본다. 생각을 고쳐먹는다. 안 돼, 산티아고. 강해지려면 슬퍼해선 안 돼. 그렇게 나는 바다를 바라본다.

밤이다. 여전히 따뜻한 비가 내린다. 여행의 시작은 그리 나쁘지 않다. 파고도 별로 높지 않고 바다 한가운데에 있으니 길을 잃을 두려움도, 군인들을 맞닥뜨릴 위험도 없다. 바람이 뒤에서 불어와 배는 파도를 타고 흘러간다.

다른 사람 눈에 띄지는 않았는지 확인하기 위해 고개를 돌려 불빛들을 바라본다. 이 밤, 잠을 못 자고 있는 사람은 나뿐이 아닌가 보다. 한밤중인데도 사람들이 해변을 거닐고 있다. 그들의 웃음소리와 이야기

소리가 물 위를 건너 들려온다. 밤에 우는 귀뚜라미 소리처럼 들린다. 바람이 점점 해안가로부터 멀리 배를 밀어내자 목소리도 점점 멀어진다. 이제야 안심이 된다. 혹시 누군가 나를 봤다고 하더라도 시내에서 술을 진탕 마신 후 카유코를 타고 집으로 돌아가는 술 취한 어부쯤으로 여길 것이다.

불빛들이 점점 작아진다. 그러다 이내 바닷가를 날아다니는 반딧불처럼 깜박거린다. 카유코를 번쩍 들어 올리더니 부드럽게 내려놓는 낯선 힘을 처음으로 경험한다. 배 밑에 커다란 손이라도 있는 것 같다. 이것이 파도다. 배가 언덕이라도 지나는 것같이 높은 파도였다.

안젤리나는 내 무릎 사이를 파고들어 조용히 앉아 있다.

"배고파, 오빠."

동생이 말한다.

"내 귀여운 다람쥐가 되어 주기로 한 것 잊지 않았지?"

안젤리나에게 말한다.

"토르티야 봉지 좀 찾아 줄래? 여기에 있을 것 같은데?"

나는 갑판 밑 왼쪽을 가리키며 말한다.

안젤리나는 고개를 끄덕이며 갑판 아래로 기어 들어간다.

비가 내리면서 갑판 사이로 물이 스며들기 시작하더니 어느새 바닥에 물이 고인다. 나는 의자 밑으로 손을 뻗어 플라스틱 통을 꺼낸다. 배에 찬 물을 퍼내기 위해서다. 안젤리나는 갑판 아래에서 여기 저기 부딪혀 가며 움직이고 있다.

"토르티야는 찾았니?"

나는 목청을 높여 묻는다.

동생이 빈손으로 갑판 밑에서 기어 나온다. 동생은 머리를 흔든다.

"카유코 안에 돼지가 있는 것 같아."

"설마."

나는 웃음을 터뜨리며 말한다.

"돼지는 카유코에 살지 않아. 아침까지 기다릴 수 있다면 내가 토르티야 찾는 걸 도와줄게."

"좋아."

안젤리나가 말한다.

"하지만 카유코에 정말로 돼지가 살고 있을지도 몰라."

나는 계속 웃으면서 뒤를 돌아본다. 해안가의 불빛은 이제 높은 하늘의 별처럼 아주 작아졌다. 해안가에서 더 멀어질 엄두는 나지 않는다. 구름이 끼어서 북극성이 보이지 않기 때문이다. 주머니에 있는 나침반을 꺼내어 보지만 역시 너무 캄캄해서 보이지 않는다. 불빛이 없을 때는 바람과 파도만이 길잡이가 된다. 하지만 바람과 파도는 변덕을 잘 부린다. 나는 바람을 잘 받을 수 있도록 돛을 크게 펼친다. 배가 바람과 해류를 타고 북쪽으로 밀려갈 수 있게 하기 위해서다. 파도가 점점 높아진다.

바다 여행의 초반에는 차라리 바다가 보이지 않는 편이 나은 것 같다. 안 그랬다가 나는 더 겁에 질리고 말 것이 분명하다. 배 옆으로 지나가는 파도가 내 키보다 높다. 카유코가 파도를 빨리 넘지 못하면 다음 파도가 밀려와 배에 세차게 부딪히며 갑판에 물세례를 끼얹는다. 내 얼굴이 젖는다. 소금 맛이다. 내일은 갑판 사이의 벌어진 틈을 막을 방법을 찾아야 한다.

안젤리나는 갑판 아래로 몸을 숨기고 바람과 바닷물 공세를 피한다.

"그만 자렴."

나는 동생에게 말한다. 하지만 파도와 물세례 때문에 잠들 수 있는 처지가 아니다. 나는 연신 통으로 물을 퍼내며 잠자는 꿈을 꿔 본다. 이따금 파도가 우리를 옆으로 밀어낼 때면 노를 아주 빨리 저어 다음 파도에는 다시 앞으로 나갈 수 있도록 대비해야 한다. 노 젓는 속도가 충분하지 못하면 배가 뒤집히려고 한다.

너무 피곤하다. 항해를 하는 데 있어 가장 큰 적은 해적도, 폭풍도, 식량 부족도 아닌 졸음이다. 잘못해서 깜빡 잠이라도 들었다간 나와 동생은 죽고 말 것이다.

이 밤은 얼마나 긴 것일까. 내가 속한 세계가 계속 바뀌고 있다. 지금 내가 속한 세계는 카유코와 우리를 둘러싼 바닷물이다. 우리 마을도, 가족도, 학살도, 도망도, 엔리케 아저씨도 아니다. 이런 것들은 한때 내가 속했던 다른 세계로부터의 기억들일 뿐이다. 이제 내게 가장 중요한 것은 다음 파도요, 다음 노질이며, 다음 호흡이며, 다음 끼니이며, 다음 잠이다. 그리고 언제나 안젤리나가 그 중심에 있다.

아침이 되기 전에 비가 그치더니 파도도 잦아든다. 라모스 삼촌이 북극성 따라가는 법을 알려 주었다. 큰곰자리의 입 부분을 따라가면 된다. 구름 사이로 별들이 반짝인다. 하지만 여전히 구름이 너무 많아 북극성은 보이지 않는다. 잠깐 모습을 드러낸 달은 피곤한 기색이다. 가늘게 뜬 눈처럼 보인다.

안젤리나가 소리 없이 울기 시작한다. 그래서 나는 동생을 데려다가 카유코 바닥에 앉히고 내게 기대게 한다. 이런 채로 배의 방향을 잡는 것은 힘든 일이다. 하지만 동생이 우는 소리를 듣는 것이 더 힘들다.

해안에서 보이던 불빛이 사라진다. 육지에서 너무 멀어져 버린 걸까. 하지만 오른쪽을 보니 까맣던 하늘이 회색빛으로 바뀌고 있다. 아침이 오고 있다. 첫날 밤을 무사히 보냈다는 사실에 기분이 좋아진다. 마체테를 들어 배 옆에 칼집을 하나 낸다. 바다 위에서 시간을 헤아리기란 어렵다는 사실을 깨달았기에 매일 아침, 태양이 떠오를 때마다 칼집을 그어 날짜를 세리라고 마음먹는다.

우리 마을이 있던 산에서는 아침이 천천히 오는 편이었는데 이곳 바다에서의 아침은 빨리 온다. 하늘이 금세 빨개진다. 누군가 마을을 불태웠기 때문에 붉어진 것이 아니다. 불타는 황금빛과 같은 붉은색이다. 곧 태양이 불붙은 수풀처럼 환하게 바다 위를 비춘다.

뭔가 이쪽으로 떠내려온다. 카유코가 야자나무 잎과 나뭇가지들이 한데 엉킨 덩어리 옆을 지난다. 간밤에 있었던 폭풍 때문에 떠밀려 왔나 보다. 나는 노를 뻗어 야자나무 잎을 최대한 건져 낸다. 야자나무 중에서도 '파마크' 라는 나무다. 어디에 쓸지는 아직 모르겠지만 언젠가 쓸 일이 있을 것 같아 우선 건져 두기로 한다.

이제 겨우 바다에서의 첫 아침을 맞는다. 앞으로 안젤리나의 내기 몇 날 며칠을 이 바다 위에서 맞이하게 될까. 엔리케 아저씨 말이 맞다. 시간을 세고 있으면 시간이 더 느리게 갈 뿐이다.

카유코에서 지내는 것이 더 편해질 수 있도록 날마다 무언가를 해야 겠다고 결심한다. 이런 식으로 노력하다 보면 이 오랜 여정도 무사히 마칠 수 있을 것 같다. 밤에는 파도가 갑판을 많이 때리면서 갑판 사이의 틈으로 물이 자꾸 새어들어 온다. 오늘은 바로 이 문제부터 해결해서 더 나은 하루를 만들어 보리라. 하지만 우선 안젤리나가 잠에서 깼으므로 일단 뭘 좀 먹어야겠다.

"귀여운 다람쥐야."

내가 말한다.

"이제 토르티야를 다시 찾아볼래?"

동생은 피곤한 머리를 끄덕인다.

나는 갑판 아래를 들여다본다. 토르티야가 들어 있는 파란 봉지가 보인다.

"저기 있네."

나는 손가락으로 가리키며 말한다.

안젤리나는 순순히 기어서 코코넛을 넘어 토르티야 봉지를 꺼내어 내 손에 올려놓는다. 봉지를 열어 보니 많은 부분이 소금물에 젖어 있다. 나는 젖은 토르티야들을 조심스럽게 꺼내어 나무 갑판 위에 널어 말린다.

"이것들 먼저 먹자. 이미 젖어서 오래가지 못할 테니까."

나는 말한다.

"식량을 낭비하면 안 되거든."

안젤리나는 소금물에 젖은 토르티야를 입에 넣고는 얼굴을 찌푸리고 눈을 질끈 감는다. 그러더니 곧 입안에 든 것을 뱉어 낸다.

"안 돼!"

나는 화를 낸다.

"먹고 싶으면 내가 주는 대로 먹어. 오늘은 네 생일도 아니니 먹고 싶은 것만 먹을 수는 없어."

안젤리나가 울기 시작한다. 나는 여전히 화가 난 채로 소금기가 밴 토르티야를 한 움큼 집어 입에 넣는다. 억지로 삼켜 보려고 애쓴다. 이제야 동생이 왜 뱉었는지 알 것 같다. 하지만 지금은 너무 지쳐서 동생이랑 놀아 줄 기운이 없다. 낚싯줄로 물고기를 잡을 수도 있겠지만 동생이 날 생선을 먹을 리 없다. 곧 동생도 이 여행이 놀이가 아니라는 사실을 알게 될 거다. 나는 간신히 입안의 토르티야를 목구멍으로 넘긴다. 안젤리나에게 화를 냈던 것이 자꾸 마음에 걸린다. 그래서 말을 꺼낸다.

"코코넛 먹을래?"

안젤리나는 계속 운다. 나는 갑판 아래로 손을 넣어 코코넛을 잡는다. 마체테로 한참을 내려친 뒤에야 간신히 코코넛을 쪼갠다. 코코넛 밀크가 밖으로 흘러나온다. 하지만 나는 코코넛 껍질에 붙은 하얀 살을 조금 떼어 내어 안젤리나의 입에 넣어 준다. 안젤리나가 또 뱉으려는 걸 내가 손으로 입을 막는다. 안젤리나가 맛을 보더니 씹기 시작한다.

코코넛을 씹을 수는 있어도 삼키기가 어렵다는 것을 아는 나는 껍질에 담긴 코코넛 밀크를 마시게 해 준다. 이건 안젤리나가 좋아하는 것이다. 코코넛을 조금 더 먹더니 안젤리나는 울음을 그친다. 하지만 어린아이 배 속에 코코넛은 그리 편한 음식이 아니다. 배 속에 오래 남아 있으려 하지 않기 때문이다.

"나 화장실 갈래."

안젤리나가 말한다.

나는 물살과 나란하게 카유코 머리를 틀고 안젤리나를 배 모서리에 앉힌다. 볼일을 다 봤지만 휴지가 없다. 그렇다고 소금물로 씻게 할 수는 없다. 소금기 때문에 살갗이 쓰라릴 것이다. 마실 물을 사용하는 방법도 생각했지만 식수를 낭비할 수는 없다. 물에서 건져 올린 야자수 잎은 너무 거친 데다 이미 소금물에 푹 젖은 상태다. 그렇다면 결국 내가 입고 있는 옷밖에 없다.

나는 셔츠 소매를 뜯어 안젤리나에게 준다. 나중에 비라도 오면 빨아서 다시 써야 한다. 아마도 여행이 끝날 때까지 여러 번 필요할 테니까 말이다.

카유코가 파도에 밀려 올라갔다 내려갔다 반복하는 동안 나는 야자나무 가지로 갑판에 벌어진 틈을 메우려 애쓴다. 마체테로 나무줄기를 갈라진 틈마다 쑤셔 넣는다. 기둥 뒤쪽의 틈까지만 간신히 메운다. 기둥 앞쪽의 틈까지 작업을 하려면 파도가 잔잔해지길 기다려야 할 것이다.

구름이 걷히고 비도 그친다. 커다란 태양이 맑은 하늘 위로 떠오른다. 날이 더워진다. 나는 내 생애 전부를 들판에서 일하면서 보냈지만 뜨거운 태양에 피부가 상한 적은 없었다. 하지만 이 열기는 다르다. 태양이 높이 올라갈수록 배 주변의 바닷물이 거울처럼 반짝인다. 바닷물에 반사되는 빛에 온몸이 화상을 입을 지경이다. 너무 반짝여서 눈이 멀 것만 같다.

안젤리나는 배가 고프다. 하지만 그보다 더 큰 문제는 외로움이다.

"엄마 보고 싶어."

동생이 울음을 터뜨린다. 소금기가 밴 토르티야를 또다시 먹여 보려는데 안젤리나는 좀처럼 먹으려 들지 않는다. 가져온 과일을 너무 빨리 먹어 치우는 것 같아 걱정되지만 하는 수 없이 바나나를 먹인다. 우리는 물을 마신다. 내일쯤에는 안젤리나에게 아무것도 먹지 않으면 얼마나 배고픈지를 느끼게 해 주어야 할 것 같다.

안젤리나의 신경을 다른 데로 돌릴 뭔가를 찾아야 한다. 나는 하늘 높이 떠 있는 뜨거운 태양과 물에서 건져 올린 야자나무 가지를 바라본다. 네 살짜리 인디헤나 소녀라면 토르티야 만드는 법과 바구니 짜는 법쯤은 안다. 우리 인디헤노스들은 그 나이 때부터 장작과 물을 나르기 시작한다. 안젤리나도 할 줄 아는 게 많다.

"이 잎사귀로 우리가 쓸 큰 모자를 만들어 볼래?"

나는 안젤리나에게 묻는다.

동생은 작은 손으로 야자나무 잎을 집어 들고 들여다본다. 고개를 끄덕이며 모자를 짜기 시작한다. 얼마 지나지 않아 안젤리나는 울음을 그친다. 몸집이 작아 갑판을 그늘 삼아 앉아서 작업을 한다. 만들다 지치면 잠이 들었다가는 다시 일어나서 만들고는 한다.

나는 잠을 잘 수도, 불타는 태양을 피할 수도 없다. 오늘 밤도 잠 못 자고 항해할 생각을 하니 무섭다. 내가 잠을 자기 위해서는 몸을 피할 섬을 찾거나 혹은 바다가 잔잔해야만 한다. 바다는 둘 중 어느 것도 내게 허락하지 않는다.

첫 폭풍

바다 위에 있으니 시간은 많다. 또한 할 일도 많다. 안젤리나는 작고 통통한 손가락으로 모자를 만드느라 입술을 오므린 채 집중하고 있다. 나도 안젤리나처럼 뭔가를 하면서 몸을 바쁘게 놀려야겠다. 항상 무언가를 생각해야 한다. 그래야 시간도 빨리 가고, 또 내가 왜 이곳에 있는지에 대한 생각도 떨쳐 버릴 수 있다.

태양이 정수리 위로 오르자 나는 안젤리나와 함께 물을 한 모금 마시고 셔츠를 머리 위로 끌어 올려 태양을 피한다. 이곳의 햇빛과 열기는 가히 살인적이다. 어머니는 태양이 하늘의 심장이며 우리 모두의 아버지라고 말하곤 했다. 이렇게 고통스러우리만치 뜨거운 걸 보면 아마도 좋은 아버지는 아닌가 보다.

앞으로 며칠이나 걸릴지 가늠할 수가 없기에 식량을 아껴 먹어야 한다. 라모스 삼촌에게 들은 것이 내가 아는 전부다. 삼촌은 아마도 스무 날은 족히 걸릴 것이라고 했다. 나는 지도를 꺼내 지도에 그려진 그림과 색을 물끄러미 바라보지만 내가 있는 곳이 어딘지 알 길이 없다. 태어나서 처음으로 지도를 보는 터라 읽는 법을 잘 모른다.

나는 포기하지 않는다. 나는 삼촌이 내게 과테말라라고 알려 준 곳을 손가락으로 짚어 본다. 거기서부터 북쪽으로 손가락을 움직여 올라간다. 카유코가 가듯이 말이다. 곧 지도의 색깔이 바뀐다. 여기가 벨리즈임이 틀림없다. 그리고 그곳에서 북쪽으로 다시 색깔이 바뀌는 곳이 멕시코의 유카탄이리라. 라모스 삼촌에게 들은 내용을 기억해 내는 중이다. 파란색이 바다라고 했는데 유카탄 반도의 꼭대기와 미국 사이의 파란색 부분이 무척이나 넓다. 또 지도에서 보니 북쪽으로 향하는 해안선을 따라 작은 섬들이 늘어서 있다. 오늘 밤 이 섬들 중 한 곳을 찾아 잠을 청해야겠다.

지도에 피가 떨어진다. 거친 나무로 만든 노를 붙들고 젓느라 손에 물집이 잡혔는데 그 물집이 터져서 피가 흐르는 것이다. 내가 입은 셔츠 밑단을 잘라 노의 손잡이 부분에 감는다. 이제 한결 나을 것이다.

이제 파도는 그리 나쁘지 않다. 그래서 나는 갑판 위를 기어 배의 앞쪽으로 건너간다. 높이가 1미터쯤 되는 파도에 카유코가 흔들린다. 나는 야자나무 줄기를 배 기둥 앞쪽으로 난 틈에 밀어 넣는다. 배가 심하게 흔들려 나는 기둥을 붙든다. 카유코에서 떨어지면 큰일이다. 돛이 묶여 있기 때문에 카유코는 안젤리나를 실은 채 바람을 타고 가 버릴 것이다. 끔찍한 일이다. 다음번엔 밧줄을 내 손목에 묶어야겠다.

갑판에 난 틈을 모두 메우자 나는 내 자리로 돌아와 숨을 돌린다. 바다도 내 마음과 같은지 절대 쉴 줄을 모른다. 내 머릿속도 늘 생각으로 복잡하다.

안젤리나는 그릇처럼 생긴 모자를 엮고 있다. 엮으면서 연신 내 머리에 씌워 본다. 아마도 저 부분이 끝나면 넓은 챙을 만들기 시작할 것이다. 나는 안젤리나가 일하는 모습을 지켜본다. 모자 만드는 일에만 골몰하고 있는 이 순간만큼은 안젤리나가 배고픔과 두려움을 잊을 수 있다.

오후가 되자 태양이 아래로 내려오더니 하늘에 구름이 끼기 시작한다. 곧 바람이 불면서 파도가 거세진다. 아마도 이것이 엔리케 아저씨가 말했던 오후 폭풍인가 보다. 비가 내리기 시작하자 카유코에 고인 물을 퍼내야 할 때를 대비해서 플라스틱 통을 꺼내 두어야겠다는 생각이 든다.

안젤리나는 갑판 아래로 기어 들어가서도 계속 작업에 몰두한다. 만나는 파도마다 이 작은 카유코에 물을 튀긴다. 파도는 번번이 배 앞쪽으로 물을 끼얹는다. 나는 카유코의 방향을 바로 잡으려고 애쓴다. 이제 돛을 내릴지 말지를 결정해야 한다. 엔리케 아저씨의 경고가 떠오른다. 너무 오래 기다렸다가는 때를 놓칠 수도 있다. 나는 갑판 위로 기어가 위쪽 돛대를 고정하고 있는 밧줄을 푼다.

돛과 돛대를 내리자 카유코는 다음 번 파도에서 옆으로 밀려간다. 나는 급히 배 뒤편으로 몸을 날려 카유코가 뒤집어지지 않도록 균형을 잡는다. 안젤리나가 뒤로 넘어지면서 배 옆면에 머리를 부딪힌다. 안젤리나가 울기 시작하지만 도울 수가 없다. 나는 여전히 배가 뒤집히지 않도록 안간힘을 쓰며 버틴다.

다음 파도가 와서 부딪히자 카유코가 한참 밀려나면서 바닷물이 배 안으로 들어온다. 나는 배가 다시 수직으로 밀려 올라가는 틈을 타서 방향을 바꾼다. 플라스틱 통으로 물을 퍼내는 속도가 빨라진다. 안젤리나는 더 큰 소리로 운다. 다음에는 돛을 더 일찍 내려야겠다.

파도와 파도 사이, 나는 돛과 돛대를 재빨리 한데 묶는다. 태양의 뜨거운 열기는 식고 비는 더 세차게 내린다. 바람이 파도를 점점 키우더니 마침내 높은 흰 파도로 변한다. 나는 노질을 멈추지 않는다. 이 작고 용감한 카유코는 매번 다가오는 파도를 흔들리는 돛대만으로 견뎌 낸다. 돛대가 기둥에 부딪힌다. 밧줄이 말아 놓은 돛을 연신 후려친다.

파도가 배의 앞머리에 와서 부딪치며 짜디짠 바닷물이 공중으로 치솟는다. 그 물보라를 맞고 있으면 주먹으로 얻어맞는 기분이다. 배로 쏟아져 들어오는 물을 갑판이 막고 있기는 하지만 내가 앉은 곳은 뻥 뚫린 공간이기에 물이 많이 들어온다. 야자나무 잎으로도 물을 막지 못한다.

파도와 파도 사이에는 언제나 플라스틱 통으로 카유코에 고인 물을 퍼낸다. 나는 공포에 질려 있다. 노를 너무 꽉 잡아 손이 거의 마비될 지경이다. 어쩌면 사람의 힘으로 바다를 이겨 낸다는 것이 무리일지도 모르겠다. 여기서 내가 할 수 있는 일이라곤 목숨을 부지하기 위해 버티는 것뿐이다.

폭풍이 이 작은 카유코를 응징하는 것을 보며 드는 생각이다. 나는 카유코가 폭풍에 맞설 수 있도록 돕는다. 파도마다 내게 주는 가르침이 다르다. 어떤 파도는 작아서 나 스스로를 괜찮은 항해사라고 느끼게 해 준다. 하지만 버스가 굴러 오는 것처럼 큰 파도도 있다. 바다의 기분은 여러 가지다. 어제의 바다는 대기실에 앉아 있는 키 작은 노부인 같았다. 하지만 오늘의 바다는 골이 잔뜩 나서 나를 해치려 든다. 하지만 도망칠 수도 없다. 그렇기에 나는 강해져야 한다.

나를 향해 달려드는 커다란 파도를 향해 이렇게 말해 본다.

"어림없지, 넌 나를 빠뜨릴 수 없어. 그렇게 내버려 두지는 않을 테다."

파도가 정말 클 때는 크게 소리치며 힘껏 노를 젓는다. 내가 두려워한다는 것을 들켜서는 안 된다.

하지만 무섭다. 안젤리나도 이 사실을 알고 있다. 안젤리나가 우는 이유는 공포 때문이다. 나 또한 침도 삼킬 수 없을 만큼 무서울 때에는 동생에게 겁먹지 말라고 할 수가 없다. 파도가 갑판을 덮칠 때마다 그리고 우리 얼굴에 물세례를 뿌릴 때마다 나는 죽음의 공포를 경험한다.

안젤리나가 나를 바라본다. 눈이 공포로 불타고 있다. 안젤리나는 나의 전부다. 바다가 내 동생을 집어삼켜 다른 세상으로 데려가도록 내버려 둘 수는 없다. 적어도 오늘은 그럴 수 없다. 나는 입술을 꽉 깨문다. 피 맛이 난다. 내일은 또 무슨 일이 벌어질지 모르겠지만 오늘 우리가 속한 세계는 바다와 카유코다. 우리의 세계에는 비와 태양과 바람과 배고픔이 존재한다. 미국에 도착할 때까지는 이 세계에서 살아남아야 한다. 나는 또다시 노를 꽉 붙들고 다음 파도를 대비한다.

여전히 파도와 싸우던 중 왼편으로 작은 맹그로브 섬이 나타난다. 섬은 꽤 멀리에 있다. 어두워지기 전에 섬에 도착해야 한다. 내게 주어진

단 한 번의 유일한 기회다. 이제 더는 잠을 자지 않고는 버틸 수 없기 때문이다. 지금 내 팔은 노 한 짝도 들어 올릴 수 없는 상태다.

파도를 가로질러 방향을 바꾸면서 안젤리나에게 말한다.

"이리 와서 내 무릎 사이에 앉아. 혹시나 뒤집히기라도 하면 갑판 아래는 위험하니까."

안젤리나는 내 얘기를 들으면서도 울음을 터뜨린다.

"엄마 보고 싶어! 엄마, 엄마!"

나는 대답하지 않는다. 동생이 원하는 것을 들어 줄 수 없기 때문이다. 우리가 작은 섬을 향해 가는 와중에도 폭풍의 기세는 사그라지지 않는다. 파도가 밀려올 때마다 카유코는 자꾸 밀려나지만 나는 멈추지 않는다. 이런 식으로 파도를 거슬러 저 섬에 닿아야 한다. 마치 일부러 방해라도 하는 듯 바람이 거세게 분다. 파도와 싸우느라 정신이 없어 해 저무는 줄도 모른다. 순식간에 해가 지더니 주변이 어두워진다. 나는 계속해서 고군분투하며 어둑어둑한 형체만 보이는 섬을 향해 노를 저어 간다.

섬에 거의 닿을 무렵 폭풍이 그친다. 비는 계속 내리지만 나를 죽이려고 덤비던 바람과 파도는 포기한 것 같다. 얼마나 오랫동안 이 폭풍에 시달렸는지 알 수가 없다. 나더러 안젤리나가 흘린 눈물방울의 수를 세라는 것과 같은 얘기다. 마침내 카유코의 앞머리가 맹그로브 나뭇가지에 닿는 순간 온몸의 힘이 다 빠져 버린다. 나는 사이드보드를 끌어 올리고 배가 멈출 때까지 울창한 맹그로브 숲 안으로 노를 저어 들어간다. 나는 갑판 위를 기어 앞쪽으로 간다.

안젤리나의 울음은 이제 딸꾹질로 바뀐다.

"엄마 보고 싶어."

안젤리나는 울음을 그칠 줄 모른다.

"일어나면 안 돼."

나는 큰 소리로 말한다.

이 섬은 흙으로 이루어진 섬이 아니다. 물속에서 자란 맹그로브 나무들이 암초에 자리 잡은 것이다. 그렇지만 이 맹그로브 숲이 파도와 바람을 막아 주기에 배가 가라앉거나 뒤집히지는 않을 것 같다. 나뭇가지 사이로 새들이 날아다니는 소리가 들린다. 나는 나뭇가지 하나를 잡아끌어 카유코가 맹그로브 숲 속 깊숙이 들어갈 수 있도록 한다.

나는 커다란 덤불에 밧줄을 동여매 카유코를 고정시킨다. 이제 우리가 잠든 사이 배가 떠내려가는 일은 없을 것이다. 나는 배 뒤쪽으로 기어 올라간다. 침낭은 젖고 파도가 들이닥친 바람에 코코넛들 밑으로 웅덩이가 생겼다. 하지만 상관없다. 코코넛 위에서 자면 된다. "이쪽으로 와, 안젤리나." 나는 갑판 아래로 발을 먼저 들이민 다음 몸을 밀어 넣는다. 이제 비가 와도 얼굴에 맞을 일은 없다.

안젤리나가 내 옆으로 기어들어 온다. 오늘 밤은 안젤리나더러 누워 자라는 말을 하지 않아도 된다. 동생은 내 옆에 딱 달라붙어 있다. 나는 안젤리나를 껴안고 눈을 붙인다. 코코넛이 몸을 쑤신다. 마치 큰 주먹이 우리를 찌르는 것 같다. 곧 잠이 나를 삼켜 버린다.

카유코의 돼지들

　나는 정신없이 잔다. 꿈도 꿀 새가 없다. 자는 사이 카유코가 흔들리고 딱딱한 코코넛이 내 몸 여기저기를 찔러 대고 얼굴 위로 물이 떨어졌지만 그 어느 것도 나를 깨우지 못한다. 이 느낌들마저 내 잠의 일부가 된다.

　시간이 많이 흘러 어느 새 밤이 된다. 이윽고 나는 잠에서 깨어난다. 내가 어디에 있는지 기억이 나지 않는다. 잠시 뒤 내가 바다 어딘가에 있는 맹그로브 덤불에 카유코를 묶은 채 갑판 아래서 자고 있다는 사실을 깨닫는다. 뭔가 무거운 게 가슴을 누르고 있어서 움직일 수가 없다. 손을 뻗어 가슴께를 만져 본다.

　안젤리나다.

　안젤리나가 나와 갑판 사이에 누워 내 가슴을 짓누르며 자고 있다. 그렇다고 화를 낼 수도 없다. 딱딱한 코코넛 위에서 자는 게 영 힘들었을 테니까 말이다. 나는 조심스럽게 안젤리나를 내려놓고 몸을 밖으로 빼내어 앉는다. 아직도 비가 내린다. 하지만 우리가 잠든 사이 파도는 힘을 잃었다. 카유코는 부드럽게 흔들리고 있다. 아직도 피로감이 남아 있지만 피곤의 종류가 다르다. 이 피곤은 밤중에 자다 말고 일어나 작은 카유코를 타고 시커먼 바다로 나가고 싶지 않은 게으른 자의 피곤함이다.

비가 곧 그칠 것 같지는 않지만 이럴 때 할 일이 있다. 지금은 뜨거운 태양도 없고 파도는 잔잔하며 남쪽에서부터 불어오는 가벼운 바람 덕에 물살은 북쪽으로 흐르고 있다. 맹그로브 섬을 지나는 해류의 속도는 느릿느릿 흐르는 강물 수준이다. 물이나 바람이 모두 고요한 지금 출발해야 한다. 앞으로도 성난 파도와 바람을 많이 만나게 될 테니까 말이다.

입을 제외한 내 몸이 온통 젖었다. 하지만 입속은 잘라서 햇볕에 말린 마이즈 옥수수처럼 바싹 말라 있다. 기지개를 펴니 근육이 욱신거린다. 어쩌면 오늘은 좀 더 나은 새날이 될 수도 있을 것 같다. 나는 빗속에서 일어난다. 목욕을 하기 위해 캄캄한 바닷물 속으로 걸어 들어간다. 배를 떠나기 전, 나는 플라스틱 물병에 든 물을 마신다. 그러고는 조심스럽게 돛의 일부를 접어 주름을 잡고 그 주름을 타고 흘러내리는 빗물을 물병에 받는다. 물병들마다 빗물로 가득 채워 놓아야 한다. 한동안 비를 못 만날 수도 있으니 말이다.

이제 물은 충분하다. 나는 물로 팔과 머리, 그리고 다리에 붙은 소금기를 씻어 낸다. 우리가 도망치던 날 밤 이후로 쭉 내 몸에 붙어 있던 먼지와 말똥 냄새도 닦아 낸다. 안젤리나가 일어나면 안젤리나도 씻겨 주어야 한다. 동생의 피부가 이미 건조해져서 염증이 생기기 시작했다.

몸을 다 씻고서 나는 카유코 바닥에 고인 물을 퍼내고 카유코를 고정시킨 밧줄을 끄른다. 배가 무거워서 움직이기가 쉽지 않다. 해류는 자꾸만 우리를 맹그로브 섬 쪽으로 밀어붙인다. 카유코를 힘껏 뒤로 밀어 물에 띄운다. 노를 저어 파도를 타기 전에 돛을 올리고 사이드보드를 내린다. 구름과 비 때문에 북극성이나 해안가의 불빛은 보이지 않는다. 하지만 물살이 계속해서 북쪽으로 흐르고 있다. 해류는 나의 보이지 않는 친구다.

곧 배는 물살을 타고 맹그로브 섬으로부터 멀어진다. 돛이 크게 펄럭이며 바람을 탄다. 나는 돛을 앞뒤로 잡아당기며 카유코가 파도를 똑바로 탈 수 있게 한다. 그러고는 밧줄을 동여맨다. 순식간에 맹그로브 숲이 시야에서 사라지면서 캄캄한 어둠만 남는다. 나는 암초를 벗어나 오른쪽으로 배를 움직인다. 깊은 바다에서는 해류가 더 강해지기 때문이다.

나는 아래를 내려다보며 크게 하품을 한다. 안젤리나는 아직도 코코넛 위에서 뒤척이며 잠에서 깨지 않으려고 애쓴다. 하지만 칭얼거리는 소리로 봐서 영 편치 않은 모양이다. 해가 뜨면 나침반과 지도를 이용해서 해안선을 찾을 것이다. 지금은 캄캄한 밤이니 일단 긴장을 풀고 바다가 이끄는 대로 흘러가 보자.

어둠 속에 홀로 항해를 하다 보니 새로운 생각에 사로잡힌다. 나는 미국에 대해 아는 바가 별로 없다. 하지만 미국인들도 나와 안젤리나가 이 작은 카유코를 타고 시간마다 그들의 위대한 땅에 조금씩 가까이 다가

가는 중이라는 사실을 모를 것이다. 우리를 발견하면 어떤 반응을 보일까? 화를 내며 우리를 내쫓을까? 이런 생각을 하는 사이 빗줄기가 얼굴을 적신다. 이에 대한 답을 찾으려면 앞으로 며칠이 걸리리라.

바닷물이 카유코를 때린다. 파도 때문에 배가 올라갔다 내려갔다를 반복한다. 한동안 이렇게 시간이 흐르자 파도에도 모종의 리듬이 있는 것처럼 익숙해진다. 하늘이 밝아진다. 갑판 아래로 움직임이 있는 것을 보니 안젤리나가 일어났나 보다.

"이리 와 앉으렴."

내가 말한다.

"비가 오는 중이지만 좋은 비야. 오늘은 바람과 파도도 강하지 않은 것 같아."

"배고파."

안젤리나가 말한다.

"과일과 토르티야를 가져와. 같이 먹자."

나는 갑판 아래를 가리키며 말한다.

"소금기 있는 토르티야를 먼저 먹어야 해. 알지?"

안젤리나는 갑판 아래로 기어 들어간다. 그 속에서 안젤리나가 이리저리 움직이는 소리가 들린다.

"먹을 것을 찾았니?"

내가 외친다.

"응."

동생이 대답한다. 하지만 돌아오지는 않는다.

잠시 기다리다가 혹시나 잠이 들었나 해서 다시 부른다.

"안젤리나, 찾은 거야?"

"응, 지금 가."

안젤리나가 소리쳐 답한다.

곧 안젤리나가 갑판 아래서 기어 나오더니 소금기가 밴 토르티야와 바나나 두 개를 건네준다. 동생이 웃고 있는 모습이 뭔가를 숨기고 있다는 뜻이다. 나는 토르티야 두 개를 꺼내어 하나를 안젤리나에게 건넨다.

"이제는 배고프지 않아."

동생이 내 손을 밀어내며 말한다.

"그럼 바나나 먹을래?"

내가 묻는다.

동생은 나를 보려 하지 않는다.

"갑판 아래에서 새 토르티야를 먹었구나?"

내가 묻는다.

안젤리나는 털에 묻은 물을 흔들어 터는 강아지처럼 세차게 고개를 흔든다.

"안젤리나."

내가 말한다.

"나한테 거짓말 하면 안 돼. 갑판 아래에 들어갔다가 뭔가를 먹은 거야?"

동생은 또다시 머리를 흔들어 아니라고 말한다.

"다른 봉지에 있는 토르티야가 없어졌다면 정말 화낼 거야."

내가 말한다.

"누군가 먹었겠지."

동생이 말한다.

"안젤리나, 이 카유코에는 우리 말곤 아무도 없어."

내가 말한다.

안젤리나가 무척이나 진지한 얼굴로 말한다.

"배 안에 돼지가 있는 것 같아."

나는 안젤리나를 보며 잠시 생각을 한다.

"좋아. 카유코 안에 돼지들이 있다면 쫓아내야겠구나."

내가 말한다.

"어떻게?"

동생이 묻는다.

나는 갑판 아래로 손을 뻗어 커다란 플라스틱 양동이 속에 손을 넣는다. 실비아 아주머니가 준 사탕 봉지를 꺼내 든다.

"이건 사탕이야."

내가 말한다. 빨간 것을 꺼내어 안젤리나가 빨아 먹을 수 있도록 손에 쥐어 준다. 다 먹은 뒤 안젤리나는 다시 사탕 봉지로 손을 뻗는다. 나는 사탕 봉지를 치운다.

"만일 이 안에 돼지들이 있다면 말이야, 이 사탕부터 버려야겠어. 돼지들이 사탕 때문에 온 걸 테니까."

내가 말한다.

안젤리나는 사탕을 보며 천천히 고개를 흔든다.

나는 사탕을 바다로 던져 넣을 듯이 팔을 뒤로 뻗는다.

"안 돼!"

안젤리나가 비명을 지른다.

"돼지는 없어. 토르티야는 내가 먹었어."

"네가?"

나는 짐짓 놀란 척하며 말한다.

동생은 부끄러워하며 고개를 끄덕인다.

나는 심각한 표정으로 안젤리나를 바라본다.

"상태가 나쁜 식량부터 먼저 먹어야 하는 거야."

"왜 그래야 해?"

"왜냐하면 우리는 지금 정말 중요한 놀이를 하는 중이거든."

안젤리나는 신이 나서 휘둥그레진 눈으로 묻는다.

"무슨 놀인데?"

나는 비밀이라도 알려 주듯 말해 준다.

"살아남기 놀이."

쓰레기 강

태양이 떠오르자 나는 안젤리나에게 놀이의 규칙을 설명한다.

"언제나 상하기 쉬운 음식부터 먹어야 해."

내가 말한다.

"필요 이상으로 먹거나 마셔도 안 되지. 식량을 오랫동안 아껴 먹어야 하니까. 그리고 날마다 다음 날을 어떻게 더 좋은 날로 만들까를 고민해야 해."

"그리고 카유코에 돼지가 있어서도 안 되고."

안젤리나가 덧붙인다.

나는 웃는다.

"맞아, 그것도 중요한 규칙이지."

나는 사탕 봉지를 들여다보며 사탕을 센다. 총 스무 개가 남아 있다.

"만일 네가 규칙을 잘 지키면,"

내가 말한다.

"매일 밤 잠자기 전에 사탕을 하나씩 먹을 수 있어. 하지만 규칙을 어기면 내가 먹어버릴 거야."

안젤리나는 우리의 새 놀이에 동의를 한다. 하지만 이 놀이는 그다지 재미있지 않을 것이다. 안젤리나는 피부가 갈라지고 소금물로 말라붙었다. 머리카락도 윤기가 사라져 부스스하고 서로 뒤엉켜 있다. 곧 배고픔과 고통 때문에 잠들 수 없을 때가 올 것이다. 카유코에 돼지가 없다는 것을 확인하기 위해 나는 사탕을 내 주머니에 넣어 둔다.

나는 안젤리나를 갑판 위에 눕히고 돛을 타고 흘러내린 빗물로 몸을 씻겨 준다. 동생은 이것이 왜 그렇게 중요한지 이해하지 못한다. 안젤리나가 이해할 수 없는 일은 많다. 이 여정의 끝에서 우리를 기다리는 것이 무엇인지도 알지 못하며 미국에 당도하기 전에 더 많이 배고프리라는 것도 모른다.

"태양이 다시 떠오르기 전에 모자를 다 만들 수 있겠니?"

내가 묻는다.

안젤리나는 빗속에서 올려다보더니 초롱초롱한 눈빛으로 나를 본다.

"그럼 사탕 줄 거야?"

동생이 묻는다.

"아니. 하지만 간지럼도 태워 주고 재미있는 이야기도 해 줄게."

내가 말한다.

안젤리나가 모자를 만드는 동안 나는 소금기 있는 토르티야 두 개와 바나나 한 개를 먹는다. 마체테를 가져다가 카유코 옆에 또다시 칼집을 낸다. 우리는 방금 바다 위에서의 둘째 날 밤을 보냈다. 둘째 날 밤은 무사했으나 바다가 내게 뭘 가르치려 했는지는 모르겠다. 나는 아직 더 나은 내일을 만들기 위해 아무것도 하지 않는다. 이 놀이 규칙은 내게도 적용되는 놀이 규칙이다.

지금도 작은 파도들이 밀려와 내가 앉은 자리에 물을 끼얹는다. 나는 플라스틱 통을 들고 카유코에 찬 물을 빼낸다. 훤히 뚫린 배 뒤편으로 들어오는 바닷물은 막을 길이 없다. 험악한 파도가 우릴 덮친다면 영락없이 가라앉고 말 것이다.

돛을 바라보고 있으니 또 다른 문제점도 떠오른다. 이 카유코가 꽤 강한 바람도 견뎌 낼 수 있다는 사실을 새로이 알게 되었다. 하지만 바람이 세게 불어닥칠 때 갑판을 건너 배 앞쪽으로 가서 돛을 내리자면 너무 늦다. 뒷자리를 떠나지 않으면서도 돛을 내릴 방법이 없을까?

그렇다, 방법이 있다. 돛대를 당기기도 하고 혹은 밀어내기도 하는 밧줄 두 개가 물 위에 떠 있다. 양쪽으로 밧줄이 하나씩 있다. 그중 하나는 매우 길다. 여분의 밧줄은 내 발에 엉켜 있다.

나는 엉킨 밧줄을 풀어 마체테로 3미터 길이로 자른다. 자른 밧줄을 들고 조심스럽게 앞쪽으로 기어가 돛을 올리는 밧줄에 묶는다. 파도를 잘 살피면서 배 기둥에 묶인 올리는 밧줄을 푼다. 밧줄을 기둥 밑동에 볼트로 조여 있는 핸들 아래로 둥글게 감는다. 그러고는 다시 내 자리로 돌아온다. 내 자리에 묶었듯이 이 여분의 밧줄을 단단히 묶는 것이 중요하다. 이제 올리는 밧줄은 길게 늘어져 내가 앉은 자리 뒤쪽까지 닿아 있다.

이렇게 여분의 밧줄을 이어 두었으니 이제는 앉은 채로 밧줄을 풀어 돛이 제 무게에 스스로 내려올 수 있게 되었다. 궂은 날씨를 만날 경우 돛을 일단 이렇게 내린 후 흔들거리는 돛대에 돛을 감아 묶어 둘 수도 있다. 바람이 세차게 불면 밧줄 끝을 찾는 것도 어려운 일일 테니 밧줄을 돛대에 묶는 것으로 준비를 마친다.

잠시 숨을 돌리면서 나는 마체테를 꺼내어 코코넛을 쪼갠다. 안젤리나는 코코넛 밀크를 마신다. 안젤리나는 코코넛 밀크를 좋아한다. 그러고는 비가 오는 동안 입에 넣고 씹을 수 있도록 코코넛 살을 잘게 부수어 둔다. 오후에는 배 두 척이 우리 곁을 지나간다. 하지만 거리가 멀다. 하나는 커다란 배이고 다른 하나는 관광객들을 태운 낚싯배다. 모자를 엮는 안젤리나의 손가락이 분주하다. 이 모자, 저 모자를 서로 번갈아가면서 만든다. 아직 마무리되지 않은 자신의 모자를 쓴 채로 내 모자를 만든다. 내 머리에 하도 자주 씌워 보는 통에 완성도 하기 전에 닳아 없어지지 않을까 싶다.

안젤리나의 졸린 눈을 바라보고 있자니 나도 몸에 긴장이 풀어져 잠깐 눈을 붙인다. 이런저런 생각에 편히 쉴 수가 없다. 지금도 잠을 자기가 이렇게 힘든데 유카탄 반도를 떠나 미국에 도착하기 전까지의 망망대해에서선 얼마나 힘들까? 탁 트인 멕시코 만의 바람과 파도가 나를 죽일 듯이 덤벼들 것이다. 그리고 내게는 잠깐이라도 눈을 붙일 섬도 허락되지 않는다.

아니다, 이건 항해사가 아니다. 진짜 항해사라면 카유코를 타고 미국으로 건너가는 일 따위는 하지 않을 거다. 이건 바보들이나 하는 짓이다. 하지만 다시 생각을 고쳐먹는다. 유카탄을 떠나 멕시코 만을 건너려면 나는 진짜 항해사가 되어야만 한다. 안 그러면 우리는 죽고 말 것이다.

하늘이 어두워지면서 밤이 다가오자 나는 잠과의 사투를 벌인다. 비가 여전히 내린다. 나지막하게 깔린 구름 아래로 몰려오는 파도의 저편을 바라다본다. 내가 있는 서쪽으로 모래사장 해변이 있는 큰 섬이 보인다. 오늘 밤 저 나무 밑에 누워서 잠을 잘 수 있다면 얼마나 좋을까. 하지만 이런 날은 항해하기 좋은 날이다. 이런 밤을 잠으로 낭비한다면 내가 겁쟁이 혹은 게으름뱅이라는 사실을 바다가 눈치채고 말 것이다. 나는 안젤리나에게 오렌지와 소금기 머금은 토르티야를 먹이고 사탕을 준다. 그렇게 우리는 그 섬을 지난다.

내가 안젤리나에게 묻는다.

"우리 밤새도록 배를 타고 가면서 하늘에서 떨어지는 별을 찾아볼까?"

안젤리나는 의심스러운 눈초리로 비 내리는 하늘을 올려다본다.

"구름이 걷히면 우리는 북극성을 따라갈 거야. 북극성을 잡아야 하니까."

내가 말한다.

"지금 자 둬. 북극성이 보이면 그때 깨울게."

안젤리나는 고개를 끄덕이더니 코코넛 위에 페타테를 깔고는 그 위에 웅크리고 잠을 청한다. 금세 잠이 든다. 나는 앉아서 생각에 잠긴다. 눈에 보이는 것도 없고 카유코와 파도가 부딪는 소리만이 들려올 뿐이다.

내가 어느 방향으로 가고 있는지 확인할 길도 없다. 오늘 밤 내가 할 수 있는 것이라고는 파도에 따라 흘러가는 것뿐이다. 어둠은 끝이 보이지 않는 기나긴 터널 같다. 이 터널 속에는 파도와 비와 바람만 있을 뿐이다. 매 순간이 한 시간처럼 길고 지루하다.

가족들 생각을 떠올리는 자체가 아픈 일이다. 하지만 덕분에 나는 깨어 있을 수 있다. 어머니와 아버지를 떠올린다. 남동생 아르투로와 롤란도, 그리고 여동생 아니타가 떠오른다. 아르투로가 나뭇가지에 무릎을 걸친 채 매달려 웃는 모습이 생각난다. 언제나 재미있는 노래를 부르던 롤란도를 우리는 가수라고 불렀다. 그리고 아니타. 안젤리나보다 겨우 두 살 위였지만 자기가 엄마라도 되는 것처럼 어른처럼 행동하던 동생이다.

오늘 밤 내 기억 속의 우리 가족은 생생히 살아 있다. 하지만 실제로는 아무도 이 세상 사람이 아니다.

안젤리나가 자다 말고 흐느껴 운다. "엄마, 엄마!" 그렇게 엄마를 외친다. 커다란 파도가 몰려와 카유코를 뒤흔드는 바람에 동생이 잠에서 깬다. 오늘 밤 비가 내려 다행이다. 얼굴이 비에 젖은 덕분에 안젤리나는 내 얼굴에 흐르는 눈물을 알아채지 못한다. 나는 안젤리나에게 미소를 지어 보이며 강해지려고 애를 쓴다. 오늘처럼 외로운 밤은 겪어 본 적이 없다.

비가 그친다. 여전히 주위는 캄캄하다. 상쾌한 바람이 커다란 손처럼 파도를 쓸고 간다. 나는 돛을 꽉 붙들어 당긴다. 바람이 계속 이런 식이라면 방향을 해안 쪽으로 틀거나 혹은 반대쪽으로 틀어야 한다. 나는 해안 쪽으로 방향을 잡기로 한다. 너무 가까이 다가가면 안 되지만 육지의 불빛을 못 본 지 너무 오래되었다.

안젤리나가 일어났을 무렵 어두운 밤하늘을 가리고 있던 구름이 걷힌 다. 나는 안젤리나에게 북극성을 보여 준다. 동생은 고개를 끄덕이면서도 아무것도 보이지 않는 양 바다 저편만 멍하니 바라본다. 안젤리나는 너무 피곤한 나머지 우리가 놀이를 하는 중이라는 사실을 잊은 모양이다. 안젤리나는 갑판 아래로 다시 기어 들어간다. 나도 유혹하는 잠과 싸우면서도 졸음을 이기지 못해 고개가 자꾸 떨어진다.

파도가 커진다. 파도에 부딪힐 때마다 나는 카유코의 방향을 바로잡으려고 애쓴다. 아침 햇살이 비추기 시작하자 나는 마체테를 들고 배 옆면에 세 번째 칼집을 낸다. 이 자국은 다른 것들보다 조금 길다. 지난밤은 다른 어떤 밤보다 힘들었기 때문이다.

내가 무거운 눈으로 해안가를 찾고 있을 때에도 안젤리나는 여전히 잠을 자고 있다. 이때 나는 처음으로 쓰레기 떼를 발견한다. 멀리서 볼 때는 무엇인지 구분하지 못했다. 바닷물이라기보다는 짙은 빛의 굽은 강줄기처럼 보인다. 가까이 다가가 보니 떠다니는 쓰레기 떼다. 마치 바닷물이 이 쓰레기들을 한데 모아 어딘가 버릴 데를 찾으려는 것처럼 보인다.

나는 쓰레기 강 속으로 들어가 돛의 방향을 바꾼다. 쓰레기 속에 좀 더 오래 있기 위함이다. 나도 내가 뭘 찾는지는 모르겠다. 고기잡이 그물에 쓰는 부표도 있고 플라스틱 물병과 비닐봉지도 있다. 나뭇조각도 있고 오래된 간판, 비닐로 만든 신발, 심지어 자동차의 연료통도 있다.

저 앞에 뭔가 파란 것이 물 위에 떠 있다. 정신이 몽롱한 상태라 하마터면 못 보고 지나칠 뻔했다. 하지만 다시 보니 파란색의 커다란 플라스틱 배럴이다. 한쪽 끝이 부서져 있다. 나는 배 안을 살펴보다가 다시 파란 배럴을 바라본다. 그러고는 힘껏 노를 저어 다가간다. 이 플라스틱 통을 유용하게 쓸 때가 올 것만 같다.

안젤리나는 일어나서 내가 카유코 옆으로 배럴을 끌어당기는 모습을 지켜본다.

"오빠 뭐해?"

동생이 묻는다.

"카유코를 고치는 중이야. 내 다람쥐가 물에 젖지 않도록 말이야."

내가 자기를 위해 뭔가 특별한 일을 한다는 말에 안젤리나는 자랑스러운 표정을 짓는다.

배럴 속에 물이 담겨 있어서 들어 올릴 수가 없다. 나는 마체테를 손에 쥔다. 쉽게 될 리 없지만 그래도 힘껏 휘두른다. 마침내 커다랗고 휘어진 플라스틱 조각을 잘라 내는 데 성공한다. 잘라 낸 조각을 갑판 위에 둔다. 나는 칼로 다듬어 자동차 앞 유리처럼 둥그렇게 만든다. 내 자리로 쏟아지는 물세례를 막을 용도다. 이제 이 방패막이를 카유코에 동여맬 방법을 찾아야 한다.

나는 쓰레기 강에 뜬 채로 열심히 생각한다. 대부분 플라스틱 쓰레기들이다. 찢어진 비닐 배낭, 사탕 껍질, 그리고 오래된 플라스틱 테이블과 의자도 있다. 고기잡이 그물에 쓸 부표가 더 있는지 찾아본다. 마침내 끄트머리에 밧줄이 매달린 부표를 찾아낸다.

"오빠, 뭐해?"

부표에서 밧줄을 잘라 내고 있는데 안젤리나가 묻는다.

"우리 귀여운 다람쥐가 비에 젖지 않도록 뭔가를 만드는 중이지."

내가 귀여운 다람쥐라고 부르자 안젤리나가 키득거린다.

"나 좀 도와줄래?"

내가 묻는다.

동생이 고개를 끄덕인다.

나는 플라스틱 통에서 떼어 낸 판을 갑판에 갖다 댄다.

"그럼 여기를 꼭 잡고 있어."

내가 말한다.

안젤리나는 카유코 바닥에 무릎을 꿇고 흰 플라스틱판을 붙든다. 나는 칼끝을 이용해 갑판과 플라스틱판에 각각 구멍을 낸다. 그렇게 플라스틱 방패막이를 제자리에 동여맨 후 안젤리나는 다시 갑판 아래로 기어 들어가 모자를 엮는 일을 마무리한다. 나는 갑판과 방패막이에 구멍을 몇 개 더 뚫는다.

태양이 하늘 높이 떠오른다. 안젤리나가 마침내 완성된 모자를 내 머리에 힘껏 눌러 씌운다.

"자, 이제 다 만들었어. 마음에 들어, 오빠?"

동생이 묻는다.

내 어깨와 목에 내리쬐던 뜨거운 햇볕이 차단되는 것을 느낀다.

"응."

내가 말한다.

"어때, 괜찮아 보여?"

안젤리나가 키득거린다.

"웃겨 보여."

나는 손을 뻗어 안젤리나에게 간지럼을 태운다.

"그럼 네가 모자 쓴 모습은 어떨지 볼까?"

"난 예쁠걸?"

동생이 말한다. 내가 간지럼을 멈출 때까지 안젤리나는 코코넛 더미 위에서 몸을 뒤틀며 웃어 댄다.

안젤리나가 자기 모자를 마저 엮는 동안 나는 계속해서 구멍을 만든다. 지름이 내 손바닥 길이만 한 구멍이다. 마체테로 구멍을 내면서 동시에 배의 방향을 잡는 일은 쉽지 않다.

"이제 거의 다 했어."

내가 안젤리나에게 말한다.

동생은 아직도 내가 뭘 하는지 이해하지 못한다. 하지만 자기를 위한 것이라는 사실만으로도 신이 나 있다. 내가 바다에서 찾아낸 비닐 밧줄을 구멍 사이로 통과시키는 모습을 커다란 눈망울로 지켜본다. 드디어 플라스틱 방패막이가 갑판에 고정된다. 이제부터는 돛을 올리려면 방패막이 위로 기어서 건너가야 한다. 나는 플라스틱판을 팔로 세게 치면서 밀어 본다. 꿈쩍도 하지 않는다. 성공이다. 하지만 정말로 튼튼한지는 다음 번 폭풍을 만나 봐야 알 일이다.

카유코 주변으로 파도가 몰려든다. 오후 폭풍이 오고 있다. 나는 재빨리 사탕 봉지를 꺼낸다. 안젤리나에게 하나 주고 나도 하나 먹는다.

"잘 들어, 안젤리나."

내가 말한다.

"오늘 우리의 놀이 성적은 아주 좋아. 이제부터는 갑판을 기어서 건너가지 않아도 돛을 내릴 수 있어. 그리고 파도가 우리 배를 덮쳐도 안으로는 못 들어올 거야. 또 네가 만든 모자도 정말 훌륭해."

"그리고 오늘은 카유코에 돼지도 안 들어왔고."

안젤리나가 말한다.

"맞아, 돼지도 안 들어왔지."

나는 웃으며 말한다.

해적

폭풍이 시작된 것은 한낮부터다. 서쪽으로 희미하게 해안선이 드러난다. 폭풍 속을 뚫고 들어가자 동북쪽으로 약 2킬로미터 떨어진 곳에 섬이 보인다. 피곤하다. 하지만 멕시코 만을 지날 때는 지금보다 더 지치겠지. 파도와 바람도 지금보다 훨씬 셀 것이다. 카유코가 견딜 수 있을 만큼 튼튼한지 점검해 두어야 한다. 또한 나 자신도 그만큼 강한지 시험해 보아야 한다.

안젤리나가 갑판 아래로 기어 들어간다. 자기가 만든 모자 두 개를 가지고. 밧줄은 돛을 내릴 준비가 되었다. 나도 지쳐 있긴 하지만 그래도 폭풍을 맞이할 준비는 되어 있다.

비가 내리기 시작한다. 바람의 강도가 세지면서 파고가 높아진다. 높이 오른 파도가 사정없이 물을 뿌려 댄다. 플라스틱 방패막이는 제법 쓸만하다. 물세례가 쏟아지다가도 플라스틱판에 튕겨 다시 바다로 되돌아간다. 나는 카유코의 방향이 틀어지지 않도록 신경 쓰면서 노를 꽉 잡는다.

"갑판 속으로 너무 깊숙이 들어가면 안 돼."

안젤리나에게 말한다.

"배가 뒤집히기라도 하면 내 옆에 붙어 있어야 하니까."

오늘 파도는 이전에 만난 놈들보다 크다. 나는 최대한 돛을 내리지 않은 채 버틴다. 하지만 곧 바람이 강하게 휘몰아치더니 카유코가 뒤집힐 듯이 한쪽으로 기울기 시작한다. 나는 재빨리 손을 뻗어 내 자리에 묶인 밧줄을 끄른다. 매듭이 젖은 데다가 꽉 묶여 있어서 쉽게 풀리지 않는다. 파도가 다시 부딪히면서 돛에 바람이 다시 한 번 몰아친다. 카유코가 옆으로 돌기 시작한다. 나는 배의 방향을 바로잡으려고 있는 힘껏 노를 젓는다. 또다시 밧줄을 끄르려고 안간힘을 쓴다. 매듭이 너무 단단해서 좀처럼 풀리지 않는다.

이제 바람 소리는 싸울 태세를 한 고양이 울음처럼 들린다. 나는 다음 파도에 맞설 준비를 하면서 동시에 양손으로 매듭을 잡고 푼다. 엄청나게 큰 파도가 파도 거품을 뿜으며 우리를 향해 덤벼든다. 비가 옆으로 들이닥친다. 돛을 내리지 못하면 이번 파도에 배가 뒤집히고 말 것이다.

나는 칼을 휘둘러 내 자리를 힘껏 내려친다. 밧줄이 끊어지면서 돛이 바다로 떨어진다. 카유코가 뒤뚱거린다. 나는 재빨리 무거운 돛과 돛대를 붙잡아 갑판 위로 끌어 올린다. 커다란 파도가 우리를 덮친다. 파도 벽이 강한 손처럼 카유코를 번쩍 들어 올린다. 끌려 올라가는 배의 앞쪽으로 바닷물이 넘쳐 들어오더니 플라스틱 배럴에 세차게 부딪힌다. 덕분에 살았다. 플라스틱 방패막이가 내 목숨을 구한 것이다.

카유코가 파도 꼭대기까지 끌려 올라가자 이번에는 배가 반대편으로 고꾸라질지도 모른다는 생각에 겁이 난다. 하지만 파도가 뒤쪽으로 밀려가면서 우리 배는 다음 파도를 향해 돌진한다. 무슨 일이 있어도 배의 방향이 틀어져서는 안 된다. 카유코가 옆으로 도는 순간 우리는 파도 아래로 굴러 떨어지고 말 것이다. 산비탈을 굴러 내려가는 통나무처럼 말이다.

바람에 돛이 휩쓸려 물속으로 빨려 들어가는 일이 없도록 천을 밧줄로 감아 보려고 안간힘을 쓴다. 밧줄을 돛대에 묶어 둔 터라 한결 수월하다. 재빨리 밧줄을 감아 묶고는 다음 파도를 향해 다시 노를 젓는다.

이 기세등등한 폭풍은 좀처럼 사그라질 생각이 없다. 먹구름이 밀려 나고 있는데도 파도는 여전히 성이 나 있다. 하지만 우리 카유코가 이렇게 큰 파도도 견뎌 낼 수 있다는 사실을 새로이 알게 되었다. 밧줄을 묶을 때에는 젖은 상태에서도 풀 수 있을 정도로만 당겨야 한다는 사실도 배웠다. 마침내 바람이 누그러지자 나는 배 기둥으로 가서 돛을 매단다. 밧줄을 자리에 묶으면서 매듭에 고리를 만들어 둔다.

이제야 내가 바다를 이해하기 시작하는 것 같다. 바다는 사람처럼 규정지을 수 있는 성향이 따로 없다. 아니, 언제나 낯설다는 표현이 맞을 것 같다. 어떤 날은 친절하고 게으르더니 또 어떤 날은 화를 내고 잔인해지기도 한다. 바다는 카유코에 타고 있는 어린 소년, 소녀 따위에는 신경도 쓰지 않는다. 이 점을 반드시 명심해 두어야겠다.

오후 내내 파도와 바람이 강하기에 나는 밤을 지새울 섬을 찾는다. 앞에 큰 섬이 나타난다. 나는 돛을 끌어당겨 배 앞코를 서쪽에 보이는 작은 해변으로 향한다.

가까이 다가가 보니 사람의 흔적이 보이지 않는다. 그래도 경계를 풀지 않는다. 이 섬은 맹그로브 숲이 아니다. 바람 덕에 더 가까이 밀려들어 간다. 작은 만이 보인다. 만에 있으면 바람과 파도를 피할 수 있을 것이다. 그래서 나는 돛을 내리고 수백 미터쯤 되는 좁은 물길을 따라 노를 저어 가면서 안전해 보이는 만으로 들어간다.

나는 모래사장 옆으로 배를 댄다. 모닥불을 피운 흔적이 있지만 최근 흔적은 아니다. 모래사장의 양쪽 끝으로는 나무들이 울창한 숲을 이루어 물가로 연결되어 있다. 그래, 여기서 쉬어 가자. 바다 한가운데서 이런 좋은 곳을 찾다니 운이 좋은가 보다.

한편 이런 생각도 든다. 오늘 밤 누군가 이곳에 오면 어쩌지? 그들이 과테말라에서부터 카유코를 타고 온 두 꼬마를 어떻게 하려 할까? 안된다. 지금은 게으름으로 어리석은 짓을 할 때가 아니다. 나는 다시 노를 저어 모래사장 끄트머리에 있는 울창한 숲 아래로 들어간다. 여기라면 누군가 온다고 해도 우리를 쉽게 발견할 수 없으리라.

안젤리나는 카유코에서 내린다는 생각에 들떠 있다. 삼 일 밤낮을 배 안에만 있었기에 땅을 밟은 적이 없으니 말이다.

"나무 가까이에 붙어 있어야 해."

카유코가 모래 바닥에 닿자 나는 동생에게 주의를 준다.

안젤리나가 갑판 위로 기어올라 온다. 야트막한 물속으로 뛰어내리다가 넘어진다. 나도 시원한 물속을 걸어 해변으로 올라가려다가 넘어질 뻔했다. 그간 우리 몸이 흔들리는 배에 익숙해진 탓이다. 이제는 모래밭마저도 이리저리 뒤뚱거리며 흔들리는 것처럼 느껴진다.

"여기 좀 봐!"

안젤리나가 깔깔 웃으며 소리친다. 안젤리나가 하늘을 올려다보다가 또다시 모래 속으로 고꾸라진다.

나도 똑바로 서려고 애쓴다. 하지만 다시 아래를 내려다보고는 또 넘어지고 만다. 새로운 놀이를 발견한 안젤리나는 신이 났다. 나는 넘어진 채로 몸을 돌려 하늘을 올려다본다. 해가 거의 졌으니 곧 어두워질 것이다. 기분이 좋다. 나무에 몸을 숨기긴 했지만 그래도 누군가 우리를 발견할까 봐 두렵다. 안젤리나가 물속으로 뛰어들었다가 다시 나오기를 반복하면서 손으로 물장구를 치며 큰 소리로 웃는다. 해변에서 조개껍데기를 주워 내게 가져오기도 한다. "이것 좀 봐! 여기 좀 봐!" 하며 연신 비명을 지른다.

"그래, 정말 예쁘다."

나는 입술에 손가락을 갖다 대며 속삭인다. 안젤리나도 큰 소리로 떠들면 안 된다는 사실을 떠올린다. 아마도 안젤리나는 지금껏 조개껍데기를 실제로 본적이 없었을 것이다.

안젤리나가 새로운 놀이에 싫증을 내기 시작한다. 나는 과일과 토르티야를 꺼낸다. 동생에게 토르티야 하나와 오렌지 반쪽을 건넨다. 나는 토르티야 두 개와 나머지 오렌지 반쪽을 먹는다. 말린 생선도 있지만 멕시코 만을 건널 때를 대비해서 남겨 둔다. 생선은 정말로 힘이 필요할 때 먹어야 하기 때문이다. 당근도 있지만 당근은 쉽게 상하지 않기 때문에 되도록 나중을 위해 남겨 두기로 한다. 곧 물고기를 잡아야 한다.

언제 섬을 떠나야 할지 모르므로 페타테를 깔고 누워서 잠을 청하기 전에 떠날 채비부터 마친다. 안젤리나가 나무 뒤를 화장실로 삼는다. 오늘 안젤리나가 볼일을 보는 것이 벌써 몇 번째인지 모른다. 아마도 코코넛 밀크가 설사를 일으키나 보다.

나는 동생에게 내 옆에 누우라고 한다.

"내가 이야기를 들려줄게."

내가 말한다.

"하지만 눈을 감고 들어야 해."

동생은 순순히 눈을 감는다.

"옛날 옛날에,"

이야기를 시작한다.

"아이들이 날아다니는 섬이 있었대. 작은 소녀들도 날 수 있는 곳이었지."

"여기 같은 섬 말이야?"

안젤리나가 묻는다.

"응, 여기 같은 섬."

내가 말한다.

"그리고 그 섬에는 커다란 사자가 살았는데 그 사자는 아이들을 잡아먹으려고 했대. 그래서 사자가 아이들더러 날아다니면 잡아먹을 수가 없으니 날아다니지 말라고 했대. 하지만 아이들은 모두 하늘 높이 날아올라 사자를 비웃었지. 그러곤 사자를 놀려 댔대. '우리는 언제든 날 수 있지! 너도 날아서 우릴 잡을 테면 잡아 봐!' 라고 하면서 말이야."

"그랬더니 사자가 이렇게 말했대. '싫어, 난 땅에서 기다릴 테야. 너희들도 어차피 다시 땅으로 내려와야 할 테니까.'"

안젤리나는 이미 잠이 들었다. 잘된 일이다. 나도 그다음 이야기는 모르기 때문이다. 나도 눈을 감고 또 다른 생각이 머릿속으로 들어오기 전에 잠을 청한다.

얼마나 지났는지 모르겠다. 윙윙거리는 소리에 잠이 깼다. 처음에는 꿈이려니 생각한다. 하지만 정신을 차려 보니 불 꺼진 보트가 만으로 이어지는 좁은 입구로 들어서고 있다. 희미한 달빛 아래로 시커먼 물체가 모터 소리를 내며 해변으로 들어온다. 웃음소리와 고함, 욕설이 물을 타고 들려온다.

안젤리나도 잠에서 깬다. 나는 안젤리나의 입술에 손가락을 갖다 댄다. 우리는 나무 아래 숨어서 지켜본다. 보트가 해변으로 들어온다. 대여섯 명의 남자들이 보트에서 내린다. 남자들이 스페인어로 말한다. 이따금 아는 단어가 귀에 들어온다. 미국인들이 탄 배를 탈취했나 보다.

나무 아래 숨어 있길 정말 잘했다. 나는 옆에 둔 칼에 손을 뻗는다. 우리는 남자들이 모닥불을 지피는 모습을 가만히 지켜본다. 그들은 손에 병을 들고 있는데 그 병을 들어 마시기 시작한다. 남자들이 우리를 보지 못해야 할 텐데. 우리는 지금 돌을 던지면 맞을 만큼 지척에 있다. 어둠 속에서 한 남자가 우리를 향해 비틀거리며 걸어온다. 나는 안젤리나의 손을 붙들고 도망칠 태세를 갖춘다. 남자가 잠시 멈추더니 볼일을 본다. 남자는 다시 몸을 돌려 모닥불 쪽으로 비틀거리며 되돌아간다.

당장이라도 카유코에 올라타서 최대한 빨리 노를 저어 만을 벗어나고 싶지만 우선은 기다린다. 남자들이 술을 잔뜩 마시고 있지만 아직도 위험하다. 이제 곧 취해서 노곤해질 터, 남자들이 잠들면 그때 도망치면 된다.

안젤리나도 스페인어를 조금 알아듣는다. 남자들이 하는 욕설과 나쁜 말을 알아듣는다. 남의 배 약탈한 이야기를 자랑 삼아 늘어놓는다. 그중 두 명은 사람을 죽였단다. 차라리 내가 스페인어를 못 알아듣는 편이 나을 뻔했다. 엔리케 아저씨가 주의를 주었던 해적이 바로 이들이다.

우리 침낭은 모래 위에 깔려 있다. 나는 몸을 긁기 시작한다. 안젤리나도 긁는다. 오래 누워 있을수록 점점 더 가려워져서 우리는 계속 긁어 댄다. 어둠 속에서 뭔가 우리를 무나 보다. 하지만 지금 할 수 있는 일이라고는 조용히 기다리는 것뿐이다. 한참이 지나자 마침내 해적들이 모닥불 주변에 누워 잠이 든다. 계속 긁어 댄 탓에 안젤리나와 나는 살갗이 불타는 것처럼 화끈거린다. 드디어 때가 되었다. 나는 손으로 안젤리나의 입을 막은 채 안젤리나를 데리고 해변으로 내려간다. 살금살금 물을 건너 배로 간다. 안젤리나를 먼저 태운다. 나는 다시 입술에 손가락을 댄다. 안젤리나가 고개를 끄덕인다. 내가 손짓을 하자 안젤리나는 갑판 밑으로 기어 들어간다.

카유코를 고정시킨 밧줄을 조심스럽게 끌러서는 바닷물로 배를 밀어 낸다. 나는 배에 올라타면서도 손에서 마체테를 놓지 않는다. 한 동작, 한 동작에 최선을 다한다. 해적들이 눈을 뜨는 순간 우리가 보일 것이기 때문이다. 모두들 술에 잔뜩 취해 잠에서 깨어나지 못하기만을 바랄 뿐이다.

나는 노를 저어 나무 밑 어둠 속으로 들어간다. 뒤를 돌아보니 해안가에서 모닥불이 깜박거린다. 안젤리나와 나, 우리는 이 섬에서 도망쳐야 한다. 내가 만든 플라스틱 방패막이 덕분에 오늘 만난 오후 폭풍을 무사히 견뎠다. 그리고 또다시 오늘 밤, 신중하게 행동해야만 살 수 있다.

마침내 나는 노를 저어 숲을 빠져나오기 시작한다. 만을 거의 빠져나갈 무렵 모닥불 쪽에서 누군가 소리를 지른다. 고함이 점점 커진다. 남자들이 팔을 휘두르며 모닥불을 돌아 자기들의 배를 향해 달리기 시작한다. 우리의 존재를 알아챘다.

나는 숨을 죽인다. 둘 중 하나를 선택해야 한다. 다시 해변으로 돌아가는 것과 돛을 올리고 시커먼 바다 속으로 도망치는 것. 바다만이 우리의 유일한 희망이다. 만일 섬에서 카유코가 발각되면 우리는 곧 잡히고 말 것이다. 섬이 그리 크지 않기 때문에 붙잡히는 것은 순식간이다.

나는 미친 듯이 노를 젓는다. 그렇게 만을 빠져나와 바람 속으로 들어간다. 안젤리나가 갑판 아래에서 머리를 삐죽 내민다.

"무슨 일이야?"

"갑판 아래로 숨어."

내가 말한다. 짐짓 화난 목소리를 낸다.

"내가 말할 때까지 절대로 나오지 마."

동생이 갑판 아래로 사라진다.

이제 해적들도 배에 올라탔다. 시동 걸리는 소리가 들린다. 동시에 내 얼굴에 바람이 불어온다. 하지만 돛을 올리면 쉽게 눈에 띄고 말 것이다.

그렇다고 노를 젓자니 더 쉽게 발견될 것 같다. 나는 해적들이 탄 배가 속도 높이는 소리를 들으며 재빨리 돛을 올린다. 어두워서 보이지는 않지만 요란한 엔진 소리와 함께 해적선이 우리를 향해 달려오는 소리가 들린다. 나는 마체테에 손을 뻗는다. 칼을 잡아 손에 꽉 쥔다.

이제 모터 소리가 아주 크게 들린다. 곧 저 배는 좁은 입구를 금세 빠져나올 것이다. 모터 소리가 너무 가깝게 들려 곧 우리 배와 부딪힐 것만 같다. 갑자기 요란하게 충돌하는 소리가 난다. 나뭇가지들 꺾이는 소리가 들리더니 정적이 흐른다. 좁다란 입구를 빠져나오다가 기슭을 들이받은 모양이다.

섬이 시야에서 사라짐과 동시에 카유코를 들었다 놨다 하는 파도가 느껴진다. 우리는 커다란 그림자와도 같은 검은 밤 속으로 들어간다. 겁에 질려 입이 완전히 말라붙었다. 침도 삼킬 수 없다. 이번엔 운이 따라 주었다. 다행이긴 하지만 언제나 운이 따라 주기만을 바랄 수는 없다.

안젤리나가 또다시 갑판 아래로 고개를 내민다.

"괜찮니?"

내가 묻는다.

"아저씨들은 갔어?"

동생이 묻는다.

"응. 다들 갔어."

"그 사람들 누구야?"

"해적들."

나는 무섭다는 듯 작은 소리로 말해 준다.

"무서운 이야기에 나오는 그런 해적?"

동생이 역시 작은 소리로 말한다.

"응. 무서운 이야기에 나오는 그런 해적."

두 해변

나는 아주 새까만 밤을 항해한다. 바다는 성난 파도로 가득하다. 바람 소리가 요란하지만 하늘에는 북극성이 우리를 기다리고 있다. 바다나 해적, 카유코로부터 아주 멀리 떨어진 무언가가 보인다는 사실만으로 기분이 나아진다.

몇 시쯤 되었는지 모르겠다. 달을 쳐다보지만 시간에 따른 달의 위치를 알지 못하기에 소용이 없다.

안젤리나가 잠에서 깬다.

"가려워."

살갗을 긁으며 말한다.

"나도 그래."

나는 손을 뻗어 코코넛을 집어 든다. 마체테 칼로 내리쳐서 껍질을 부순다.

내가 안젤리나에게 말한다.

"자, 몸에 코코넛 밀크를 발라 줄게."

안젤리나의 가느다란 팔과 다리에 코코넛 밀크를 바른다. 뼈가 앙상하게 드러나 있고 피부는 건조할 대로 건조해졌다. 이미 살이 너무 빠졌다.

동생이 나를 올려다본다.

"이렇게 하면 괜찮아?"

"응, 물론이지."

정말 그런지 알지도 못하지만 그렇다고 대답한다.

"오빠도 가려워?"

안젤리나가 묻는다.

나는 고개를 끄덕이며 코코넛 밀크를 내 몸에도 바른다. 어쩌면 내 말은 거짓말이 아닐지도 모른다. 코코넛 밀크를 바른 느낌이 좋다. 하지만 해적으로부터 도망치면서 놀란 가슴이 진정되지 않았는지 손이 아직도 떨린다.

안젤리나는 계속해서 물린 자국을 긁어 댄다.

"긁지 않아야 코코넛 밀크가 효과가 있어."

나는 동생에게 말한다.

동생은 고개를 끄덕이면서도 긁는 것을 멈추지 않는다.

또다시 기나긴 밤이다. 노를 젓는 팔에 힘이 빠진다. 나는 무거워진 눈꺼풀을 들어 올리려 애를 쓴다. 항상 어둠 속을 살펴보며 다음 파도에 대비해야 한다. 내 머리 위로 반짝이는 천 개의 별들은 아침이 오려면 한참을 기다려야 한다고 말해 주는 것 같다. 나는 검은 파도를 향해 침을 뱉는다. 그러자 마치 응수라도 하듯이 바람이 불어오더니 내 얼굴에 물을 끼얹는다.

동이 트는 것을 가장 먼저 알리는 신호는 하늘에서 비추는 태양의 빛줄기가 아니었다. 별빛이 흐릿해지면서 사라질 때가 바로 그때다. 오늘 밤 새로이 알게 된 사실이다. 하늘이 환해지기를 기다리며 나는 마체테를 꺼내 들고 카유코 옆면에 칼집을 낸다. 지금까지 네 개의 칼집이 생겼다. 지금껏 네 밤을 무사히 살아남았다는 뜻이다.

해가 뜨자 오른쪽에 또 다른 해변이 나타난다. 머릿속이 복잡해지면서 나는 눈을 깜빡인다. 나는 지금 바람과 파도를 타고 북쪽으로 항해 중이다. 이는 틀림이 없다. 카유코가 방향을 바꾼 적이 없기 때문이다. 그런데 지금 눈에 보이는 해변이 두 개다. 하나는 내 왼쪽 멀리에 있고 다른 하나는 오른쪽 가까이에 있다. 두 해변 모두 북쪽으로나 남쪽으로나 계속 이어지고 있다. 처음에는 큰 만으로 들어간 모양이니 다시 남쪽으로 방향을 돌려 빠져나오면 되겠다고 생각한다. 하지만 확신이 서지 않는다. 갑자기 공포가 밀려오면서 숨이 거칠어진다. 나는 지도를 꺼내어 눈을 크게 뜨고 바라본다. 다시 바다를 본다. 아니, 이건 만이 아니다. 북쪽으로는 오로지 탁 트인 바다만 있어야 한다. 나는 지도 위에 손가락을 올려놓고 해안선을 따라 북쪽으로 움직이며 내 위치를 추측해 본다. 벨리즈 해안선의 중간쯤에 올라가니 섬들이 많이 나온다. 하지만 그곳에 있는 것 같지는 않다. 지도에 그려진 섬들은 이 섬보다는 작고 또 너무 멀리 있다.

손가락이 벨리즈 북단에서 멈춘다. 멕시코의 남쪽에서 시작되어 몇 킬로미터를 계속 내려오며 이어지는 기다란 섬이 있다. 지도상에서는 섬의 북단에 넓은 바다로 이어지는 좁다란 입구가 보인다. 하지만 나는 어디 있는 거지? 내가 입구의 남쪽에 있다면 나는 북쪽으로 더 올라가야 할 것이다. 하지만 이미 이 입구를 지나쳤다면 이렇게 계속 북쪽으로 가다가는 거대한 내륙만 안에 갇히고 말 것이다. 정말 끔찍한 실수가 아닐 수 없다.

배들이 점점 더 많이 보이기 시작한다. 겁이 난다. 군인들이 우리를 불러 세웠다가 우리에게 이민 서류가 없다는 사실을 알면 어쩌지? 나는 그런 생각을 하며 카유코의 방향을 틀어 서쪽 해안선을 뒤로하고 큰 섬을 향해 간다. 분명한 것은 내가 잘못된 지점에 와 있다는 사실이다. 해류가 자취를 감춘 것을 보니 그렇다. 여전히 어느 쪽으로 가야 할지 모르겠다. 북쪽? 아니면 남쪽?

바람이 남쪽에서 불어오기에 나는 모험을 하기로 결심하고 배를 북쪽으로 향한다. 카유코의 방향을 틀면서 다시 지도를 살핀다. 내가 지도를 제대로 보고 있는 걸까? 지도를 들여다볼 때마다 방향을 바꾸는 걸 봐선 그렇지 않은 것 같다. 일단은 내 판단이 맞았다고 치자. 아니다, 내가 틀린 걸 수도 있다. 그렇다고 관광객들이 타는 크고 하얀 범선으로 다가가서 "이봐요, 미국이 어딘가요?"라고 물을 수도 없는 노릇이다.

오후 내내 벨리즈의 섬과 멕시코 사이의 좁다란 입구를 찾는다. 바람도 거의 없고 해류도 찾을 수 없기에 배를 빨리 움직일 수도 없다. 작렬하는 태양 아래, 나는 사막을 건너는 개미가 된 기분이다. 해변에는 낚시 촌들만 보인다. 작은 섬들과 만을 지난다. 아직도 넓은 바다로 이어지는 입구는 찾을 수 없다. 어쩌면 나는 지금 내 예상과 딴판인 곳에 있는지도 모르겠다. 어쩌면 지도에는 나오지 않은 곳에 있는 건지도 모른다. 공포가 내 위를 조이고 있다. 위에 커다란 매듭을 묶어 둔 것처럼 말이다.

정신없이 바닷길을 찾느라 커다란 범선이 내 뒤를 따라붙은 것도 보지 못한다. 요란한 기적 소리에 뒤를 돌아보다가 심장이 멎을 뻔했다. 조금만 더 틀었다간 우리 배를 칠 정도로 가까이 다가와 있다. 이 배에 달린 커다란 돛과 배 기둥은 그 크기가 커다란 나무만 하다. 갑판 위에는 수영복 차림에 선글라스를 낀 백인들이 잔뜩 나와 있다. 우리를 향해 손을 흔든다. 우리를 사진 찍는 사람들도 있다. 이들이 왜 우리를 구경하며 사진을 찍는지 알 수가 없다. 커다란 모자를 쓴 안젤리나와 내가 우습다고 생각하는 걸까? 나는 고개를 숙인 채 안젤리나에게 갑판 아래로 숨으라고 말한다.

범선은 빠르게 지나간다. 벌써 저 앞으로 가고 없다. 빠르게 달리며 방향을 동쪽으로 튼다. 마치 섬에 부딪칠 것만 같았는데 범선은 섬 뒤로 자취를 감춘다.

"안젤리나."

나는 목소리를 높여 부른다.

"다시 바다를 찾은 것 같아!"

안젤리나가 갑판 아래서 기어 나와 주위를 둘러본다.

"바람도 안 불고 파도도 없는걸?"

동생이 말한다.

"바람과 파도는 바다에서 우릴 기다리고 있지. 해류와 함께 말이야."

내가 말한다.

"난 바람과 파도가 싫어."

동생이 말한다.

나는 미소 짓는다.

"어떨 때는 우리의 친구가 되어 주기도 하는 걸?"

내가 말한다.

"우릴 미국으로 데려가 줄 테니까 말이야."

우리의 작은 카유코는 계속 전진한다. 마침내 섬의 북단이 보인다. 처음에는 육지만 계속 보여 울고 싶었다. 커다란 범선이 만에 정박해 있다. 그러더니 고기잡이 카유코 하나가 나무 뒤로 돌더니 커다란 강처럼 보이는 곳으로 들어간다. 나는 만을 바라보고 다시 지도를 본다. 지도에서는 큰 강을 찾을 수 없다. 그런데 다시 생각해 보니 고기잡이 카유코가 강으로 들어갔을 리가 없다.

정말 무모한 행동이라는 것은 알지만 일단 나는 그 카유코를 따라가 보기로 한다. 바람이 자서 돛을 내린다. 곧 나는 노를 저으며 좁다란 해협을 지나간다. 깊이도 얕고 폭도 30미터밖에 되지 않는다. 배 아래로 초록빛 해조류와 모래가 보일 정도다. 이윽고 다른 보트들이 보이기 시작한다. 모터보트들이 우리 옆을 지나간다. 나는 눈길을 주지 않고 계속 노를 젓는다.

자포자기하는 심정으로 구부러진 해협을 따라 돌자 바다와 하늘과 맞닿은 곳이 나타난다. 나는 기쁨에 겨워 어찌할 바를 모른다. 이는 분명 바다다. 나는 빠르게 노를 젓는다. 안젤리나도 내 기쁨을 눈치채고는 박수를 친다.

그렇게 한참이 지나고 드디어 배가 입구를 통과한다. 카유코가 파도에 들썩이기 시작한다. 바람을 타게 되자 나는 돛을 올린다. 해류가 나타나 보이지 않는 손처럼 우리를 북쪽으로 밀어 주기 시작한다. 나흘 만에 나는 다른 사람이 되었다. 둘세 강에서 처음 항해를 시작할 때만 해도 나는 바람과 파도가 무섭기만 했다. 하지만 지금의 나는 바람과 파도를 다시 찾았다는 사실에 기뻐하고 있다. 그저 그들이 내게 성내지 않기만을 바랄 뿐이다.

내 왼편으로 보이는 땅이 멕시코였다. 그래서 나는 다시 기다란 해안선을 만날 때까지 동쪽으로 전진한다. 소금물이 내 피부를 적신다. 카유코가 파도를 밀며 전진한다. 낚싯배들은 이렇게 멀리까지 나오지 않는다. 나는 또다시 혼자다.

곧 밤이 될 터인데 우리는 여태껏 아무것도 먹지 못했다. 하지만 나는 다시 바다로 나왔다는 사실만으로도 그저 행복하다. 오늘은 머리를 쓰거나 용기를 발휘해서 극복해야 할 어려움이 없었다. 카유코에 행운이 따랐을 뿐이다. 다음번엔 운이 내 편이 아닐 수도 있다는 생각에 걱정이 앞선다.

"배고프니?"

나는 안젤리나에게 묻는다.

동생이 고개를 끄덕인다.

"뭔가 다른 걸 먹고 싶어."

"말린 콩이 좀 있어."

내가 말한다.

"하지만 익혀 먹을 수가 없구나. 물에 좀 담가 두었다가 먹으면 괜찮지 않을까? 콩 좋아하니?"

내가 묻는다.

안젤리나는 고개를 절레절레 흔든다.

"뜨거운 닭고기가 먹고 싶어."

"좋아. 네가 가서 닭을 잡아 와. 내가 불을 지필게."

내가 말한다.

"카유코에서 어떻게 불을 지펴?"

동생이 말한다.

"너도 바다에서 닭을 잡지 못하잖아."

내가 대답한다.

"오늘 밤도 토르티야와 과일로 끼니를 때워야 해. 하지만 콩은 내일을 위해서 미리 물에 담가 둘게. 그래도 여전히 딱딱하겠지만 먹을 만할 거야."

안젤리나는 뾰로통한 얼굴로 토르티야를 가져간다.

"내일은 닭을 찾아볼래."

동생이 말한다.

내가 웃으며 대답한다.

"좋아."

오늘 밤 처음으로 소금기 없는 토르티야를 먹는다. 토르티야는 안젤리나가 좋아하는 음식인데도 동생은 웃지 않는다. 네 살짜리 아이들에게도 웃고 싶지 않은 날이 있는 거겠지. 식사를 마친 뒤 나는 파파야를 둘로 쪼갠다. 내일이면 금세 물렁물렁해질 것이므로 오늘 다 먹어 치워야 한다.

나보다 먼저 식사를 마친 안젤리나는 말없이 콩 주머니를 들고 갑판 아래로 들어간다. 나는 동생을 도우려고 물이 반쯤 담긴 물병을 가져다가 말린 콩 위에 붓는다. 내일 아침이면 익히지 않고 물에만 불린 콩 맛이 어떤지 알게 되겠지. 내일은 낚시하기에 좋은 날일 것 같다. 이제는 날 생선도 거뜬히 먹을 수 있을 것 같다.

안젤리나가 갑판 아래서 잠이 든 후 나는 기나긴 야간 항해를 시작한다. 파도를 바라보고 있노라니 카유코 옆으로 지나는 물살이 초록빛의 흐릿한 촛불처럼 보인다. 불빛들이 춤을 추며 깜빡인다. 왜 이런 현상이 일어나는 건지 모르겠다. 하지만 상관없다. 오늘 밤 내 마음에는 아무런 감각도 남아 있지 않기 때문이다.

끔찍한 학살이 벌어지던 그날 밤 이후, 내 머릿속에는 수많은 질문들이 쏟아지고 있다. 어떻게 군인들을 피해 달아날 수 있을까? 라모스 삼촌네 집은 어떻게 찾지? 카유코는 어떻게 몰지? 뭘 먹어야 하나? 폭풍 속에서 살아남을 수 있을까? 해적들이 나를 발견할까? 동생을 어떻게 보살피지? 길을 잃으면 어쩌지? 머릿속으로 끊임없이 묻고 답을 해야 한다. 그렇기에 몸보다 마음이 먼저 지치고 만다.

오늘 밤은 내가 어디에 있든지, 혹은 내가 어디로 가든지 상관이 없

다. 군인들이 나타난다고 해도 혹은 먹을 것이 다 떨어졌다고 해도 상관
없다. 오늘 밤 나는 걱정하는 것조차 힘들 만큼 지쳐 있다. 그저 항해에
대한 생각뿐이다.

　나는 별이 가득한 하늘을 올려다본다. 한참을 그렇게 바라보는데 별
하나가 바다로 떨어진다. 그 빛이 너무 밝아 그 별이 우리 카유코로 들
어온 줄만 알았다. 이 여정은 한낱 꿈인가 보다. 내가 잠에서 깨어나면
끝나고 마는 그런 꿈 말이다.

바보 같은 나

카유코 옆면에 다섯 번째 칼집을 그으며 마체테가 요란한 소리를 낸다. 그 소리에 안젤리나가 잠에서 깬다.

"배고파."

안젤리나는 눈도 비비기 전에 이 말부터 한다.

"나도 그래."

내가 말한다. 하지만 이제 토르티야는 세 개밖에 남지 않았다. 그나마도 초록색 곰팡이가 피었다. 그래도 먹을 수밖에 없다. 나는 미소를 짓는다.

"운이 좋은 날이네."

내가 말한다.

"토르티야와 콩을 둘 다 먹을 수 있으니 말이야."

말도 하지 않았는데 안젤리나가 토르티야와 콩을 가져온다. 나는 마체테를 병 속으로 집어넣어 물 위에 뜬 콩을 칼날로 건져 낸다. 입에 조금 넣고 씹어 본다. 그렇게 딱딱하지는 않지만 그렇다고 부드럽다고 할 수준은 아니다. 당근 같기도 하고 코코넛 같기도 하다. 씹을 수는 있는데 삼키기가 쉽지 않다. 물이 있어야 한다.

안젤리나는 토르티야에 붙은 곰팡이를 긁어내는 나를 지켜본다. 나는 토르티야에 콩을 넣어 안젤리나에게 건네준다. 불평을 안 해도 먹기 싫은 얼굴을 하고 있다. 동생은 콩을 씹으며 바다 건너편을 바라다본다. 눈물을 삼키려 눈을 깜빡인다. 안젤리나가 너무 배가 고픈 나머지 배가 아픈 게 아닐까 걱정이 된다. 안젤리나는 떠돌이 개가 쓰레기를 먹는 모습을 지켜볼 때도 이런 표정을 지었다.

나도 콩을 넣은 토르티야를 입에 넣으며 안젤리나에게 말한다.

"이렇게 하면 우리가 놀이에서 이길 수 있을 거야."

"살아남기 놀이."

안젤리나가 되묻는다.

나는 고개를 끄덕인다.

"이기면 닭고기도 먹고 뜨거운 타말레(옥수수 잎에 고기와 옥수수 가루를 넣고 찐 멕시코 요리—옮긴이)도 먹을 수 있어. 라임과 소금과 마늘을 넣은 신선한 토르티야도 먹자. 심지어 우리 마을에서는 결혼식때나 아기를 낳았을 때에만 먹을 수 있는 양고기 수프도 먹을 수 있을 거야."

안젤리나가 대답이 없다. 그래서 나는 이렇게 말한다.

"안젤리나, 오늘은 물고기를 잡을 거야."

안젤리나는 아무 말도 들리지 않는 듯 파도만 멍하니 바라본다. 마른 토르티야와 불린 콩을 삼키느라 물이 필요할 때만 나를 돌아본다.

"이 놀이 재미없어."

갑자기 안젤리나가 말한다. 내가 대답을 못하고 있는데 안젤리나가 묻는다.

"코코넛 밀크 좀 줘."

나는 고개를 젓는다.

"네가 설사하는 게 코코넛 밀크 때문인 것 같아서 그래."

나는 먹으면서 바다를 바라본다. 내일 더 나은 항해를 하기 위해서는 오늘 무엇을 해야 할지 생각해 본다. 노를 이용해서 키를 만들어야겠다. 눈을 붙일 생각일랑 안 된다. 나는 마체테로 카유코 뒤편, 내가 앉은 뒤쪽으로 조심스럽게 홈을 판다. 노의 손잡이가 들어갈 만한 크기다. 이제 노를 끌어 올리고 또 밀고 하는 일 없이 이 홈에 노를 꽂고는 배의 방향을 잡을 테다.

태양은 이미 하늘 높이 올랐다. 뜨거운 열기가 더 심해진다. 오늘 파도는 작은 구릉처럼 카유코 뒤를 쫓는다. 바람이 불자 돛이 크게 펄럭인다. 나는 노를 홈에 밀어 넣고 카유코의 방향이 틀어지지 않도록 손잡이에 몸을 기대어 누른다.

오늘은 내게도 휴식이 필요하다. 하지만 제때에 잠에서 깰 줄도 알아야 한다.

"안젤리나."

내가 부른다.

"난 잠을 좀 자야겠어. 자리에 앉은 채로 잘 테니 네가 내 다리 사이에 앉아서 내 눈이 돼 줘야 해. 다른 배나 큰 파도가 다가오면, 혹은 배의 방향이 틀어지면 나를 깨워. 알았지?'

안젤리나는 물을 한 모금 더 마시고는 고개를 끄덕인다. 자기 머리에 모자를 쓰더니 내 모자도 꺼내어 내 머리 위에 눌러 씌운다. 안젤리나는 말없이 바닥에 앉아 내 다리 사이에 자리를 잡는다.

안젤리나가 대견하다. 이제 겨우 네 살이지만 자기가 할 일을 다 알고 있다. 어쩌면 안젤리나도 이게 놀이가 아니라는 사실을 이미 알고 있을지도 모른다. 안젤리나가 알고 있으면서도 모른 척하는 것이 많다는 생각이 든다.

나는 잠을 청하기 전, 갑판 아래 양동이에 담긴 낚싯줄을 꺼낸다. 작은 나뭇조각에 감긴 낚싯줄에는 낚싯바늘이 하나만 달려 있다. 나는 마른 생선 조각을 잘라 낚싯바늘에 건다. 고기를 잡아 본 적이 없는 나로서는 물고기들이 뭘 좋아하는지 알 수가 없다.

나는 조심스럽게 낚싯바늘을 물속으로 내린다. 붉은색 나뭇조각에서 낚싯줄을 풀어 낚싯바늘이 카유코 뒤쪽의 바닷물에 약 10미터가량 잠기도록 밀어 넣는다. 나는 너무 지쳐서 줄을 잡고 있을 수도 없다. 그래서 나는 낚싯줄을 허리에 감는다.

"안젤리나, 물고기가 보이거나 낚싯줄이 움직이면 나를 깨워."

내가 말한다.

안젤리나는 고개를 끄덕인다.

노를 홈에 꽂아 둔 덕분에 카유코가 똑바로 전진한다. 나는 눈을 붙이기 전에 주변을 한 번 더 둘러본 뒤 곧 시체처럼 잠이 든다. 정신없이 자

다가 몸의 긴장이 풀어진 나머지 옆으로 넘어진다. 그러는 바람에 나는 깊은 잠에서 깨어 눈을 뜬다.

내려다보니 안젤리나도 내 다리에 머리를 기댄 채 자고 있다. 카유코는 여전히 잘 흘러가고 있다. 굳이 안젤리나를 깨우지 않는다. 여동생에게 좋은 항해사나 어부가 되기를 기대하기는 어렵다. 돌아보니 낚싯줄은 여전히 그대로다. 나는 또다시 잠이 든다.

작은 손이 정신없이 자는 나를 흔들어 깨운다. 안젤리나가 내 귀에 대고 외친다.

"물고기야, 오빠."

동생이 말한다.

"이 물고기들 좀 봐."

물고기를 잡았다는 말인 줄 알고 나는 잠에서 깬다.

안젤리나가 다시 말한다.

"저 물고기 좀 봐!"

안젤리나가 말한 것은 카유코 주위에서 헤엄치고 있는 돌고래 떼다. 물 위로 등을 둥그렇게 내놓고 헤엄치는 모습이 장난치는 것 같다. 이따금 물 위로 뛰어오르기도 한다. 카유코 옆으로 바짝 다가오는 놈도 있다. 안젤리나가 손을 뻗어 잡으려고 한다.

"물고기가 왜 여기에 있지?"

안젤리나가 묻는다.

"이건 돌고래야."

내가 말한다.

"생선이 아니야. 라모스 삼촌이 그러는데, 돌고래들은 우리처럼 공기를 마시고 강아지처럼 장난을 친댔어."

"그런데 왜 카유코 옆으로 뛰어오르지?"

동생이 묻는다.

"우리가 아주 기나긴 여행 중이라는 걸 알고 위로해 주고 싶어서 그러는 거야. 우리가 심심할까 봐 재미있게 해 주려고 말이야. 돌고래들이 웃는 게 보이지?"

안젤리나는 끄덕인다. 나를 돌아보며 미소를 짓는다.

"돌고래를 보니 나도 웃음이 나."

동생이 말한다.

돌고래가 장난치는 것을 보고 있는데 어디선가 이상한 냄새가 난다. 그런데 이를 생각할 겨를도 없이 배가 갑자기 아파 온다. 마치 코코넛을 껍질째 먹은 느낌이다. 당장 볼일을 봐야겠다. 바지도 내리기 어려울 만큼 급하다.

"안젤리나, 돌고래 좀 보고 있어."

내가 카유코 앞쪽을 가리키며 말한다.

동생이 앞쪽을 보는 동안 나는 바지를 내린다. 내가 노를 끼울 홈을 낸 카유코의 뒷면은 평평하다. 나는 뒤쪽으로 엉덩이를 내민다. 배 속에서 폭죽이 터지는 것 같은 소리가 난다. 안젤리나가 그 소리를 듣고 고개를 돌린다.

"돌고래를 보고 있으라니까."

나는 화를 내며 말한다.

안젤리나가 다시 고개를 돌리고 앞을 본다. 그렇지만 작게 키득대는 소리가 들린다.

"뭐가 웃겨?"

내가 묻는다.

"오빠도 똥 누면서 나랑 똑같은 소리를 내니까."

"나 자는 사이에 똥 누었니?"

내가 묻는다.

동생이 고개를 끄덕인다.

볼일을 보고 나는 내 자리 밑으로 손을 뻗어 셔츠에서 뜯어 낸 소매를 꺼낸다. 나는 소매 천을 이용해 깨끗이 닦는다.

"바다에다 누었어?"

내가 묻는다.

안젤리나는 고개를 흔든다.

"그러려다가 하마터면 물에 빠질 뻔했어. 그래서 저쪽으로 갔어."

안젤리나가 갑판 아래쪽을 가리킨다.

불쾌한 냄새가 어디서 나는지 이제야 알겠다. 나는 화가 난다. 카유코 바닥은 건조한 곳이 아니다. 코코넛 아래로 물이 고여 있기에 코코넛이 몽땅 더러워졌을 터이다. 이제부터 코코넛을 먹으려면 반드시 씻어 먹어야겠다. 너무 피곤한 나머지 안젤리나에게 화를 내고 싶어진다. 하지만 인내심을 갖고 묻는다.

"왜 나를 안 깨웠어?"

"발로 찼는데 오빠가 안 일어났어."

"그럼 혼자서 닦았어?"

동생은 고개를 끄덕인다.

"어떻게? 셔츠 소매는 내 뒤에 있었는걸?"

안젤리나가 나를 똑바로 보려 하지 않는다.

"어떻게 했냐고 묻잖아?"

내 언성이 높아진다.

안젤리나가 손가락으로 내 바지를 가리킨다.

내려다보니 바짓가랑이에 갈색 칠이 되어 있다. 나는 분을 삭이기 위해 머리를 세차게 흔들며 숨을 고른다. 그러고는 힘없이 미소를 지어 보인다.

"난 좀 더 자야겠어."

하지만 그보다 먼저 바지를 바닷물에 헹구어 빨아야 한다.

"다음엔 네 원피스로 닦아."

안젤리나가 고개를 흔든다.

"내 원피스 더러워지는 거 싫단 말이야."

나는 가장 더러워진 코코넛들을 가리키며 말한다.

"좀 집어다 줘. 물로 닦아 내야겠어."

여전히 안젤리나는 또 고개를 흔든다.

"지금 가져다주지 않으면 네 원피스로 닦을 거야."

내가 말한다.

"네가 내 바지로 닦은 것과 똑같이 말이야."

안젤리나는 재빨리 기어가더니 가장 더러운 코코넛을 집어 든다. 한 손으로는 코를 막고 다른 한 손으로는 코코넛을 뻣뻣하게 든 채 내게 건 넨다.

코코넛을 다 썻자 나는 콩이 든 병을 배 기둥 가까이 뜨거워진 갑판 위에 붙들어 맨다. 하루 종일 뜨거운 태양 아래 두었다 먹으면 아무래도 위에 부담이 덜 할 것 같다.

"앞으로 뒤가 마려우면 나를 깨워."

내가 말한다.

"그럼 코코넛으로 머리를 때려서 깨울 테야."

동생이 말한다.

나는 웃지 않는다. 안젤리나라면 정말 그렇게 할 수도 있기 때문이다.

밑을 내려다보니 내 허리에 묶어 둔 낚싯줄이 짧아져 있다. 카유코 뒷 면에 쓸리다가 끊어진 모양이다.

나 자신에게 화가 난다. 오늘 나는 바보 같은 일만 저지른다. 낚싯바 늘이라고는 그것 하나였는데 잃어버리고 말다니. 내가 쿨쿨 자는 사이 카유코가 나 대신 물고기라도 잡아 놓을 거라고 기대했던 말인가? 내 눈에서 굵은 눈물방울이 떨어진다. 스스로를 바보라고 인정하는 눈물 이다. 정말 바보 같다. 이런 작은 실수 하나로 우리는 목숨을 잃을 수도 있다.

나는 조심스럽게 끊어진 낚싯줄을 감는다. 나는 눈을 깜빡여 눈물을 감춘다. 피곤에 지쳐 나의 마음도 바람과 함께 수면 위를 떠돌고 있다. 남은 하루를 이런 식으로 보낸다. 잠을 청해 보지만 머릿속에서는 생각 이 떠나질 않는다. 자는 것도 깨어 있는 것도 아닌 상태로 멍하게 있을 뿐이다. 어쨌든 멀리 해안가가 보이니 마음은 놓인다.

섬도 거의 보이지 않는다. 하지만 지금 우리 배는 암초 근처를 지나고 있다. 오후가 되어 깨끗한 물속을 들여다보니 바닥이 보이는 덕분에 알게 되었다. 더욱이 물살이 느려 더 잘 볼 수 있었다.

밤이 찾아올 때쯤 배는 낚시 그물에 매달린 부표 근처를 지난다. 해안가에 사람이 있어도 우리를 발견할 리 없다. 그래서 나는 돛을 내리고 부표 가까이로 노를 저어 간다. 나쁜 짓인 줄 알지만 난 어린 소년인 데다가 유일한 낚싯바늘을 잃어버린 상태이고 또 동생을 먹이기 위해서 하는 일이므로 괜찮을지도 모른다.

무거운 그물을 끌어 올린다. 마침내 그물에 머리가 끼인 은빛 물고기를 발견한다. 아직 살아 있다. 나는 손으로 물고기를 잡고 칼로 머리를 끊는다. 그물이 요란한 물소리를 내며 다시 물속으로 떨어진다. 나는 재빨리 돛을 올리고 이곳을 떠난다. 들키고 싶지 않다.

배를 타고 가면서 나는 생선을 가른다. 아직 완전히 가르지도 않았는데 안젤리나가 참지 못하고 손을 뻗어 생선 토막을 집는다.

"잠깐만."

나는 웃으며 말한다. 안젤리나의 작은 위가 지금 텅 빈 상태다. 닷새 전만 해도 안젤리나는 바닷물에 젖어 소금 맛이 나는 토르티야를 먹으려 들지 않았다. 하지만 이제는 피가 뚝뚝 흐르는 날 생선을 먹겠다고 덤비고 있다.

여섯 번째 칼집

안젤리나와 내가 과테말라에서 배를 타고 떠나던 날 밤을 똑똑히 기억한다. 하늘에는 달이 조그맣게 걸려 있었고 비가 내리던 어두운 밤이었다. 오늘 밤 하늘은 별들로 가득하고 달도 커다랗다. 파도는 내 오른편 북동쪽으로 밀려가고 있다. 오늘 밤 잠을 잔다면 나는 파도와 함께 항해를 해야 한다. 파도가 나를 육지로부터 멀리 밀어 보내겠지만 내일이면 육지는 또 나타날 것이다. 육지가 움직이지는 않으니까 말이다.

이제는 해안가에서 멀리 떨어지는 것이 무섭지 않다. 바다에 대해서 많이 배운 탓이다. 유카탄 반도 동쪽에서 부는 바람과 파도는 벨리즈 근처의 바람과 파도보다 조금 더 친절하다. 하지만 이들도 언제든 변할 수 있기에 어리석게 굴어서는 안 된다.

손과 등이 욱신거린다. 내가 앉는 나무 좌석이 소금물로 항상 젖어 있기 때문에 살갗이 벗겨졌다. 때때로 앉지 않고 무릎을 꿇어 보기도 하지만 그럴 때면 무릎마저 빨갛게 되고 쓰라리다. 이따금 자리에서 일어나서 있기도 한다. 하지만 배 안에서 서 있는 것은 위험하다.

안젤리나가 걱정이다. 안젤리나도 살갗이 빨개지고 갈라지기 때문이다. 동생은 나처럼 피부가 두껍지도, 거칠지도 않다. 동생은 피부가 왜 아픈지를 이해하지 못 한다. 이따금 소리 없이 눈물을 뚝뚝 떨어뜨리며 울기도 한다. 설사 때문에 엉덩이가 쓰라리단다. 어디가 병이 난 건지 음식이나 코코넛을 잘못 먹어서 그런 건지는 모르겠다. 비가 내리면 동생을 씻겨 줘야겠다.

안젤리나는 용감하다. 많이 울지도 않는다. 동생은 갑판 아래에 조용히 앉아 건조해진 피부를 긁는다. 코를 후비기도 한다. 나는 씹을 거리로 코코넛과 사탕수수를 건네준다. 덕분에 배고픔이 조금이나마 가시면 좋겠다.

그렇다. 안젤리나는 용감한 소녀가 맞다. 하지만 너무 조용한 것이 어딘지 이상하다. 어머니, 아버지에 대한 이야기도 하지 않는다. 오빠나 언니들에 대해서도 마찬가지다. 안젤리나에게는 가족과 우리 집, 그리고 빨갛게 물든 밤하늘에 대한 기억이 있다. 나는 손을 뻗어 안젤리나를 안아 준다. 어머니가 하듯이 말이다. 동생이 나를 밀쳐 낸다. 무척 슬픈 모습이다.

이 여행은 날마다 조금씩 안젤리나를 죽이고 있다. 그렇기에 다가오는 밤에도 나는 항해를 멈출 수 없다. 동시에 오늘 밤은 항해하는 틈틈이 눈을 붙여야 한다. 위험천만한 행동이지만 그렇게라도 자 두지 않으면 내일 거센 파도나 바람을 만난 와중에 잠들어 버릴 수도 있다.

그렇게 나는 또 다른 밤으로 배를 저어 간다. 잠을 자면서도 정신의 일부가 항상 깨어 있음을 느낀다. 밤이 깊어지면서 파도가 점점 커지고 카유코에 바람이 휘몰아친다. 나는 조금 더 눈을 붙이기로 한다. 배가 바람을 타고 자연스레 북쪽으로 흘러가도록 둔다. 나는 조금씩 미국 땅에 가까워지는 중이다. 곧 돛을 내려야겠다고 혼잣말을 한다.

그게 마지막으로 했던 생각이다. 배 옆으로 고꾸라지면서 물에 빠져 잠에서 깨기 전까지 말이다. 바닷물은 요란한 소리를 내며 배 기둥에 와서 부딪치고 거대한 파도가 밀려와 배를 옆으로 뒤집는다. 안젤리나의 비명이 들린다. 동생을 찾아야 한다.

"안젤리나!"

내가 소리친다.

"안젤리나!"

동생이 아직 카유코 안에 있는 것 같다. 나는 헤엄쳐 배 옆으로 다가가 갑판 아래로 손을 넣는다. 안젤리나의 작은 팔이 내 손끝에 닿는다. 나는 동생을 물 위로 끌어 올린다. 동생이 기침을 하며 물을 뱉는다. 그러더니 곧 죽을 것처럼 소리를 질러 댄다. 나는 한 손으로는 카유코를 붙들고 다른 손으로는 안젤리나를 붙든다.

어둠 속에서 우리는 파도를 타고 올라갔다 내려갔다를 반복한다. 바람이 너무 세서 눈도 뜰 수가 없다. 하지만 우리는 무사하다. 뭔가 내 어깨에 와서 부딪힌다. 돌아보니 노가 내 머리 옆에 둥둥 떠 있다.

"카유코를 꼭 잡고 있어."

나는 안젤리나에게 그렇게 소리치고는 좌석 쪽으로 동생을 밀어 넣는다. 나는 노를 붙든다.

안젤리나는 작은 손으로 카유코를 꼭 붙들고 있다. 나는 빨리 움직인다. 지금 내가 어떻게 하느냐에 우리의 목숨이 달렸다.

"꼭 잡아!"

나는 안젤리나를 향해 다시 소리친다. 나는 노를 이용해 갑판 아래쪽을 밀어 본다. 꿈쩍도 하지 않는다. 이번에는 좌석 쪽으로 팔을 뻗어 밧줄을 끄른다. 나는 카유코 옆면으로 기어 올라간다. 어떻게든 배 기둥을 물 위로 들어 올려야 한다.

일단 나는 몸을 최대한 반대쪽으로 기울여서 배를 똑바로 세워 보려한다. 하지만 내 몸무게로는 어림도 없다. 사이드보드가 물 밖으로 나와 있다. 그래서 나는 할 수 있는 데까지 사이드보드로 기어 나가 본다. 이렇게 하니 배 기둥이 물 위로 좀 올라온다. 하지만 돛은 여전히 너무 무겁다.

안젤리나가 더 큰 소리로 비명을 지르고 있다.

"기다려!"

나도 외친다. 시간이 많지 않다. 배 기둥을 빨리 물 밖으로 빼내야 한다.

어둠 속에서 최대한 빠르게 움직여 배 기둥 밑동까지 기어간다. 나는 돛을 갑판으로 끌어당겨 돛대에 묶는다. 그런 다음 느슨하게 푼 밧줄을 붙든다. 이를 배 기둥에서 풀어 사이드보드로 다시 올라간다. 이제는 일어서서 배 기둥 꼭대기에서 시작되는 밧줄을 잡아당길 수 있게 되었다.

안젤리나는 여전히 비명을 질러 대고 바람은 세차게 휘몰아친다.

나는 뒤로 기댄 채 최대한 몸을 뻗는다. 카유코를 움직이는 것 자체가 불가능한 것처럼 보이더니 갑자기 배 기둥이 천천히 물 위로 일어서기 시작한다. 배 기둥이 일어서자 나는 사이드보드에서 기어 내려와 배 안으로 들어간다.

카유코가 다시 똑바로 서자 배는 빠르게 움직인다. 나는 물속으로 뛰어든다. 배 기둥 꼭대기에 매달려 앞뒤로 심하게 요동치는 밧줄에 맞지 않기 위해서다. 배는 물로 가득하다. 그렇지만 똑바로 서서 가고 있다. 안젤리나는 배에 가득 찬 물 위에 둥둥 떠 있다. 여전히 배 옆면을 붙들고 비명을 지르면서 말이다.

파도가 다시 배를 때리자 배가 또다시 넘어지려고 한다. 뱃머리로 파도를 타야만 한다. 나는 배 위로 올라가 갑판 밑으로 손을 뻗어 노를 찾는다. 노가 없다. 파도가 다시 한 번 부딪힌다. 나는 물에 거의 닿을 때까지 몸을 기울여 배 기둥을 똑바로 세운다. 나는 또다시 갑판 아래로 손을 집어넣는다. 노를 잃어버린다면 항해를 할 수 없게 된다. 여전히 손끝에 아무것도 닿지 않는다. 거의 포기했을 무렵 손가락 끝에 노의 손잡이 부분이 닿는다. 나는 숨을 크게 들이마시고 물속에 들어가 노를 잡는다.

안젤리나는 내 앞에 있으므로 물속으로 떨어질 염려는 없다. 나는 열심히 노를 저어 배의 앞머리를 다음 파도에 태운다. 물이 가득 차 있긴 하지만 카유코의 옆면이 물 밖으로 나왔다. 배의 물을 퍼내던 플라스틱 통은 자취를 감췄다. 이제는 손으로 물을 퍼내야 한다.

"나 좀 도와줘."

나는 안젤리나에게 말한다.

"이것도 우리가 하는 놀이의 일부거든."

동생이 큰 도움이 되리라고 생각지는 않지만 이렇게 뭐라도 하는 편이 안젤리나가 불안한 마음을 진정시킬 것 같다.

안젤리나가 나를 바라보더니 카유코에 가득 찬 물을 손으로 퍼내기 시작한다.

나는 계속 앞을 향해 배를 저어 간다. 그러면서 동시에 손으로 물을 퍼낸다. 나는 노를 젓다가 물을 퍼냈다가, 또다시 노를 젓다가 다시 물을 퍼내는 일을 반복한다. 한 시간쯤 계속한다. 달빛에 비친 안젤리나의 얼굴이 보인다. 잔뜩 겁에 질려서인지 눈이 더 반짝거린다.

두려워서일까 아니면 정신이 어떻게 된 걸까. 나는 큰 소리로 웃기 시작한다. 바람이 내 목소리를 덮으려 하지만 나는 외친다.

"안젤리나, 우리가 하는 이 놀이, 우리가 꼭 이길 거야!"

안젤리나가 나를 바라본다. 혼란스러운 표정이다. 나는 계속해서 웃어 대며 노를 젓고 또 손으로 물을 퍼낸다. 안젤리나를 다시 바라보자 얼굴에 미소를 되찾았다. 손으로 물을 퍼내고 있다.

"응, 이길 거야."

동생의 가녀린 목소리가 떨린다.

"우린 꼭 이길 거야."

"그래, 맞아!"

나는 외친다. 나는 두 주먹을 불끈 쥐고 하늘을 향해 흔든다.

"우린 안 죽어!"

나는 그렇게 소리친다.

"우리는 꼭 살아서 우리 마을에 일어난 끔찍한 사건을 온 세상에 알릴 거라고!"

이러는 사이 눈물이 계속해서 흘러내린다.

몇 시인지 모르겠다. 이런 일이 생길 때마다 시간이 사라져 버리는 것만 같다. 지금 이 순간과 앞으로 다가올 순간만 남았을 뿐이다.

배에 찬 물은 한참 퍼냈다. 나는 손을 오목하게 만들어 물을 계속해서 옆으로 빼낸다. 마침내 태양이 떠오른다. 양손에 피가 흐른다. 하지만 다시 돛을 올린다. 아마도 내일이나 혹은 모레쯤이면 대륙을 떠나 멕시코 만을 건너게 되겠지. 그때가 되면 지난밤보다 정신을 더 바짝 차려야만 한다. 그렇지 않으면 우리는 죽는다.

나는 마음을 다잡는다. 간밤에 일어난 일은 견딜 만했다. 카유코는 부서지지 않았다. 안젤리나도 살아 있고 노도 잃어버리지 않았다. 앞으로 안젤리나가 물에 빠지지 않도록 대책을 마련해야 한다. 나는 카유코 안에 있는 모든 물건에 밧줄을 잇는다. 물에 빠져도 잃어버리지 않기 위해서다. 간밤에 불어닥친 바람과 파도보다 훨씬 더 센 놈들을 만날 것도 대비해야 한다.

카유코 바닥에 마체테가 떨어져 있다. 절대로 잃어버려선 안 되는 물건이다. 나는 마체테를 집어 들고 카유코 옆면에 칼집을 하나 더 낸다. 이제 칼집은 여섯 개다.

"안젤리나, 이것 좀 봐."

나는 안젤리나를 안아 올려 내 무릎 위에 앉힌다.

"여기에 난 칼집들 좀 봐. 나랑 같이 세어 볼까?"

나는 손가락을 대고 칼집을 하나하나 짚어 가며 수를 센다.

"하나, 두울, 세엣, 네엣, 다섯, 여섯."

나는 안젤리나를 꼭 안는다.

"이 칼집이 스무 개가 되면 아마도 우리는 미국에 도착하게 될 거야. 우리가 이기는 거지."

안젤리나가 나를 올려다보며 묻는다.

"만약에 지면 우리는 어디로 가는데?"

나는 심호흡을 한다.

"나도 몰라."

안젤리나의 인형

북쪽으로 항해하다 보면 이따금 해안선이 사라지기도 한다. 걱정은 하지 않는다. 지도에 보면 유카탄 반도를 따라 커다란 만이 형성되어 있기 때문이다. 지도에서 날마다 세 손가락 높이만큼 북쪽으로 이동하고 있는 것 같다. 내 생각이 맞다면 우리는 내일 밤 유카탄 반도를 떠나 멕시코 만으로 들어서게 될 것이다.

지도를 잃어버리지 않은 것만도 천만다행이다. 지도는 셔츠 주머니에 들어 있다. 다음번에는 운이 내 편이 아닐 수도 있다. 물에 빠지는 바람에 지도가 젖었다. 그래서 지도를 비닐봉지에서 꺼내 펼칠 때마다 상당히 조심스럽다. 나는 뜨거운 갑판 위에 지도를 펼치고 햇빛에 말려 본다.

지도가 마르는 사이 나는 지도에 있는 나라들과 섬과 만을 외운다. 암기에 도움이 될까 하여 칼끝으로 나무 갑판 위에 나라 모양을 따라 그려

본다. 과테말라, 벨리즈, 유카탄, 쿠바, 그리고 플로리다라고 하는 주를 따라 그린다. 지명도 갑판 위에 새긴다. 이제 거센 바람 때문에 지도를 펼칠 수 없게 되더라도, 혹은 파도에 카유코가 뒤집히거나 폭풍 때문에 지도를 잃어버린다고 해도 안심이다. 언제나 운이 따르기만을 기다릴 수는 없으니 말이다.

나는 안젤리나에게 말린 생선을 한 점 떼어 준다. 당근도 준다. 콩 냄새를 맡아 본다. 하루쯤 더 물속에 담가 두어야 할 것 같다. 나는 바나나를 하나 먹는다. 새카맣게 변해서 물컹물컹하다. 코코넛도 하나 쪼갠다. 배가 너무 고픈 나머지 쓰려 온다. 코코넛이라도 씹으면 내 위에서 음식이 들어오는구나 할 것이다. 사탕수수는 안젤리나를 위해 남겨 둔다. 안젤리나가 사탕수수를 좋아하기 때문이다.

항해를 하면서도 그물을 건 부표가 없는지 계속 찾아본다. 어제처럼 다시 생선을 먹을 수만 있다면 기운이 좀 날 것 같다. 파도가 그리 크지 않아서 다행이다. 해야 할 일이 많기 때문이다.

안젤리나가 나를 도와 코코넛을 제외한 모든 것을 끌어내어 햇볕에 말린다. 식량과 과일 조금, 부러진 사탕수수 줄기, 젖은 콩 주머니, 쌀, 말린 생선 두 마리, 그리고 물병이 우리가 가진 전부다. 내가 가진 물건들도 있다. 나침반, 마체테, 양동이, 바늘 빠진 낚싯줄, 다양한 길이의 작달막한 비닐 밧줄, 노, 사탕이 그것이다. 나는 주머니에서 사탕을 꺼낸다. 물에 녹으면서 한 덩어리의 공처럼 되었다. 그런데 그 크기가 나침반보다도 작다.

간밤에 잃어버린 것은 배에 찬 물을 퍼낼 때 쓰던 플라스틱 통과 대변을 볼 때 사용하던 내 옷소매뿐이다. 나는 마체테로 남은 소매도 잘라낸다. 어쩌면 간밤에 배가 뒤집힌 일이 오히려 내게 도움이 된 것 같다. 덕분에 멕시코 만을 건널 만반의 준비를 했으니 말이다. 또 갑판 아래의 불쾌한 냄새도 바닷물 덕에 씻겨 나갔다.

비닐 밧줄을 추가로 이어 마체테와 노를 카유코에 묶는다. 아무래도 사용하기가 힘들 테지만 그렇다고 잃어버릴 수는 없는 노릇이다. 나는 젖은 콩 주머니와 쌀을 배 기둥 높이 매어 둔다. 말리기 위해서다. 과일은 최대한 기다릴 수 있을 때까지 기다렸다가 더 이상 먹을 수 없게 되기 직전에 먹을 작정이다. 멕시코 만을 건너는 동안 식량이 부족하지 않을까 걱정이다. 일단 식량이 젖게 되면 빨리 썩는데 바다에 있다 보니 음식들이 쉬이 젖는다.

모든 식량과 물건들을 갑판 아래에 다시 정리해 두자 나는 쓰레기 강에서 건져 올린 비닐 밧줄의 마지막 조각을 떼어 내 안젤리나의 가슴에 둘러맨다. 밧줄의 고리를 만들어 두기 위해 빈 물병 두 개를 사용한다. 이제 날씨가 나빠지면 안젤리나는 가슴둘레의 고리를 잡아당기기만 하면 된다. 밤에도 물병을 손에 쥐고 자게 해야겠다. 만일 배가 다시 뒤집어진다고 해도 빈 병이 물에 뜰 테니 동생은 살 것이다.

모든 준비를 마치고 나는 뜨거운 태양 아래서 눈을 붙인다. 모자는 다 망가진 데다 젖어서 누더기나 다름없다. 좀처럼 잠이 오지 않는다. 나는 일어나 앉아 바다를 지켜본다. 뭔가 나쁜 일이 생기지나 않을지 매 순간이 걱정의 연속이다. 파도가 서쪽에서부터 오고 있다. 노에 체중을 실어 카유코가 북쪽으로 움직일 수 있도록 한다. 손에는 이미 커다란 물집이 잠혀 있다.

해안이 나타났다가는 다시 사라진다. 늦은 오후쯤 더 많은 쓰레기 떼가 둥둥 떠서 배 옆을 지난다. 이제 쓰레기 떼 옆을 지날 때마다 쓸 만한 것이 없나 살펴보는 습관이 생겼다. 오늘 건질 만한 것이라고는 나뭇조각들과 부서진 플라스틱 물병들뿐이다. 잘라서 유용하게 쓸 만한 플라스틱 병 하나를 건진다. 배에 찬 물을 퍼낼 때 쓸 요량이다.

태양이 거의 바닷물에 닿을 정도로 내려왔을 무렵 어두운 빛의 작은 물체가 카유코를 향해 떠내려 온다. 쓸 만한 것은 아니다. 햇빛과 물에 갈색으로 변한 작은 플라스틱 인형이다. 머리카락도 없고 팔 한 짝도 사라지고 없다. 인형 몸은 거의 반으로 꺾이다시피 했다.

하지만 배의 바닥만 멍하게 바라보고 있는 안젤리나가 보인다. 나는 카유코를 재빨리 돌려 인형을 바다에서 건져 낸다.

"자, 안젤리나."

인형을 안젤리나에게 건넨다.

안젤리나가 인형을 받아 들더니 물끄러미 바라본다.

"인형이 다쳤구나. 친구가 필요할 것 같아."

내가 말한다.

"네가 도와줄 수 있겠니?"

안젤리나는 인형을 안으며 고개를 끄덕인다.

"인형이 배가 고픈 것 같아."

동생이 말한다.

나는 콩을 물속에 담가 둔 병을 연다. 콩 한 알을 꺼낸다.

"인형은 많이 먹지 않으니까."

내가 말한다.

안젤리나가 콩을 받아 들더니 플라스틱으로 만든 인형의 입에 밀어 넣는다.

"한 알이면 충분해."

동생은 단호한 어조로 말한다.

"이 인형은 코코넛도 더럽히지 않을 거야."

나는 칼로 사탕 덩어리의 일부를 떼어 낸다. 나는 사탕 조각을 내밀며 묻는다.

"인형도 사탕 좋아할까?"

안젤리나는 사탕을 집어 들더니 재빨리 자기 입에 쑤셔 넣는다.

"아니, 인형은 사탕 안 좋아해."

나는 바닷물에 떠내려가는 야자수 잎을 발견하고는 집어 든다.

"이거면 인형 모자도 만들 수 있겠는걸."

내가 말한다.

안젤리나는 끄덕이며 젖은 잎사귀를 가져간다.

나는 미소를 짓는다. 그러고는 좀 더 자 두기 위해 눈을 붙인다. 안젤리나는 인형을 안은 채 작은 모자를 엮기 시작한다.

해가 자취를 감춘다. 지도대로라면 오늘 밤이나 내일 사이에 커다란 섬을 지나가게 될 것이다. 섬 근처에서 어망을 좀 더 많이 발견할 수 있으면 좋겠다. 안젤리나가 자려고 눕기 전, 나는 안젤리나에게 말한다.

"안젤리나, 빈 물병을 가슴에 안고 자야 해."

안젤리나는 순순히 두 발을 밧줄 고리에 넣고 줄을 가슴께로 당긴다. 병을 안고 잔다는 것이 편하지는 않을 것이다. 나는 안젤리나가 잠들 때까지 지켜본다. 그러고는 나도 눈을 감고 잠을 청한다.

밤으로 접어들면서 나는 자꾸만 잠에서 깬다. 우리가 떠난 이후 달은 점점 커지고 있다. 한번은 눈을 떠 보니 안젤리나가 일어나서 인형을 안고는 앞뒤로 흔들거리며 인형에게 무언가 말을 하고 있다. 나는 안젤리나에게 당근을 준다. 콩 냄새가 좀 좋지 않은 것 같지만 그래도 나는 콩을 먹는다. 나는 인형을 위해 콩을 한 알 집어 안젤리나에게 건넨다.

"인형은 괜찮니?"

내가 묻는다.

"나 오늘 밤 인형이랑 얘기했어."

안젤리나가 말한다.

"인형도 네게 말을 했니?"

내가 묻는다.

안젤리나가 목소리를 낮추더니 말한다.

"인형이 그러는데 인형 가족이 모두 죽었대. 인형은 너무 무서웠대. 다쳐서 아프고 너무 외롭다고 했어."

"인형이 너한테 그런 이야기를 다 했단 말이야?"

내가 묻는다.

안젤리나가 고개를 끄덕인다.

"인형한테 이름이 있어?"

"마리아."

안젤리나가 말한다.

"마리아도 피곤할까?"

내가 묻는다.

안젤리나가 하품을 한다.

"응, 밤이 늦어서 너무 피곤하대."

"네가 마리아와 같이 자면 되겠구나. 그러면 마리아도 외롭지 않을 거야."

내가 말한다.

안젤리나는 인형을 껴안은 채 페타테를 코코넛 위에 깐다. 코코넛 위에 누워 빈 물병을 가슴에 두 개씩이나 껴안고 자는 것은 영 힘든 일일 테다.

"난 마리아랑 잘 거야."

동생이 말한다.

"잘 자, 오빠."

"그래, 잘 자."

내가 말한다.

"마리아에게 잘 자라고 해 줘."

안젤리나가 내게 말한다.

"마리아도 잘 자."

내가 말한다.

안젤리나가 눈을 감자 내게는 또다시 기나긴 밤이 시작된다. 나는 항해를 하면서 안젤리나를 지켜본다. 오늘 밤 안젤리나는 울지 않는다.

반짝거리는 달빛 덕분에 안젤리나가 잘 보인다. 양팔로 인형을 끌어안고 있는 안젤리나의 표정을 보니 좋은 꿈을 꾸나 보다.

안젤리나에게 인형을 찾아 준 것은 잘한 일이다. 안젤리나를 무사히 미국까지 데려가기 위해서는 저 인형 또한 내가 잘 돌봐 주어야 할 것이다.

육지의 끝

콩을 먹은 후 얼마 지나지 않아 배가 또다시 뒤틀리기 시작한다. 나는 또다시 배 후미로 엉덩이를 빼고 앉는다. 한참을 그러고 있은 뒤에야 속이 진정된다. 배 속에 들어간 콩이 이제야 다 빠져나간 모양이다. 안젤리나는 일어나지 않는다. 만일 안젤리나가 잠에서 깬다면 나는 물고기들에게 먹이를 주는 중이었다고 말할 것이다.

소매로 엉덩이를 닦고 나는 자리로 돌아와 결심을 한다. 콩 때문에 설사를 한 것이라면 다시는 콩을 먹지 않으리라. 내가 기운을 차리는 데에 도움이 되지 않을 테니까 말이다. 왜 마을 여자들이 콩을 오랫동안 익혀 먹었는지 이제야 알 것 같다. 가족들이 죽는 걸 원치 않기 때문이다. 내일은 물에 불린 콩들을 죄다 버릴 작정이다.

오늘 밤 파도의 크기는 자그마한 동산만 하다. 우리가 탄 배를 부드럽게 들어 올리며 지나간다. 바람은 약하게 불지만 돛에 가득 실리기에는 충분하다. 나는 노를 홈에 꽂아 둔 채 항해를 계속한다.

이럴 때는 배가 빨리 움직이는 것 같지 않지만 사실상 배 아래로 지나가는 해류가 계속해서 우리를 북쪽으로 밀어 주고 있다. 엔리케 아저씨 말에 의하면 유카탄을 떠나면서 이 해류가 둘로 갈라진다고 한다. 하나는 동쪽으로, 하나는 서쪽으로 흐를 것인데 나는 동쪽으로 향해야 한다.

나는 이런 생각을 하며 시간이 빨리 가기만을 기다린다. 잠도 청해 보지만 깊이 잠들지는 않는다. 여러 가지 생각이 마치 산들바람처럼 머릿속 여기저기를 떠돈다. 오랫동안 자는 것은 위험하다. 하지만 자 둬야 한다. 지금처럼 바다가 잔잔할 때 자 두는 것이 좋을 것이다.

아침이 오기 직전, 오른쪽 먼발치에서 작은 불빛이 반짝인다. 육지가 보일 만큼 가까이 다가가기 훨씬 전부터 불빛이 보인다. 저곳이 지도에 나온 대로 유카탄 반도 북단에 있는 커다란 섬인 모양이다. 멕시코 만에 진입하기 전 마지막으로 보게 되는 육지인 셈이다. 나는 돛을 살짝 당겨서 배가 바람에 밀려 해안선 쪽으로 다가가도록 한다. 물고기 그물을 찾기 위해서다.

오늘 아침에도 역시 운은 이 카유코와 함께하나 보다. 태양이 아직 떠오르기 전이지만 바다 위에 길게 늘어선 부표들이 보인다. 나는 노에 몸을 지탱한 채 부표를 향해 배를 튼다. 그물에 가까이 다가가면서 해안가를 잘 살핀다. 내가 물고기를 훔쳤다는 것을 알게 된다면 이 그물의 주인인 어부는 크게 화를 낼 것이다.

물고기를 훔치다니 정말 나쁜 행동이다. 어머니와 아버지도 당신들의 아들 산티아고가 남의 것을 훔치고 있다는 사실을 알게 되면 불같이 화를 낼 것이다. 하지만 이 물고기는 지금 내 목숨을 구할 물고기다. 대가를 치르지도, 허락도 받지 않았지만 그래도 안젤리나를 먹여야 한다. 지금 달리 무슨 방법이 있겠는가?

오늘 아침 발견한 물고기는 세 마리다. 커다란 놈이 아직 살아서 꿈틀거린다. 한 마리를 배 안으로 던진다. 안젤리나가 일어나면 배를 갈라서 같이 먹을 참이다. 다른 두 마리는 주둥이에 밧줄을 꿰어 카유코 뒤에 묶어 둔다. 그렇게 내일까지 두어도 먹을 만할 것이다.

해변에서 북쪽을 보니 건물들과 집들이 모여 있는 큰 도시가 보인다. 섬 주변에 하얀 보트들이 많이 있다. 눈에 띄고 싶지 않기에 나는 해변을 벗어난다. 마침내 섬이 물 위에 가느다란 그림자처럼 보이자 나는 돛을 크게 펼치고 북쪽으로 항해하기 시작한다. 이제 아침 해가 물 위로 높이 떠오른다. 안젤리나는 아직도 팔에 인형을 껴안은 채 자고 있다. 안젤리나는 뜨거운 태양열 때문에 공기가 불타는 숲 속의 열기처럼 뜨거워질 때까지 계속 잔다. 안젤리나가 일어나자 나는 안젤리나를 웃길 셈으로 말한다.

"안젤리나, 아침으로 콩 먹을래?"

안젤리나는 말하지도, 웃지도 않는다. 혀를 쏙 내밀더니 얼굴을 찡그리며 눈을 질끈 감는다.

나는 웃는다.

"좋아. 그럼 콩을 다 내다 버린다?"

나는 그렇게 말하며 물에 불린 콩을 꺼내어 바다에 버린다.

"그 콩 때문에 물고기들이 죽지 말아야 할 텐데."

안젤리나가 말한다.

나는 병을 헹군다. 이번에는 병에 쌀을 담는다. 쌀은 맛이 더 좋길, 그리고 우리 배 속에 좀 더 오래 남아 있길 바란다. 아직 비닐봉지에 있는 마른 콩들은 버리지 않는다. 어쩌면 해적을 죽여야 할 때 요긴하게 쓸지도 모를 일이다.

"좋아, 이번엔 다른 걸 먹자."

나는 안젤리나에게 말한다.

"신선한 생선을 먹을까?"

나는 아래로 손을 뻗어 바닥에 있는 생선을 들어 올린다.

"안젤리나, 이것 좀 봐."

내가 말한다.

"이 물고기가 어디서 났을까?"

안젤리나가 어깨를 으쓱거린다.

"어젯밤에 네가 잡았니?"

안젤리나는 잠시 생각하더니 말한다.

"내가 잡은 것 같아."

"아니면 우리가 자는 사이 물고기가 점프를 해서 배 안으로 뛰어들어왔을까? 안젤리나가 배고프다는 것을 알고 말이야."

내가 마체테를 꺼내며 말한다.

뜨거운 태양 아래에서 생선은 금방 상할 터이니 배가 실컷 부르도록 날 생선을 먹어 치워야 한다. 나는 카유코에 칼집을 하나 더 낸다. 이제 칼집의 수는 일곱이다. 이들을 보고 있노라면 뿌듯하다. 하나하나의 칼집이 내가 싸워 이긴 전쟁을 의미한다. 이 바다 위에서 내가 앞으로 그어야 할 칼집이 몇 개나 더 있을지 궁금하다. 나는 지도를 꺼내 들고 한참을 들여다본다. 그러고는 주변을 둘러본다. 내 오른편에 있는 커다란 섬은 이미 멀어져서 저 뒤에 있다. 내가 맞다면 해가 지기 전에 오늘을 마지막으로 서쪽으로 보이는 본토가 시야에서 사라질 것이다. 그 순간을 생각하니 짜릿하기도 하면서 한편으로는 두렵기도 하다.

나는 점점 할머니가 되어 간다. 하루 종일 걱정만 하는 할머니 말이다.

오늘 밤에는 무슨 일이 생길까? 식량은 충분할까? 매듭은 잘 묶여 있는 걸까?

한가하게 있지 않으려고 나는 카유코에서 분주히 손을 놀리며 멕시코만을 건널 준비를 한다. 매듭을 하나하나 확인해 본다. 안젤리나는 음식과 물을 갑판 안쪽으로 깊숙이 밀어 넣는다. 나는 살갗이 빨갛게 성이 난 안젤리나를 깨끗한 물로 씻긴다. 우리는 모자를 고쳐 쓴다. 바람에 휩쓸려 가지 않도록 말이다. 안젤리나는 인형 머리에 씌운 작은 모자를 붙들어 맨다.

날 생선을 먹은 덕분인지 힘이 생기고 정신이 맑아진다. 이제 좀 살 것 같다. 하지만 생선을 잡을 방법이 없다. 관광객을 태운 여객선이 우리 카유코까지 다가와서 자기들이 가진 낚싯바늘과 우리가 가진 콩을 바꾸자고 할 리도 없고 말이다.

잠을 좀 자 두려고 했지만 바다가 가만히 두지를 않는다. 파도가 점점 커지더니 어느새 카유코 밑으로 지나간다. 작은 산만 한 파도가 다가와서는 우리를 높이 들어 올리더니 다시 깊은 골짜기로 떨어뜨린다. 이 넓디넓은 바다에서 우리는 작디작은 존재일 뿐이다. 바다에 대면 우리는 작은 벌레나 다름없다. 카유코는 떠다니는 작은 성냥갑에 불과하며 돛은 작은 나뭇잎일 뿐이다. 하지만 카유코는 겁이 없다. 나도 그렇게 용감해지고 싶다.

육지가 내 뒤로 사라지지만 나는 돌아보지 않는다. 이제는 멕시코 만을 건널 차례다. 만일 뒤를 돌아본다면 나는 눈을 가늘게 뜬 채 드디어 육지를 발견했다며 내 자신에게 거짓말을 할지도 모른다. 육지에 마음을 의지하는 것은 아무런 도움이 되지 않는다.

이윽고 태양이 수평선에 걸린 커다란 붉은색 공처럼 되자 나는 마침내 뒤를 돌아다본다. 해안선은 영영 사라지고 없다. 바닷물만 하늘처럼 끝도 없이 펼쳐질 뿐이다.

"안젤리나."

내가 말한다.

"이제부터는 플라스틱 병을 항상 몸에 지니고 있어야 해."

안젤리나는 고개를 끄덕인다. 내가 두려워한다는 것을 안젤리나가 눈치챈 것 같다. 동생의 눈이 휘둥그레지더니 인형을 꼭 붙든다. 너무 세게 안았는지 인형 머리가 찌그러진다.

나는 억지로 웃음을 지어 보인다.

"정말 위대한 모험은 이제부터 시작이야."

동생은 또다시 고개를 끄덕이지만 이제 우리에게 다른 선택이 없다는 사실은 아직 모르는 것 같다. 멕시코 만의 해류는 너무 강해서 이제는 배를 되돌릴 수도 없다. 안젤리나는 이제부터 우리가 맞는 하루하루가 마지막 날이 될 수도 있다는 사실 또한 알지 못한다. 매일 밤, 다음 날 아침을 맞이하지 못할 수도 있다는 사실을 말이다.

부서진 인형처럼

공허하다.

끝없는 바다를 항해하기가 힘든 이유다. 시간이 흐를수록 조금씩 앞으로 나가지만 도착할 곳을 알지 못한다. 육지를 곁에 두고 해안선을 내다보며 항해하는 것과는 다르다. 우리가 빨리 가는지, 천천히 가는지, 혹은 우리가 이쪽으로 흘러가는지, 저쪽으로 흘러가는지 가늠할 길이 없다. 해안선 가까이에서는 육지에 가면 나쁜 사람들일지언정 사람들이 있었다. 하지만 이곳에는 아무것도 없다. 해류는 눈에 보이는 것이 아니기에 파도 외에는 아무것도 우리 곁을 지나지 않는다. 파도는 시시때때로 목적지를 바꾼다. 내 뒤로 카유코가 물을 휘젓고 있다. 우리 배가 앞으로 나가고 있다는 뜻이다. 하지만 바다는 물이 고인 진흙탕과 다르다. 바다는 계속 어디론가 움직인다. 나한테 말 한마디 걸지 않고 말이다. 바람과 해류가 나를 어디로 데려갈지 나는 모른다. 그저 아는 척하고 있을 뿐이다.

이곳 바다 한가운데에 있노라면 내가 어느 쪽을 향하고 있는지조차 알 수가 없다. 빛이 있다면 나침반이라도 보일 텐데. 하늘이 맑으면 태양과 달, 북극성을 볼 수 있다. 하지만 구름이 밤하늘 가득 끼었거나 비가 내릴 때에는 돛에 바람이 실리는지, 내가 앞으로 가고 있는지 정도만 겨우 알 수 있을 뿐이다. 그럴 때면 마음속에서 의심의 구름이 피어오르면서 내가 길을 잃은 것은 아닐지 걱정부터 하게 된다.

두려울 때 혼자 있는 것은 쉬운 일이 아니다. 눈을 감을 때마다 학살 장면과 빨갛게 불타던 밤하늘이 떠오른다. 하지만 라모스 삼촌의 목소리도 들려온다. 삼촌은 어둠 속에서 내게 이렇게 속삭인다. "최대한 멀리 도망쳐서 오늘 밤 일어난 일을 세상에 알리거라." 삼촌의 목소리가 들릴 때마다 다시 항해할 힘을 얻는다.

망망대해로 들어선 첫날 밤, 밤은 길기만 하다. 나는 잠들지 않으려고 애쓴다. 아침이 오자 우리는 또 생선을 먹고 카유코에 칼집을 하나 더 긋는다. 지금까지 칼집을 여덟 개 그었다. 하지만 이제 남은 생선은 오직 한 마리뿐이다.

반나절쯤 배를 타고 가자 안젤리나가 내게 말을 걸기 시작한다. 배가 부른 덕분에 두려움도 잊었나 보다.

"오빠, 하늘 좀 봐."

안젤리나가 말한다.

"그래."

내가 말한다.

"구름이 찢어진 헝겊 조각 같구나."

"해도 진짜 해 같아."

동생이 사뭇 진지한 얼굴로 말한다.

나는 웃는다.

오후가 되자 시커먼 구름이 몰려든다. 또다시 비와 바람을 실은 구름이다. 나는 이번에도 운을 바라진 않기에 일찌감치 돛을 내린다. 돛을 밧줄로 동여맨 다음 나는 파도를 향해 노를 젓는다. 이후 몇 시간 동안 나는 갑판을 후려치는 비바람과 싸운다. 팔이 너무 아프다. 노를 잡고 있기도 힘들 정도다.

폭풍이 지나가자 날은 거의 캄캄해진다. 다시 돛을 올릴 수 있어 다행이다. 몸은 피곤하지만 모든 것이 다 잘 끝났다. 안젤리나도 울지 않았고 비가 내리는 사이 빗물도 한 병 받아 두었다. 카유코 뒤에 매달려 따라오고 있는 물고기를 바라본다. 내일까지 기다렸다가 저놈을 먹을 테다. 다만 너무 시간이 지나서 상하지 않기만을 바랄 뿐이다. 태양이 사라지면서 남긴 마지막 빛줄기에 의지하여 안젤리나에게 저녁식사를 먹인다. 안젤리나는 당근을 먹는다. 또 물에 불린 쌀도 세 입이나 먹는다.

안젤리나가 식사를 마치자 나는 사탕을 한 조각 떼어 준다.

"이건 내 귀여운 다람쥐를 위한 선물이야."

내가 말한다.

"오늘은 우리 다람쥐가 놀이를 아주 잘해냈거든."

안젤리나는 네 살짜리 꼬마 여자아이에게 어울릴 법한 웃음을 지어 보인다. 동생은 양팔로 부서진 플라스틱 인형을 꼭 쥐고는 잠자리에 든다.

그런 안젤리나를 보고 있으니 나 역시 어려지는 것 같다. 나도 인형 하나만으로 머릿속의 잡생각들을 모두 떨칠 수 있다면 좋겠다.

하지만 여전히 해결해야 할 문제가 많다. 식량이 충분치 않다. 마지막 남은 생선은 내일 아침 뜨거운 햇살에 상해 버리기 전에 다 먹어 치워야 한다. 물론 이 생선이 내일까지 멀쩡히 있어 준다면 말이다. 그러면 우리에게 남은 식량은 작은 말린 생선 두 마리와 물에 불린 쌀이다. 또 당근과 코코넛, 오렌지 네 개가 있다. 파파야, 사탕수수, 바나나는 이미 다 먹고 없다. 나는 다시 잠든 안젤리나의 얼굴을 바라본다. 행복한 얼굴이다. 이 여정이 끝날 때까지 안젤리나가 계속 저렇게 자 주면 좋으련만. 하지만 내일 아침이면 또다시 일어나겠지. 배가 고파 속이 쓰리다거나, 혹은 큰 파도를 만나게 되면 또다시 슬픈 얼굴을 할 것이다.

나는 홀로 이런 생각에 빠진 채로 항해를 한다. 오늘 밤 운은 이 카유코와 함께하는 것 같다. 파도가 작아진 덕분에 나는 잠을 잘 수 있다. 바다가 나와 안젤리나에게 친절할 때마다 감사하게 생각한다.

이틀 동안 바다에 변화가 없다. 나는 한참을 앉은 채로 바람과 파도와 나의 기억들, 그리고 잠과 씨름을 한다. 아무것도 달라지지 않는다. 물집이 점점 커지고 점점 배고파진다는 것을 제외하고는 말이다. 내 갈비뼈가 앙상하게 드러난 모습이 마치 살갗 아래에 막대기라도 넣어 둔 것 같다. 되도록 갑판 아래에 있으라고 하지만 안젤리나는 피부가 점점 건조해지고 햇볕에 덴 화상은 날마다 심해진다. 동생은 눈과 볼이 움푹 들어가 해골처럼 보인다.

뜨거운 태양은 고통스럽고 언제나 배가 고프다. 개가 우리 위를 씹어 먹고 있는 것 같다. 안젤리나는 말없이 앉아 있다. 눈빛은 흐릿하고 혀가 부어올랐다. 나는 안젤리나에게 인형을 돌봐 주라고 말한다. 하지만 안젤리나의 기분이 이럴 때면 인형도 코코넛 사이에 내팽개쳐진다.

우리는 몸 상태가 좋지 않다. 하지만 바다가 우리를 죽이려 들지는 않고 있다. 뜨거운 열기와 배고픔과 피로만 빼면 바다는 우리에게 친절하다. 아홉 번째와 열 번째 칼집을 그었다. 또 잠도 최대한 자 두었다. 잘 수 없는 때가 곧 닥칠 것이기 때문이다.

내가 열 번째 칼집을 내던 날 밤이 오기 전까지 행운은 우리와 함께다. 아무 탈 없이 밤을 맞이한다. 어두워지면서 바람이 세지고 파고가 높아진다. 하지만 돛을 내릴 정도는 아니다. 달빛이 밝다. 밤새도록 카유코는 흔들리지 않고 빠른 속도로 전진한다.

아침이 거의 다 되었을 무렵 문제가 생긴다. 파도가 잦아들고 물살이 느릿느릿해졌을 때다. 이만하면 괜찮으니 이제 눈 좀 붙여야겠다고 생각한다.

내가 잠든 뒤에 일어난 일에 대해서는 전혀 기억이 없다. 아무것도 기억이 나지 않는다. 어둠 속에서 이상한 파도가 몰려오더니 카유코를 뒤흔든다. 내가 미처 잠에서 깨어 노를 젓기도 전에 돛이 바람을 놓친다. 돛대가 심하게 흔들리더니 굉음과 함께 내 머리로 떨어지는 것을 나는 보지 못한다.

머리에 뭔가 크게 번쩍 하더니 온 세상이 기울어져 돌기 시작한다. 안젤리나가 비명을 지른다. 하지만 내게는 아무런 의미 없는 소리로 들린다.

나는 미친 사람처럼 노를 휘둘러 카유코의 방향을 돌리려고 한다. 하지만 어느 방향으로 돌려야 하는지 판단이 서지 않는다.

누군가 내 두개골을 밟고 지나가는 느낌이다. 피가 입으로 흘러 들어와 달착지근하다. 뱉어 낸다. 생각을 하려 할수록 온통 뒤엉키기만 할 뿐이다. 안젤리나에게 말을 걸어 본다. 술 취한 사람처럼 혀가 꼬인다.

카유코 다루는 방법이 생각나지 않는다. 원래 알아서 혼자 파도를 타는 것인지 내가 방향을 잡아 주어야 하는 것인지 생각이 나지 않는다. 머리 한구석에서는 지금 내가 서둘러 무언가를 해야 한다고 말해 주고 있는 것 같다. 안젤리나가 내 머리카락을 잡아당기더니 비명을 지른다. 안젤리나가 나를 발로 걷어차는 것 같다.

아침 해가 떠오른다. 여전히 기억이 없다. 귀에서 엄청난 소리가 들린다. 트럭이 요란한 엔진 소리를 내며 달리는 것 같다. 아마도 트럭이 내 머리를 밟고 지나가나 보다. 안젤리나는 울음을 그친다. 안젤리나가 손으로 내 얼굴에 물을 끼얹는 것이 느껴진다. 물을 끼얹고 나서 작은 손가락으로 뭔가를 내 입속에 넣어 준다. 나는 토한다.

나는 알 수 없는 세계로 빠져든다. 머릿속은 트럭 엔진으로 가득하다. 여전히 피 맛이 난다. 말을 하려고 해도 단어가 목구멍을 지나지 못한다. 내 안에서 목소리가 들려온다. 당장 노를 젓지 않으면 죽을 것이라고 말하고 있다. 하지만 움직일 수가 없다. 바람이 불어오는 것도, 파도가 부딪히는 것도 느끼지 못한다. 정신이 어디론가 가 버렸다. 내 육신을 떠나 잠보다 깊은 어딘가로 떠나간다. 어쩌면 내가 죽어 가고 있는 것일지도 모른다. 뜨거운 태양의 열기가 느껴진다. 다시 구토가 난다.

배 속에서 아무것도 올라오지 않아 헛구역질만 계속한다.

나는 다시 눈을 뜬다. 나는 멍하니 올려다보며 한 번에 하나씩밖에 생각하지 못한다. 하늘은 파랗고 구름 한 점 없다. 태양은 내 살갗을 태우고 있다. 안젤리나가 나를 내려다보고 있다. 동생의 뺨이 눈물로 젖어 있다. 나는 좌석에 머리를 괸 채 카유코 바닥에 누워 있다. 나는 배 가장자리 너머로 파도를 바라본다. 하지만 파도가 없다. 부드럽게 들어 올렸다 내렸다를 반복할 뿐이다.

"어떻게 된 거니?"

내가 묻는다. 목이 건조하다. 개구리 소리 같은 목소리가 나온다.

내 목소리를 듣자 안젤리나가 울기 시작한다. 하지만 큰 소리로 울지는 않는다. 동생 입에서 말이 쏟아져 나온다.

"카유코가 여러 번 뒤집힐 뻔했어."

동생이 훌쩍거리며 말한다.

"오빠는 하루 종일 움직이지도 않고 말도 안 하고. 죽은 척하고 있으면서 숨은 계속 쉬고 있었잖아. 내가 오빠한테 먹을 것을 주려고 했지만 다 토했어."

그렇게 말하는 안젤리나의 목소리를 들어 보니 화가 나 있다.

"내가 오빠 머리를 씻겨 주려고 했는데 피가 멈추질 않았어. 오빠 날 도와주지도 않고."

"그래서 나를 발로 찼니?"

동생이 고개를 끄덕인다.

내 머리 위로 돛이 힘없이 걸려 있다. 돛대를 보니 무슨 일이 있었는지 알 것 같다. 나는 손가락을 조심스럽게 뻗어 머리를 만져 본다. 내 오른쪽 귀 위로 크게 상처가 벌어졌다. 피가 흘러나와 내 오른쪽 얼굴을 뒤덮고 있다. 귓속에서는 여전히 트럭이 요란한 소리를 내고 있다. 너무 아파서 입을 열기도 힘들다.

나는 다시 옆으로 바다를 내다본다. 파도가 다 어디로 간 것일까. 파도가 사라졌다. 물결은 만 안에 들어와 있는 것처럼 잔잔하다.

"파도가 언제부터 사라졌니?"

내가 묻는다.

"내가 오빠가 한 것처럼 파도한테 소리치니까 가 버렸어."

안젤리나가 말한다.

나는 천천히 몸을 일으켜 좌석에 몸을 기댄다. 바다는 고요하다. 나는 손으로 머리를 지탱한다.

"날 잘 돌봐야 해, 안젤리나."

나는 신음 소리를 내며 말한다.

"넌 이 놀이를 아주 잘 해내고 있어."

안젤리나는 웃지도 않고 나를 나무란다.

"오빠 때문에 깜짝 놀랐어. 이제 엄마 아빠처럼 하지 마."

"난 괜찮아."

내가 안젤리나에게 말한다.

"아니야, 오빠는 내 인형처럼 부서졌잖아."

동생이 말한다.

나는 또다시 머리에 난 상처를 만져 본다. 나는 다시 좌석에 머리를 괴고 슬픈 미소를 지어 보인다.

"그래, 내가 네 인형처럼 부서졌구나."

낚싯바늘을 잘 만들어야죠

오늘은 바다가 어쩌면 이렇게 고요할까? 어제는 날 죽이려 들더니 말이다. 정말 모를 일이다. 나는 그저 카유코 바닥에 가만히 누워 태양이 내 피부를 토르티야처럼 바싹 굽도록 내버려 두고 있다는 것만 안다. 내 머리 위로는 작은 구름 두 점이 움직이지도 않고 떠 있다. 누군가 하늘에 구름을 그려 넣기라도 한 것 같다. 바람은 없지만 돛이 펄럭이는 것을 보니 공기가 움직이고 있는 것만은 분명하다. 우리 옆으로 천천히 지나가는 작고 게으른 파도를 제외하고 오늘 아침의 바다는 이사발 호수처럼 잔잔하다.

이처럼 고요한 바다를 반가워해야 할지 아니면 걱정해야 할지 모르겠다. 덕분에 생각할 시간도, 상처를 치유할 시간도 많아지긴 했지만 우리를 잡아먹으려고 덤비는 태양과 배고픔을 경험할 시간도 더 많아졌다. 차라리 성난 바다와 싸우는 편이 나을지도 모르겠다. 죽건 살건 빨리 끝장을 볼 수 있으니까 말이다.

어쨌건 오늘, 바다가 나와 싸우려 들지 않는다니 다행이다. 내 머리는 코코넛처럼 쪼개졌다. 지금도 피가 내 뺨을 타고 흘러내린다. 나는 입고 있는 셔츠를 끌어다가 피를 닦는다. 모자 덕분에 얼굴로 내리쬐는 햇빛은 가리지만 몸통은 막지 못한다. 내 발은 갑판 아래로 뻗어 있다. 안젤리나는 내가 누운 위쪽 좌석에 앉아 있다.

오후가 되자 나는 몸을 일으킨다. 카유코에 새겨진 칼집을 세어 보니 벌써 열 개다. 나는 마체테 칼을 들고 칼집을 하나 더 긋는다. 생각도 잘 할 수 없는 상황에서 칼을 휘두르다니 위험하지만 이 일은 내게 무척 중요한 일이다. 이제 카유코에는 열 한 개의 칼집이 생겼다.

"우리 뭐 먹어?"

안젤리나가 묻는다.

동생은 배고프단다. 하지만 내 머리는 동생의 질문에 대답을 해야 한다고 생각하지 못한다.

"우리 뭐 먹을 거냐고?"

안젤리나가 더 큰 소리로 묻는다.

"아무거나."

내가 말한다.

안젤리나가 내 호주머니에 손을 찔러 넣어 사탕을 꺼낸다.

"안 돼!"

나는 앓는 소리를 내며 말한다.

"오빠가 아무거나 먹으라면서."

동생이 지지 않고 대꾸한다.

나는 동생에게 대답하지 않는다. 동생은 갑판 아래로 기어 들어간다. 동생은 내게 싸울 힘이 없다는 사실을 안다. 다시 햇빛 아래로 나온 동생 손에는 말린 생선 두 마리가 들려 있다. 크기가 크지는 않지만 소금이 잔뜩 뿌려져 있다.

"소금 좀 털어 내."

내가 말한다.

"소금을 많이 먹으면 갈증만 날 거야."

이 말린 생선은 우리에게 남은 식량 중 최고의 음식이다. 하지만 지금이야말로 이 음식을 먹을 때인 것 같다.

안젤리나는 무릎 사이에 마체테를 끼고 칼날로 생선의 소금을 긁어낸다. 작은 여자아이가 칼을 사용하다니 불안한 일이지만 나는 지금 동생을 도와주고 싶어도 몸을 꼼짝할 수가 없다. 동생이 생선을 조심스럽게 둘로 가른다. 동생이 한참 동안 생선뼈를 발라내더니 자기 입과 내 입에 생선 조각을 밀어 넣는다. 안젤리나는 하나도 남김없이 다 먹었다는 것을 확인이라도 하듯 말린 생선 대가리를 붙들고 쪽쪽 빨아 먹기까지 한다.

생선이 맛있다. 식사를 마치는 동안 나는 생각도 하고 완전히 몸을 일으켜 앉기도 한다. 하지만 이제 식량은 더 줄었다. 이제 우리에게 남은 것은 말린 생선 한 마리와 오렌지 몇 알, 당근 몇 개, 작은 쌀 봉지, 그리고 작은 사탕 덩어리가 전부다. 앞으로 이틀 혹은 기껏해야 사흘간 먹을 양이다. 그런 다음에는 어찌해야 할지 모른다.

코코넛이 아직 남아 있지만 코코넛을 질겅질겅 씹고 있으면 갈증만 더할 뿐이다. 뜨거운 태양 때문에 너무 많이 마셔서 물도 얼마 남지 않았다. 다시 비가 올 때까지 안젤리나가 물을 너무 많이 마시지 못하도록 해야 한다. 안젤리나의 입술이 말라서 찢어지고 부풀어 오르더라도 말이다. 코코넛은 물을 좀 더 구해 놓은 다음 먹기로 한다.

"물고기도 날 수 있어."

안젤리나가 말한다.

"아니야."

나는 간신히 대답한다. 아파서 말하기도 힘들다.

"날 수 있다니까."

안젤리나가 말한다.

"오늘 아침에, 오빠가 잘 때 물고기가 배 위로 날아가는 걸 봤어."

나는 안젤리나보다 나이가 많기 때문에 물고기가 날지 못한다는 것을 잘 알고 있다. 아마도 동생이 갈매기를 본 모양이다.

"그럼 하나 잡아 봐."

나는 동생에게 말한다.

"좋아."

동생이 말한다. 고집스러운 목소리다.

음식을 먹으니 힘이 나는지 안젤리나는 내 주변을 열심히 기어다닌다. 나는 안젤리나가 갑판 위에서는 기어다니지 못하게 한다. 하지만 동생은 기어이 내 뒤편에 있는 좌석에 앉아 노를 잡고 있다. 마치 항해사처럼 말이다. 동생은 여전히 빈 물병을 두르고 있다. 동생은 물병을 등 뒤로 보낸다. 커다랗고 두툼한 날개를 단 작은 천사가 내 머리 위에 앉은 것 같다.

안젤리나가 갑판 아래로 들어가려고 내 곁을 기어가다가 동생이 쓴 모자와 물병이 나를 때린다. 하지만 화를 낼 생각은 없다. 동생이 돌아다닌다는 것은 좋은 일이다. 움직이는 편이 피부에도 훨씬 좋을 것 같다. 우린 둘 다 온몸에 곪아터진 상처가 났다. 안젤리나가 가만히 앉아 있을 때면 안젤리나는 진물이 나는 상처를 계속 긁거나 마른 딱지를 떼곤 한다.

내가 다치고 나서 안젤리나가 열심히 돌아다니고 말도 많아졌다. 어제만 해도 말없이 앉아 있기만 하더니 말이다. 아마도 이제는 자기가 강해져서 나를 도와야 한다고 생각하는지도 모른다. 나는 좌석에 몸을 기대고 눈을 감는다.

"오빠, 저기 좀 봐!"

안젤리나가 외친다.

"물고기들이 날아다니잖아!"

나는 눈을 뜨지도 않고 대답도 하지 않는다. 잠이 필요하기 때문이다.

잠에서 깨자 주변이 어두워졌다. 안젤리나는 내 옆에 앉아 어깨를 내 머리에 대고 잠들어 있다. 여전히 파도도 바람도 없다. 하늘이 숨을 참고 있는 것만 같다. 어쩌면 심호흡으로 큰 숨을 들이쉬고 기다리는지도 모른다. 그렇다면 내일은 엄청난 바람이 불어닥칠 것이다. 새카만 하늘이 까만 담요처럼 나를 덮고 있다. 별들은 담요에 난 수천 개의 구멍처럼 보인다. 나는 다시 눈을 감고 잠에 빠진다. 고요한 바다 덕분에 나는 우리 마을 하늘이 빨갛게 물들던 날 이후 처음으로 가장 깊은 잠에 빠진다.

아침이 되었지만 몸이 깨어나려고 하지를 않는다. 안젤리나가 내 곁으로 다가오는 것이 느껴진다. 안젤리나가 날아다니는 물고기에 대해서 계속 재잘거린다. 그렇다고 잠이 깨지는 않는다. 마침내 눈을 뜨자 태양은 이미 높이 떠올라 뜨거운 햇볕이 내리쬐고 있다. 안젤리나는 내 뒤편 좌석에 앉아 있다. 동생이 내 얼굴에 씌워 놓은 모자를 벗기며 키득키득 웃는다. 환한 햇빛에 눈이 아프다. 나는 눈을 가늘게 뜬다.

안젤리나가 웃는 이유를 알았다. 안젤리나의 손에 작은 은청색 물고기가 들려 있다. 내 머리맡에 앉아 물고기로 내 코를 간질이고 있다.

나는 물고기를 손으로 밀치며 신음을 한다.

"물고기 어디서 났어?"

"물고기가 날아다닌다고 말했잖아. 내 말도 안 믿었으면서. 이게 날아서 우리 배 안으로 들어왔어."

근육이 땅기지만 나는 일어나 앉는다. 오늘 아침은 놀이를 할 기분이 아니다.

"날아다녔을 리가 없잖아."

내가 말한다.

"뛰어 올라왔겠지."

안젤리나가 머리를 흔든다.

"이것 좀 봐."

동생이 말한다. 동생은 물고기를 들어 올리더니 길고 가느다란 지느러미를 펼쳐 보인다. 동생의 손가락 안에 펼쳐진 지느러미가 마치 날개 같다.

여기서 말다툼을 벌이고 싶지는 않지만 여전히 머릿속으로 물고기는 날 수 없다고 생각한다. 그때 내 뒤에서 물소리가 들린다.

"저것 봐, 물고기가 날잖아!"

안젤리나가 소리를 지른다.

나는 몸을 돌려서 본다. 잔잔한 바다에서 작은 물고기들이 튀어 오르고 있다. 물고기들이 은빛 날개를 파닥이며 공기 중으로 멀리 날아간다. 그러고는 다시 물을 튀기며 물속으로 들어간다. 그중 한 마리가 우리 배 위를 가로질러 날아간다.

나는 할 말을 잃는다. 바다에는 이것 말고도 또 어떤 마법이 숨겨져 있는 것일까? 이제부터는 안젤리나가 하는 말을 다 믿어야 할 판이다.

나는 마체테를 들고 날아다니는 물고기를 가느다란 조각으로 잘라 낸다. 물고기는 그리 크지 않지만 살이 부드러워 삼키기에 좋다. 고기 맛은 꽤 달콤하다. 생선을 다 먹고 나서 우리는 오렌지를 먹는다. 사탕은 이제 거의 없어졌다. 바닷물에 씻겨 녹아 버렸기 때문이다. 그래도 조금 잘라 낸다.

"자, 이거 먹어, 안젤리나."

내가 말한다.

"오늘은 네가 내 목숨을 구했구나."

"그럼 내가 이 놀이를 아주 잘하고 있단 뜻이지?"

나는 웃어 보인다.

"물론이지. 넌 아주 잘하고 있어."

식사를 마치고 우리는 물을 조금 마신다. 생선살에 물기가 많기 때문에 물을 많이 마실 필요가 없다. 물은 나중을 위해 아껴 두어야 한다. 이제는 카유코에 칼집을 하나 더 그을 차례다. 이렇게 칼집을 내고 그 수를 세는 일은 나의 하루 일과 중 가장 즐거운 일이다. 각각의 칼집은 우리가 살아남은 날을 의미한다. 오늘 아침 나는 소리 내어 칼집 수를 세어 본다. 안젤리나도 합세한다. 숫자가 커질수록 우리 목소리도 점점 커져 열둘에서는 고함을 지른다.

하지만 열세 번째 날에는 또 어떤 일이 일어날까? 머리에 난 상처는 여전히 아프고 내 몸은 약해졌다. 식량과 먹을 물은 거의 남지 않았다. 그리고 곧 바람과 파도가 거칠어질 태세다. 물고기를 잡을 수 없기 때문에 곧 죽을 수도 있다. 날아다니는 물고기가 우연히 우리 배 안으로 떨어진 것은 순전히 운일 뿐이다.

나는 자리에 앉아 지끈거리는 머리로 생각에 잠긴다. 주변에 먹을 것이 있다. 지금도 우리 배 아래로 작은 물고기들이 떼 지어 다닌다. 그들을 향해 노를 휘둘러 보지만 물고기가 노에 잡힐 리 없다. 물고기들도 내게 낚싯바늘이 없다는 것을 알고 있다.

나는 천천히 배 안을 둘러본다. 어쩌면 낚싯바늘로 쓸 만한 것이 있을지도 모른다. 나는 안젤리나가 해적들이 있던 섬에서 가져온 조개껍데기를 본다. 가장 큰 껍질을 집어 들고 자세히 살펴본다. 안젤리나는 내가 마체테를 들고 조개껍데기를 깎아 내는 것을 지켜본다. 안젤리나가 인형을 내밀며 말한다.

"마리아가 도움이 될까?"

"응."

내가 말한다.

"내가 실수라도 하면 마리아가 내게 말해 줘야 해."

나는 하루 종일 낚싯바늘을 만든다. 머리 위로 솟은 태양은 큰불이라도 난 것처럼 이글거리고 있다. 잔잔한 바다는 또다시 반사 거울이 되어 우리를 괴롭힌다.

마체테가 미끄러지면서 손을 벤다. 안젤리나가 말한다.

"마리아가 손가락 조심하라고 말했어."

"고마워."

나는 쉬지 않고 일하면서 말한다.

드디어 조개껍데기로 만든 거친 낚싯바늘이 완성된다. 작은 구멍 사이로 낚싯줄을 간신히 쑤셔 넣는다. 매듭을 단단하게 묶는다. 말린 생선을 한 조각 떼어 낚싯바늘에 꿰니 거의 해가 질 무렵이 되었다. 나는 대단한 상이라도 받은 듯 낚싯줄을 높이 추켜든다.

"이제 준비됐어."

안젤리나에게 말한다.

마른 생선 조각을 끼운 낚싯바늘을 물 아래로 내려 보낸다. 이를 지켜보는 안젤리나의 눈빛이 차분하다.

"마리아가 그러는데, 좀 더 깊이 내려야 된대."

동생이 속삭인다.

"좋았어."

나도 속삭여 대답한다. 나는 웃으며 낚싯바늘을 더 깊이 집어넣는다. 마리아 말이 맞을지도 모르겠다.

얼마 지나지 않아 물고기가 낚싯바늘을 문다. 손에 쥔 낚싯줄이 팽팽해져 오더니 끌어당기는 강한 힘이 느껴진다. 그러더니 곧 낚싯줄에 힘이 빠지고 만다. 나는 물에서 낚싯줄을 천천히 끌어 올린다.

조개껍데기로 만든 낚싯바늘이 망가졌다. 하루 종일 고생한 것이 순간 허사로 돌아간다. 울고 싶다. 우리를 죽이기 전에 이런 식으로 놀려 대는 바다가 정말이지 잔인하게 느껴진다.

안젤리나가 무척이나 진지한 투로 말한다.

"마리아가 그러는데, 그러니까 낚싯바늘을 잘 만들어야 한댔어."

못

아직도 어두운 바다를 바라보고 있는 나는 너무 화가 난 나머지 아무런 생각도 나지 않는다. 온종일 그렇게 고생했는데 이건 너무 불공평하잖아. 허탈하다. 바다가 이런 식으로 나를 가지고 노는 걸까? 고양이가 쥐를 죽이기 전에 쥐를 갖고 장난치듯이 말이다.

"이제 잘 시간이야."

안젤리나에게 말한다.

안젤리나는 싫다고는 않지만 아직 자고 싶지 않은 모양이다. 안젤리나가 내 옆에 웅크리고 누워 몸을 뒤틀면서 이리저리 굴러다닌다. 몇 시간 동안 그렇게 구르고 뒤척이기를 계속한다. 동생의 팔꿈치와 무릎이 내 옆구리를 찌른다. 코코넛과 노의 손잡이에 찔리는 것 같다.

나는 화를 내지 않으려고 애쓴다.

"가만히 누워 있어. 그래야 인형도 잠을 자지."

내가 말한다.

"마리아는 벌써 자고 있어."

안젤리나가 작은 소리로 말한다.

고요한 바다 위를 떠다니는 내 몸이 욱신거린다. 눈에서는 눈물이 나올 것 같다. 밤새도록 나는 잠을 자지 못한다. 머릿속을 맴도는 생각이 현실인지 꿈인지 분간하기가 어렵다. 내 머리 위로 떠 있는 달은 커다란 토르티야처럼 생겼다. 과연 땅을 딛고 서서 달을 올려다볼 수 있는 날이 올까.

소리 없이 바람이 불어오더니 돛이 세차게 펄럭인다. 아직 주변은 캄캄하다. 돛대가 앞뒤로 흔들거리더니 배 기둥에 가서 부딪힌다. 다시 파도가 카유코를 뒤흔든다. 하지만 그 변덕이 크지 않고 꽤 부드러워서 나는 다시 잠을 청한다. 아침이 되자 바람이 강하게 불더니 돛에 바람이 가득 실린다. 하품을 하려니 머리가 지끈거린다. 나는 생각을 해 보려고 애쓴다.

바로 그때 이상한 움직임을 발견한다. 카유코 곁을 지나는 구름 그림자인 줄 알았는데 하늘을 보니 구름이 없다. 그림자가 점점 짙어진다. 물속을 들여다보던 나는 숨이 멎는다.

바다 동물에 대해서 아는 바가 없어서 나는 내 옆을 지나는 이것이 무엇인지 모르겠다. 라모스 삼촌이 고래와 상어 사진을 보여 준 적이 있다. 물속으로 내 옆을 미끄러져 지나는 이것은 상어치곤 너무 크다. 그렇다고 고래도 아닌 것 같다. 그림자가 카유코 가까이 다가오더니 지느러미로 수면을 내려친다. 이제 머리가 보인다. 상어다. 내가 생각했던 상어보다 그 크기가 훨씬 크다. 카유코의 길이가 어림잡아 7미터쯤 되는데 이 상어는 카유코 두 대를 이어 붙인 길이다. 이제야 라모스 삼촌이 말했던 거대 상어가 생각난다.

상어가 내 옆에 붙어 있다. 생각에 잠긴 것 같다. 한쪽 눈으로는 나를 살피고 있다. 이제 나도 생각에 잠긴다. 나를 잡아먹을 셈일까? 어쩌면 배고파지기를 기다리고 있는 것일지도 모른다. 노로 상어를 내려치지 않기로 결심한다. 화가 난 상어보다는 배고픈 상어가 나을 것 같다.

나는 바다 저편을 내다본다. 바다는 너무 커서 이 위에 있으면 나는 한없이 작아진다. 내 시야에는 끝없는 물만 보인다. 그리고 내가 있는 이곳은 거대한 바다의 꼭대기에 불과하다. 이 아래로는 내가 모르는 세계가 펼쳐져 있다. 카유코를 따라 움직이는 이 거대한 동물도 그 세계의 일부다. 이놈은 원한다면 나를 죽일 수도 있다. 하지만 오늘은 나를 죽이지 않기로 했나 보다. 대신 커다란 꼬리지느러미를 두어 차례 흔들더니 시커먼 바닷속으로 사라졌다. 또다시 그림자처럼 말이다.

안젤리나는 여전히 자고 있다. 안젤리나가 일어나도 상어에 대한 이야기는 하지 않을 것이다. 동생에게 말하지 않는 것들이 여럿 있다. 어린아이에게 괜한 공포심을 심어 주고 싶지 않기 때문이다. 동생이 일어날 때까지 나는 지도와 나침반을 본다. 육지가 보이지 않기 때문에 우리가 있는 위치를 추측할 수밖에 없다. 라모스 삼촌 말에 따르면 항해사들은 별의 위치를 보고 자신의 위치를 파악한다고 한다. 내가 전혀 모르는 부분이다. 지금 내가 아는 것이라고는 배가 고프다는 사실뿐이다.

이렇게 하루가 또 왔다가 간다. 나는 열세 번째 칼집을 낸다. 안젤리나와 나는 쌀과 당근 하나를 먹는다. 그리고 소금을 뿌려 말린 생선을 한 입씩 먹는다. 안젤리나가 크게 한 입 베어 먹으려고 한다. 이 약간의 식량과 물이 오늘 우리가 먹을 수 있는 전부다. 안젤리나에게 더 이상 먹을 것과 물이 없다고 말해야만 하는 순간이 다가오는 게 두렵다.

태양이 하루 종일 우리 머리 위에서 내리쬐면서 살갗을 태운다. 바람과 파도도 점점 거세진다. 하지만 오늘 이들은 내 적이 아니다. 오늘 내 적은 배고픔과 더위와 외로움이다. 햇빛과 바다의 소금기가 우리 몸에 난 상처와 물집을 더 덧나게 한다. 물집이 손바닥만 한 크기로 부풀어 오르더니 터져서 피가 흐른다. 우리 둘 다 등과 팔다리에 그렇게 상처가 벌어져 보기에도 끔찍하다. 곳곳에 상처들이 터지면서 피가 흐른다. 바닷물이 살갗에 닿을 때면 소금기 때문에 화상을 입는 듯한 고통이 느껴진다.

나는 안젤리나에게 마지막 사탕 조각을 건넨다. 하지만 달콤한 맛이 입안에 감도는 것도 잠깐이다. 안젤리나가 코코넛 밀크를 달라고 한다. 나는 고개를 젓는다. 안젤리나는 아프다고 울음을 터뜨린다. 그래서 나는 코코넛 밀크를 상처에 발라 준다. 코코넛 밀크가 상처 치유에 효과가 있는 것 같다. 어쩌면 안젤리나가 그렇게 믿고 있어서인지도 모른다.

배고픔과 고통에 취해 우리는 또 다른 밤 속으로, 또다시 다음 날 아침으로 흘러간다. 십사 일째 날 오후다. 하늘에 구름이 모여든다. 마침내 구름이 태양을 가리더니 작렬하던 햇빛을 차단한다. 하지만 시커먼 구름이다. 바람을 불어 보내어 바닷물을 휘젓더니 돛을 마구 흔들어 댄다. 어제는 그렇게 나무판자처럼 평평하여 얌전히 잠만 자던 바다가 오늘은 어찌 먹구름처럼 시커멓게 변하여 거품을 일으키며 우리에게 침을 뱉어 대는지 모르겠다.

처음에는 비가 내린다. 빗방울이 제법 굵어 살갗에 닿는 느낌이 딱딱한 콩 같다.

"갑판 아래로 들어가."

내가 안젤리나에게 말한다. 비가 점점 세차게 내리더니 곧 폭포수 아래를 지나가는 것만 같다. 빗물을 낭비할 수 없다. 일단 우리는 물병에 빗물을 받아 마신다. 그리고 안젤리나에게 말한다.

"이리 와서 씻자."

동생은 고개를 흔든다. 하지만 나는 동생을 빗속으로 끌어낸다. 동생의 팔다리와 몸통을 뒤덮고 있는 상처들을 손으로 문질러 씻겨 준다. 그러는 동안 지저분해진 빨간 원피스도 빗물에 씻기도록 둔다. 이제는 동생 어깨에 걸친 누더기나 다름없지만 말이다. 나는 안젤리나의 뻣뻣해진 머리카락 속으로 손가락을 집어넣어 머리를 빗는다. 동생이 숨을 크게 쉬며 소리 지른다. 하지만 나를 막으려고 하지는 않는다. 동생도 이렇게 하는 편이 좋다는 것을 아나 보다. 안젤리나를 다 씻기고 나도 똑같이 씻는다. 벌어진 상처의 소금기가 문질러질 때마다 고통이 밀려와 나는 눈을 질끈 감으며 이를 악문다. 안젤리나도 나와 같은 고통을 느끼며 소리를 질렀나 보다. 나는 안젤리나의 가슴에 묶인 병들을 바라본다. 저 병들은 비워 두어야 한다. 잘만 하면 이미 빗물을 채운 물병들로 며칠은 버틸 수 있을 것이다.

바람은 계속 강하게 분다. 하지만 뒤쪽에서 우리를 밀어 주고 있기 때문에 돛은 올린 채로 둔다. 이날 오후부터 밤까지 나는 한숨도 자지 못한다. 계속해서 바람과 파도가 밀려와 카유코를 옆으로 뒤집으려 한다. 항해를 계속하다 보니 이런 파도는 이제 무섭지 않다. 내 뒤를 따라오며 언제 가까이 다가올지를 미리 알려 주기 때문이다. 정말 무서운 것은 외따로 다니는 파도다. 아무데서나 불쑥 튀어나와 카유코를 덮치는데 미리 경고를 하는 법도 없다. 우리를 죽이려고 덤비는 파도는 이런 것들이다. 이전에 배가 뒤집혔던 것도 이런 파도 때문이었다. 얼마 전 돛대를 넘어뜨려 내 머리를 내리쳤던 것도 이런 파도였을 것이다. 나는 밤새도록 시커먼 바다를 바라보며 이 살인 파도들이 다가오기를 기다린다.

열다섯 번째 아침이 온다. 칼집을 또 하나 그을 수 있게 되어 기쁘다. 내가 그은 칼집들을 바라본다. 카유코가 미국에 무사히 도착하지 못한다면 나는 죽기 전에 칼집을 몇 개나 더 그을 수 있을까? 내 육체는 나날이 약해지고 있다. 그리고 바다는 점점 더 나를 죽이려 든다.

보름째인 오늘, 먹을 것이 거의 떨어지고 없다. 내일 혹은 모레까지 간신히 먹을 오렌지 두 알과 말린 생선 조각 약간, 그리고 약간의 쌀이 있다. 물이 넉넉하기에 나는 안젤리나가 코코넛을 먹도록 허락한다. 하지만 얼마 지나지 않아 안젤리나는 더 심한 배고픔을 느낀다. 동생이 배를 붙들고 운다. 동생의 울음소리에서 고통이 느껴진다. 생선을 잡지 못하면 안젤리나는 죽고 말 것이다.

나는 또다시 낚싯바늘로 쓸 만한 것을 찾아본다. 카유코를 만드는 데에 쓴 못들은 너무 크다. 나는 플라스틱 방패막이 건너편의 갑판을 살핀다. 엔리케 아저씨가 여기에 못질을 했다. 이 못들도 너무 크다. 하지만 아저씨가 배 기둥 근처에 박은 작은 못 두 개가 눈에 띈다.

파고가 높고 내 몸이 이렇게 약할 때 갑판 위로 올라가고 싶지는 않다. 나는 허리에 밧줄을 느슨하게 감는다. 하지만 이 밧줄에 내가 걸려 넘어질 수도 있다는 생각이 든다. 아니다. 내겐 선택권이 없다. 살아남기 위해서 항상 안전할 수만은 없다. 내겐 저 못이 필요하다.

"안젤리나, 배를 꽉 붙들고 가만히 앉아 있어."

안젤리나는 가만히 앉아 있다. 나는 카유코에 묶인 마체테를 푼다. 칼을 잃어버리면 큰일이다. 그래서 나는 칼을 내 손목에 묶는다. 커다란 파도가 보이지 않자 나는 재빨리 플라스틱 방패막이 위로 올라가 무릎으로 기어 배 기둥에 이른다. 칼끝을 이용하여 못 하나를 빼내기 시작한다.

파도가 우리 곁을 지나간다. 나는 카유코가 다음 파도를 똑바로 탈 수 있을 때까지 기다린다. 배가 방향을 틀면 나는 내 자리로 돌아가 미친 사람처럼 노를 저어야 한다. 배가 뒤집히지 않도록 말이다. 나는 지금 어리석은 짓을 하고 있다. 이러다가 내가 바닷물에 빠지기라도 하면 카유코를 멈춰 세울 방법이 없다. 배는 안젤리나만을 태우고 내가 헤엄치는 속도보다 훨씬 빨리 떠내려가 버릴 테니까 말이다.

갑판을 기어 앞쪽으로 전진할 때마다 안젤리나가 고함을 지른다.

"오빠, 돌아와!"

"그래, 갈게!"

나는 그렇게 대답하고 빠른 속도로 못을 빼낸다. 카유코가 방향을 바꿀 때마다 나는 다시 뒤쪽으로 밀려 나간다. 마침내 나무판자에 박힌 못이 흔들리기 시작한다. 무릎에서 피가 흐른다. 팔에 힘이 하나도 없다. 커다란 파도가 밀려오는 것이 보인다. 나는 못대가리를 붙들고 있는 힘껏 잡아당긴다. 못에 손이 베인다. 하지만 못을 무사히 뽑는다. 나는 입속에 못을 넣고 칼을 손에 쥔 채 내 자리로 돌아온다.

파도가 부딪혀 배가 옆으로 뒤집어질 뻔했다. 하지만 마지막 순간에 배를 바로잡는다. 나는 입속에 있는 작은 못을 꺼내 든다. 이 작은 쇳조각 하나를 위해 엄청난 위험을 감수했다. 이제는 낚싯바늘을 만들 차례다.

난 물고기 잡을 수 있어

　인생이란 우리가 필요할 때마다 언제든 선생을 보내 주지는 않나 보다. 못을 바라보면서 머릿속에 든 생각이다. 어쨌든 낚싯바늘은 만들수 있게 되었다. 하지만 어떻게 만들어야 하지? 내 속에서 그 답을 찾아야 한다. 지금도 내 몸은 멈추고만 싶어 하고 내 정신은 생각하기를 싫어한다. 내일까지 물고기를 잡지 못한다면 나는 더 허약해져서 항해 자체가 어렵게 될 것이다.

　나는 칼등으로 이 작은 쇳조각을 내려친다. 의자에 앉은 채 다리 사이로 못을 고정하기는 쉽지 않다. 손가락이 얼얼하다. 칼날에 엄지를 깊숙이 베였지만 나는 멈추지 않는다. 손가락과 못, 마체테에 피가 흥건하더니 자리로 피가 뚝뚝 떨어진다. 마체테로 내려칠 때마다 못은 내 손을 비껴 나가 나무속으로 파고 들어간다. 못이 나가떨어진다. 물에 빠졌다고 생각했지만 다행히 찾는다. 계속 칼로 내리친다. 마침내 끄트머리가 갈고리처럼 휜다.

낚싯바늘을 만들면서도 다음 파도를 유심히 살핀다. 안젤리나는 갑판 아래에 앉아 나를 지켜보고 있다. 다리 사이에 인형을 꼭 끼고 있다.

이렇게 하는 사이 시간이 얼마나 흘렀는지 모르겠다. 보이는 거라고는 오로지 못, 마체테, 노, 그리고 파도뿐이다. 이 세상에 존재하는 전부처럼 말이다. 입속이 늘 마른다. 상처 난 머리에서는 계속해서 트럭 엔진이 돌아가고 있다. 나의 움직임 하나하나에서 두려움이 묻어난다. 이 못을 잃어버리면 큰일이다. 더 이상 다른 못을 뽑을 힘이 남아 있지 않기 때문이다.

마침내 갈고리를 만드는 데 성공하지만 날카롭지가 않다. 못 끝을 갈 만한 딱딱한 것이 필요하다. 나는 신중하게 움직인다. 못을 놓치지 않기 위해서다. 나는 칼 옆면으로 못 끝을 간다. 곧 칼날에 피가 흥건하다. 하지만 나는 갈기를 멈추지 않는다. 안젤리나가 흐릿한 눈으로 멍하니 나를 보고 있다.

마침내 이 조그만 갈고리는 뾰족해지지만 내 손가락은 피로 뒤덮인 상태다. 나는 앉아서 내가 만든 낚싯바늘을 물끄러미 바라본다. 내 몸은 약해졌고 먹을 것을 필요로 한다. 나는 안젤리나에게 말린 생선과 오렌지 반쪽을 준다. 나도 나머지 반쪽을 먹고 말린 생선을 조금 떼어 먹는다. 안젤리나가 안 볼 때 나는 한 입 더 베어 문다. 나는 안젤리나보다 몸집도 크고 할 일도 더 많기 때문이다. 내가 튼튼하지 않으면 우리는 둘 다 죽고 만다.

적은 양의 식사를 마치고 물을 마시니 하늘이 캄캄해진다. 벌써 해가 졌나 보다. 낚시를 하려면 아침이 올 때까지 기다려야 한다. 너무 피곤해서 생각도 하기 힘들다. 밤에는 낚싯바늘과 낚싯줄을 놓치기 쉽기 때문에 위험하다.

"아직도 배고파, 오빠."

안젤리나가 울음을 터뜨린다.

"나도 그래."

안젤리나에게 물을 더 준다. 하지만 동생의 눈에 눈물이 멈추지 않는다.

아마 오늘 밤이 내가 바다에서 겪는 가장 긴 밤이 될 것 같다. 이전에는 매 순간이 한 시간처럼 느껴졌다. 오늘 밤은 매 순간이 하룻밤과 같다. 매 시간이 평생처럼 느껴진다. 내 몸은 너무 약해져서 눈물을 삼키기도 힘들다.

오늘 밤 배 안에 앉아 아침이 오기만을 기다릴 수는 없다. 나는 어둠의 매 순간이 적이라도 되는 것처럼 싸운다. 매 순간은 승리와 패배만이 존재하는 전장과도 같다. 그리고 이 밤, 단 한 번의 패배도 용납할 수 없다. 내가 잠들기라도 하면 바다는 나를 또다시 죽이려 들 것이다. 내일 아침, 칼집을 또 하나 그을 수 있게 되면 아주 큰 칼집을 그으리라. 칼집이 너무 커서 배가 반으로 쪼개지도록 말이다. 배에 칼집을 그을 생각만으로도 나는 졸음을 참을 수 있다. 마침내 아침 햇살이 하늘에 스며들지만 내게는 마체테를 휘두를 힘조차 남아 있지 않다.

이제 나는 죽은 사람이나 다름없다. 안젤리나가 일어나서 나를 본다. 나를 바라보는 동생의 눈동자가 겁에 질려 있다. 거울을 볼 수 없어 다행이다. 갈비뼈는 몸 밖으로 비어져 나와 있고 여기저기에 피가 배어 있다. 낚싯바늘을 만들고 바다와 전투를 하느라 생긴 상처들이다. 온몸이 상처투성이다. 두 눈이 두개골 속으로 빠져들어 가는 것 같다. 미소를 지어 보려 하지만 퀭한 눈으로 안젤리나를 물끄러미 바라볼 뿐이다. 정신도 온전하지 않은 것 같다.

오늘 나는 강해져야 한다. 그래서 나는 안젤리나와 마지막 남은 말린 생선 조각을 먹는다. 미끼로 쓰기 위해 작은 조각을 남겨 둔다. 나는 물을 마시고 주머니에서 낚싯바늘을 꺼낸다. 낚싯줄은 막대기에 감아 내 자리 밑에 간직해 두었다. 잃어버리지 않기 위해서다.

나는 심혈을 기울여 낚싯줄을 푼다. 한 치의 실수도 없어야 하기 때문이다. 파도는 여전히 높이 일지만 파도 꼭대기가 휘감길 정도는 아니다. 오늘 아침 소금 냄새가 코끝에서 진동을 한다. 나는 못대가리에 낚싯줄을 감아 매듭을 짓는다. 평평한 못대가리는 미끼로 가릴 것이다.

준비를 마쳤지만 신이 나지는 않는다. 손이 떨린다. 너무 지치고 두렵다. 이번이 마지막 기회다. 하나라도 잘못되면 우리는 죽을 것이다. 나는 생선 조각을 낚싯바늘에 꿴다. 그리고 파도 속으로 낚싯줄을 내린다. 바다가 잔잔하지 않아 물속이 보이지 않는다. 파도가 커졌기에 나는 낚싯줄을 더 깊이 내린다. 그래야 할 것 같아서다.

이제 내가 할 수 있는 것은 안젤리나의 겁에 질린 눈을 바라보며 기다리는 것이다 동생도 우리가 지금 하고 있는 일이 무척 중요하다는 사실을 잘 알고 있다. 낚싯줄은 멀리 뻗어 있다. 낚싯바늘이 완만하여 줄을 꽉 붙들지 않으면 물고기를 놓칠 수 있다.

한참이 지났지만 아무런 입질이 없다. 마침내 나는 지친 팔을 카유코 모서리에 기댄다. 아마도 파고가 높으면 물고기들이 미끼를 물지 않나 보다. 아니면 절인 생선은 좋아하지 않는 걸까. 어쩌면 내가 만든 낚싯 바늘을 눈치챘을지도 모른다. 그러면서 나를 바다 한가운데에서도 고기 한 마리 못 잡는 멍청한 어부라고 하겠지. 지쳐서 이런 생각만 든다. 자고만 싶다.

갑자기 손에 힘이 느껴진다. 나는 세게 잡아당겨 보지만 아무것도 잡히지 않았다. 잠이 달아난다. 다시 낚싯줄을 내린다. 얼마 안 있어 다시 무언가가 손을 잡아당긴다. 이번에는 섣불리 낚아채지 않는다. 물고기가 낚싯바늘에서 빠지지 않을 정도로만 잡아당긴다. 그다지 큰 물고기 같지는 않지만 조심스럽게 낚싯줄을 당긴다. 한 손, 한 손 번갈아 가며 배로 끌어 올린다.

물속으로 작은 은빛 물고기가 보인다. 물속으로 불빛이 지나가는 것처럼 보인다. 나는 숨을 멈추고 물고기를 끌어당긴다. 물고기가 공중에서 세차게 펄떡거리더니 갈고리에서 빠져 이내 물속으로 다시 들어간다. 생각할 새도 없이 물고기를 놓친다.

울고 싶다. 뭣 하러 물고기를 잡느라 시간을 이리도 낭비하고 있단 말인가? 발아래에 노를 내려놓고 눈을 감고 기다리면 곧 커다란 파도가 우리를 집어삼킬 텐데 말이다. 그러면 바다가 나의 모든 괴로움과 고통을 마침내 끝내 줄 것이다. 하지만 나는 안젤리나를 본다. 안젤리나도 나를 물끄러미 바라본다. 나는 안젤리나의 전부다. 동생은 내가 자기를 구해 주리라 믿고 있다.

나는 다시 생선 조각을 떼어 낚싯바늘에 걸고 낚싯줄을 바다로 내린다. 한참을 더 기다리자 입질이 온다. 하지만 크기가 더 크다. 물고기를 카유코 가까이로 끌어당긴다. 이번에는 실수 없이 잘해야 한다. 나는 조심스럽게 줄을 당긴다. 내 옆에서 은빛 물보라가 튈 때 힘껏 끌어당겨 물고기를 되도록 빨리 물에서 끌어낸다. 물고기는 몸부림을 치더니 낚싯바늘에서 떨어져 나온다. 하지만 이번에는 카유코 바닥으로 떨어진다.

　기뻐서 소리라도 지르고 싶지만 기운이 없다. 젖 먹던 힘까지 다해 낚싯줄을 끌어 올린 후 다시 내 자리 아래 넣어 둔다. 나중에 물고기를 더 잡을 테다. 하지만 지금은 일단 먹어야겠다. 물고기를 붙드는 내 손놀림이 둔하다. 나는 마체테로 물고기의 뒷목을 딴다. 몸통이 부르르 떨리더니 이내 눈빛이 흐려지면서 잠잠해진다. 나는 대가리를 잘라 낸다. 생선에서 피가 뚝뚝 떨어진다. 안젤리나가 내 팔에 매달린다. 나는 생선 피를 짜서 동생 입에 넣어 준다.

　그리고 우리는 생선살을 잘라 먹는다. 사람이 먹을 수 있는 부위는 모두 먹어 치울 때까지 우리는 아무 말 없이 먹기만 한다. 우리는 생선 대가리도 씹어 먹고 눈알도 먹는다. 그런 다음 나는 마체테로 카유코에 칼집을 낸다. 이제 열여섯 개다.

　"오빠는 물고기를 잡을 수 있어."

　안젤리나가 말한다. 간결하면서 강한 말투다.

　"그래, 난 물고기를 잡을 수 있어."

　내가 말한다.

"우리는 이 인형처럼 다쳤지만 바다는 우리를 부서뜨릴 수 없어. 우리는 이 작은 카유코처럼 강하거든."

폭풍

생선을 먹으니 힘이 난다. 내 몸이 마치 죽음에서 살아나듯이 깨어나더니 머리가 다시 돌기 시작한다. 안젤리나도 한결 나아진 모양이다. 불평하는 소리가 들리는 걸 보니 그렇다. 플라스틱 물병을 몸에 감고 있는 게 싫단다. 파도도 싫고 배만 고프단다. 동생은 울면서 찢겨져 피가 나는 상처를 긁어 댄다. 태양이 뜨겁지만 모자를 쓰고 싶지 않다고 투덜댄다. 동생이 만든 모자들은 이제 찌그러지고 부서진 데다 소금물에 젖어 썩어 들고 있다. 이제는 거적이나 다름없는 모습이지만 그래도 우리의 머리와 어깨를 보호하기 위해서 모자를 써야 한다.

"안젤리나."

내가 말한다.

"불평하면 지는 거야."

"난 이 놀이가 싫어."

그렇게 말하는 동생의 목소리는 고집스럽고 화가 나 있다.

"이제 사탕도 안 주면서."

"사탕이 없으니까 그렇지."

내가 말한다.

"그럼 내가 어떻게 해 주면 되겠니?"

"집에 가고 싶어."

동생이 말한다.

"우리 집은 군인들이 불태웠잖아."

내가 말한다.

"엄마랑 아빠랑 아니타 언니랑 롤란도, 아르투로 오빠도 보고 싶어."

동생이 말한다.

나는 숨을 크게 들이쉰다. 과연 네 살짜리 동생에게 이 말을 해 주는 것이 좋을지 확신이 없기 때문이다. 사탕으로도 이 말이 주는 상처를 치료할 수는 없다.

"안젤리나."

내가 말한다.

"군인들이 우리 가족을 모두 죽였어."

안젤리나가 몸을 돌리더니 작은 주먹으로 내 무릎을 때린다. 그러더니 양손으로 귀를 막는다.

"안 들려."

동생이 말한다.

"그래, 말 안 할게."

내가 말한다.

우리는 한참 동안 그렇게 앞으로 간다. 바다를 바라보고 있자니 생각
이 많아진다. 안젤리나는 고개를 숙이고 제 무릎만 보고 있다. 두 손은
여전히 귀를 덮고 있다. 나를 힐끔거리며 쳐다본다. 나는 못 본 척한다.

갑자기 안젤리나가 발로 나를 찬다.

"나한테 아무 말도 안 하는 오빠 미워."

동생이 말한다.

"좋아, 말할게."

내가 말한다.

"그럼 귀에서 손부터 떼렴."

아주 천천히 안젤리나가 손을 내려 무릎에 올려놓는다.

"안젤리나."

내가 말한다.

"아주 나쁜 일이 일어났어. 오빠도 너처럼 무섭단다. 나도 배고프고
너무 더워. 다치기도 했고 너무 지쳤지. 하지만 불평하고 포기하면 우
리는 죽고 말 거야."

나는 안젤리나가 내 말을 이해하도록 잠시 시간을 준다.

"안젤리나, 죽고 싶지는 않지?"

내가 묻는다.

안젤리나가 나를 빤히 쳐다본다. 그러더니 천천히 고개를 젓는다.

"하지만 아프단 말이야."

동생이 말한다. 동생의 목소리에 두려움이 느껴진다.

"어디가 제일 아픈데?"

내가 묻는다.

동생이 심장을 가리킨다.

"여기가 제일 아파."

안젤리나의 말에 나도 모르게 눈물이 흐른다.

"그래, 나도 거기가 제일 아파."

내가 말한다.

"하지만 포기할 수는 없어. 우리가 어디 있는지는 모르겠지만 우리가 육지로 가까이 다가가고 있다는 사실을 믿어야만 해. 날씨가 나빠지면 물고기를 잡을 수 없을 테니 오늘은 네가 오빠 좀 도와줘야겠구나. 물고기를 더 잡아다가 살을 발라 놓자. 태양이 뜨거우니 생선이 상하기 전에 바싹 말릴 수 있을 거야. 그렇게 해서 나중에 먹자꾸나."

"내가 어떻게 하면 돼?"

안젤리나가 묻는다.

"생선살을 널면 돼. 알았지?"

안젤리나가 끄덕인다.

"그럼 물고기부터 잡아."

나는 눈물을 훔치고 바싹 마른 입술로 미소를 지어 보인다. 힘없는 미소다.

"그래, 물고기부터 잡을게."

나는 좌석 아래로 손을 뻗어 낚싯줄과 낚싯바늘을 꺼낸다.

"빨리 해."

안젤리나가 말한다.

나는 서두르는 척하지만 대단히 조심스럽게 움직인다. 바다 위에서는 실수가 용납되지 않는다. 처음 잡은 물고기는 아주 작은 놈이다. 나중에 미끼로 쓰려고 자리 밑에 넣어 둔다. 다음 물고기는 물에서 끌어내기도 전에 갈고리에서 빠져 달아난다.

"잘 좀 해 봐."

안젤리나가 말한다.

나는 더 잘하려고 애쓰지만 조심하면 할수록 물고기들이 자꾸 몸을 뒤틀며 갈고리에서 도망친다. 그나마 잡은 것들은 크기가 크지 않다. 그래도 이 물고기들을 갈라 생선살을 얇고 길게 발라낸다. 그렇게 바른 살에 구멍을 낸다. 안젤리나가 가느다란 밧줄로 생선살을 줄줄이 꿴다. 초반에는 꿴 생선보다 안젤리나가 먹어 치운 생선살이 더 많은 것 같다. 동생은 작은 생선 조각을 인형인 마리아 입속에도 밀어 넣는다. 나는 동생을 나무라지 않는다. 자신이 도움이 된다고 생각하는 편이 좋기 때문이다. 운이 따른다면 더 큰 물고기도 잡을 수 있을 것 같다.

나는 한 번 물고기를 잡을 때마다 갈고리에 연결된 낚싯줄의 매듭 상태를 확인한다. 줄이 닳아 있으면 다시 꽉 묶는다. 낚싯바늘을 잃어버리면 큰일이기 때문이다.

"큰 고기를 잡아 줘."

안젤리나가 말한다.

"그럼 생선살을 더 많이 널 수 있잖아."

나는 대답하지 않는다. 낚싯바늘에게 이것 잡아라, 저것 잡아라 말만

하면 다 되는 줄 아는 모양이다.

낚싯바늘이 안젤리나의 말을 알아들은 걸지도 모르겠다. 그다음에 내가 잡은 고기는 꽤 큰 놈이다. 안젤리나는 내가 살을 다 발라내기도 전에 손을 뻗어 집어 먹는다. 이제 운이 우리와 함께하기로 했나 보다. 안젤리나가 생선살을 널어 말리는 사이 또다시 큰 고기를 잡는다. 신선한 미끼를 사용한 덕분인 것 같다. 나는 물고기 배를 가르고는 다시 낚시에 열중한다.

밧줄이 무거워 처질 정도로 고기가 잔뜩 달리자 나는 이를 배 기둥에 높이 묶는다. 옷을 널어 말리는 빨랫줄 같다. 바람 덕분에 물고기가 빨리 말랐으면 하고 높은 곳에 밧줄을 묶는다.

내가 마지막 물고기를 잡아 배를 가른 것은 늦은 오후가 되어서다. 지치고 몸이 아프지만 다시 한 번 희망을 느낀다. 그동안 굶주림과 거대한 파도가 우리에게서 빼앗아 갔던 그 희망이다. 우리는 오늘 큰일을 했다.

밤이 찾아오자 카유코의 속도가 빨라진다. 새로운 파도를 만날 때마다 물을 잔뜩 튀긴다. 나는 오늘 밤 이 작은 카유코처럼 강해지고 싶다. 그럴 수 있을 것 같다. 나는 배가 두둑한 채로 또다시 이 망망대해에서 보낼 밤을 시작한다. 오늘 우리의 살아남기 놀이 성적은 훌륭하다.

햇볕 덕분에 생선이 잘 말랐으니 상하지 않을 것이다. 하지만 생선은 계속 걸어 둔다. 밤사이에 더 잘 말리기 위해서다. 나는 낚싯줄을 감는다. 낚싯줄을 자리 아래로 밀어 넣기 전, 낚싯바늘을 손바닥에 놓고 바라본다. 정말 자랑스럽다. 이건 운으로 만든 것이 아니다.

내일은 낚시를 더 많이 할 것이다. 파도가 허락한다면 말이다. 오늘 밤 잠이 내 머릿속을 들락날락한다. 혼자 다니는 커다란 파도가 항상 두렵다. 안젤리나가 빈 병을 몸에 감고 있는지 확인한다. 그 빈 병이 어떻게 자기 목숨을 구할지에 대해 동생은 잘 이해하지 못한다. 그저 내가 자기를 벌주는 것으로만 아는 것 같다.

이 밤은 길다. 하지만 지난밤보다 나쁠 수는 없다고 생각한다. 오늘 밤에는 말린 생선을 먹는다. 딱딱해서 씹기 힘들지만 그래도 생선을 먹은 덕분에 기운도 나고 깨어 있을 수 있으니 감사할 일이다.

아침이다. 나는 또다시 물고기를 잡을 준비가 되어 있다. 배에 칼집을 하나 더 낸다. 나는 안젤리나를 도와 칼집의 수를 센다. 이미 알고 있듯이 이제 카유코에는 열일곱 개의 칼집이 생겼다.

나는 칼집들을 바라본다. 언제쯤 육지를 만나게 될지 궁금하다. 라모스 삼촌이 말하길 아마도 스무 날쯤 걸릴 거라고 했다. 이제 내 머릿속에는 그 숫자뿐이다. 하지만 우리가 그보다 더 빨리 도착할 수도, 더 늦게 도착할 수도 있으리라는 것을 안다. 하지만 스무 날보다 늦어지게 되면 살아남기는 어려울 것 같다.

오늘 우리는 더 많은 물고기를 잡는다. 오늘도 안젤리나가 먹고 싶은 만큼 실컷 먹게 한다. 오후가 되자 돌고래들이 카유코 옆을 지나간다. 돌고래들은 한참을 우리 옆에서 파도를 따라 점프도 하고 구르기도 한다. 마침내 돌고래들이 사라진다. 하지만 안젤리나와 나는 밤하늘에 별이 뜨도록 돌고래 이야기로 꽃을 피운다.

"돌고래들이 나를 보러 온 거야."

안젤리나가 말한다.

"그래, 정말 그런 것 같아."

내가 말한다.

"돌고래들이 웃었어. 행복한가 봐."

안젤리나가 말한다.

"그래, 행복해 보였지."

내가 말한다.

"나도 돌고래가 되고 싶어."

안젤리나가 말한다.

그렇게 삼 일이 지난다.

매일 아침 뜨거운 태양은 구름 한 점 없는 하늘로 잔인하게 기어오른다. 밤이면 시커먼 하늘이 별로 가득 찬다. 우리는 북극성을 따라간다. 나는 항상 졸리다. 하지만 틈틈이 잠을 자 둔다. 우리는 카유코에 더 이상 널 데가 없을 때까지 물고기를 잡는다. 이제 곧 물이 부족해질 것이다. 나는 안젤리나에게 물을 아주 조금씩만 마셔야 한다고 말한다.

배가 부르자 시간이 더 빨리 지나간다. 이제 칼집의 수는 열여덟을 지나 열아홉 개다. 카유코에 스무 번째 칼집을 내던 날 아침 나는 사방을 열심히 살핀다. 이 순간, 육지를 발견해야 할 것만 같기 때문이다. 어느 쪽을 보나 바다 이외에는 아무것도 보이지 않는다. 울고 싶어진다.

나는 스무 날만 지나면 육지에 닿으리라고 내 자신에게 약속을 하며 지금까지 용기를 내어 왔다. 하지만 해류와 바람은 내 꿈대로 따라 주지 않는다. 어쩌면 우리는 항로를 벗어나 다른 곳으로 흘러온 걸지도 모르겠다. 어쩌면 바다가 이미 우리를 죽이기로 마음먹었는지도 모른다.

하지만 내게는 계속 전진하는 것 외에는 다른 선택이 없다. 이틀 낮, 이틀 밤이 지나간다. 이제 안젤리나와 나는 공허한 바다에 덩그러니 남겨졌다. 잠을 잘 수도 없다. 뜨거운 태양에 화상을 입은 채 바람과 해류에 몸을 싣고 실제로 존재하지 않을지도 모르는 곳으로 떠밀려 가는 중이다. 어쩌면 미국은 허상에 불과할지도 모른다. 우리는 둘 다 입술은 갈라지다 못해 딱딱해졌다. 혀는 마르고 퉁퉁 부었다. 거칠거칠한 뺨을 쓰다듬자 손에 피가 묻어 나온다. 나는 피를 물끄러미 바라본다. 하지만 내가 지금 뭘 할 수 있겠는가?

나는 내 생각을 안젤리나에게 말하지 않는다. 생선을 먹으면서도 삶의 끝이 가까이 오고 있음을 느낀다. 시간이 갈수록 움직이거나 말하기가 힘들어진다. 상처들이 우리 몸을 파먹고 있다. 내 몸은 약해질 대로 약해져서 내가 원하는 대로 움직이지 않는다. 안젤리나도 말이 없다. 갑판 아래 구부리고 앉아 멍한 얼굴로 갑판만 내려다본다. 물이 다 떨어져서 코코넛 밀크를 마실 수밖에 없다. 코코넛 밀크는 잘 넘어가지만 언제나 설사를 일으킨다. 이렇게 되면 상처만 심해지고 갈증은 그대로다.

이제 하루 이틀 이상은 못 버틸 것 같다. 화가 난다. 바다는 겁쟁이다. 내게 싸움을 걸어 온다면 차라리 싸우련만. 하지만 파도는 잦아들지도 혹은 거칠어지지도 않는다. 아무것도 변하지 않는다. 우리 몸만 점점 약해질 뿐이다.

바다가 기다림에 지치기 시작한 것은 내가 스물두 번째 칼집을 내던 날 밤이 지나서였다. 어쩌면 드디어 우리가 죽이기 쉽도록 약해졌다고 생각한 걸지도 모르겠다. 한밤중, 별이 사라진다. 아침이 되자 머리 위로 구름이 가득 모여든다. 하늘을 담요처럼 덮은 채 높이 뜬 흰 구름이 아니다. 무겁고 낮게 뜬 시커먼 구름이 바다를 뒤덮고 있다. 배를 불룩하게 내민 모습이 바다에 닿을 것만 같다. 이 구름이 몰고 온 바람이 돛을 휘감아 친다.

불길한 폭풍이다. 나는 만반의 준비를 갖추기 위해 서두른다. 말린 생선을 침낭 속에 감아 넣는데 갑판 위로 커다란 빗방울이 떨어지기 시작한다. 나는 생선을 갑판 아래로 깊숙이 집어넣는다. 매듭을 단단히 묶고 돛을 내릴 준비를 한다.

지금은 한낮이다. 나는 여전히 카유코를 단속하느라 여념이 없다. 갑자기 알 수 없는 일이 벌어진다. 바람이 멈추더니 공기가 더워진다. 파도는 그대로인데 공기가 무겁게 느껴진다. 한동안을 이런 상태로 있더니 다시 바람이 불기 시작한다. 순식간에 바람이 세지고 파도가 점점 커지더니 이제 배는 커다란 산 위를 넘는 것 같다. 나는 자리에 묶인 밧줄을 끌러 돛을 내린다. 다행이다. 곧 파도가 하얗게 변하더니 거품을 내기 시작한다. 털북숭이 괴물 같은 모습으로 달려든다.

"코코넛 위에 앉아 있어."

내가 안젤리나에게 말한다.

"갑판을 꽉 붙들어."

안젤리나는 내 말을 따른다. 한 손으로는 갑판을 붙들고 다른 손으로는 인형을 붙들고 있다.

돛을 돛대에 묶으려고 안간힘을 쓰는 내 얼굴에 물세례가 쏟아진다.

이제 하얀 거품이 기다랗게 줄을 지어 파도 위를 지나간다. 카유코 앞머리가 파도에 부딪히자 물거품이 갑판 위, 그리고 내 얼굴을 때린다. 바람이 바다를 휩쓸고 지나간다. 파도 꼭대기와 바람이 부딪치더니 바닷물을 공기 중으로 흩뿌린다. 화가 난 구름처럼 보인다.

돛이 없기에 나는 열심히 노를 젓는다. 이 작고 용감한 카유코가 앞으로 나가며 거대한 파도를 정면으로 올라탄다. 꼭대기에서 균형을 잡는가 싶더니 아래로 곤두박질친 채로 다음 파도를 만난다. 바람이 너무 세서 빗방울이 옆으로 날아간다. 갑판 위로 총알이 날아다니는 것처럼 보인다.

이 공기에서 전에 한 번도 경험하지 못한 어떤 분노가 느껴진다. 이제 바다는 더 이상 리듬을 타며 움직이지 않는다. 이 파도들이 다니는 방향은 모두 제각각이다. 사방에서 거대하고 성난 파도 벽이 돌진해 온다. 파도끼리 부딪치면서 씨름이라도 하는 것처럼 보인다. 못된 괴물처럼 쉭쉭거리는 소리를 낸다.

카유코를 어느 쪽으로 돌려야 할지 모르겠다. 바다가 사방에서 우리를 공격해 온다. 파도는 마치 내가 그들의 적이라도 되는 것처럼 나를 때린다. 바닷물이 계속 갑판을 때려 갑판을 덮고 있던 상판이 헐거워지기 시작한다. 상판이 떨어져 나가면 카유코에 물이 가득 찰 것이다. 하지만 어찌할 도리가 없다. 나는 다음 파도를 기다리며 더욱 열심히 노를 젓는다. 공포로 숨이 가빠진다.

그 일이 일어난 것은 비로 그때였다. 파도를 타려고 열심히 노를 젓고 있던 나는 갑자기 굉음을 듣고 오른쪽으로 고개를 돌린다. 트럭보다 큰 파도가 이미 카유코를 옆으로 들어 올리고 있다. 거대한 파도 벽이 우리를 위에서부터 감싼다. 여기서는 방향을 바꿀 수도 없다. 이제 카유코는 작은 낙엽 신세다.

무슨 일이 일어날지 직감한 나는 안젤리나의 팔을 붙든다. 다른 한 손으로는 배를 붙들고 있다.

"배가 뒤집어지고 있어!"

내가 소리친다.

카유코가 뒤집힌다. 빠르게 뒤집히지 않고 천천히 기울면서 옆이 넘어간다. 어떤 큰 손이 우리를 물속으로 밀어 넣는 것 같다. 우리는 물속으로 빠진다. 내가 숨을 쉬려고 물 밖으로 고개를 빼자 커다란 파도가 눈앞에 나타난다. 이 파도는 우리 머리 위로 높이 치솟은 채 다음 동작을 고민 중이다.

"꽉 잡아!"

내가 안젤리나에게 고함을 친다.

나는 동생을 붙든다. 내 목을 죄어 오는 동생의 팔이 느껴진다. 바다가 우리를 덮치는 그때에도 동생은 여전히 인형을 붙들고 있다.

물 위의 별

　파도가 우리를 덮칠 때 나는 카유코를 붙들어 보려고 하지만 손을 놓치고 만다. 지구가 폭발이라도 하듯 엄청난 소리와 함께 우리는 물속으로 들어간다. 이리저리 떠밀려 구르느라 숨도 쉬지 못한다. 커다란 손이 바닷물 속으로 우리를 밀어 넣었다가 당기기를 반복한다. 나는 숨을 멈춘다. 안젤리나의 작은 몸뚱어리가 내 팔에 간신히 매달려 있다. 나는 동생을 꽉 끌어안는다. 내 머리가 파도를 뚫고 올라오자 나는 공기를 들이마시고 다시 카유코를 붙든다. 공포와 바닷물에 숨이 다시 막힌다. 그러더니 우리는 이내 물속으로 들어간다.

　내가 다시 숨을 고를 새도 없이 다시 파도가 와서 카유코를 덮친다. 이번에는 놓치지 않고 꽉 붙든다. 뭔가 딱 소리가 나더니 배 기둥 허리가 부러져 꺾이는 게 보인다. 안젤리나는 비명을 지르다 바닷물에 숨이 막힌다. 니논 안젤리나를 놓지 않는다. 나는 카유코의 내 좌석 쪽을 붙들고 있다. 갑판 아래에 있던 것들이 흘러나온다. 우리가 가진 전부가 바다에 빠진다. 카유코 주위로 코코넛과 물병들이 둥둥 떠오른다. 말린 생선도 물에 뜬 채로 우리 옆을 지나가지만 그저 바라볼 수밖에 없다.

파도가 나를 카유코에서 떼어 놓으려 하지만 나는 놓치지 않는다. 바다가 우리의 식량과 물 전부를 빼앗아 갈지언정 내 목숨만은 순순히 내주지 않을 것이다.

안젤리나 가슴에 묶인 빈 병 덕분에 안젤리나는 물 위에 떠 있다. 바람은 쉿소리를 낸다. 안젤리나도 비명을 지른다. 어느 소리가 더 큰지 분간이 가지 않는다. 파도와 파도 사이 여유가 있을 때마다 나는 손을 뻗어 갑판 쪽으로 우리 몸을 당긴다. 한쪽 발을 갑판 아래로 밀어 넣어 파도에 밀려 배에서 떨어지지 않도록 단단히 붙든다. 이제 안젤리나를 안고 있기가 쉬워진다. 플라스틱 통으로 만든 방패막이 뒤에 숨어 물세례를 피한다.

카유코가 성난 파도 속에서 이리저리 춤을 추며 흔들린다. 하지만 더 이상 뒤집히지는 않는다. 밧줄은 전부 끊겨 한데 뒤엉켜 있다. 찢어진 돛이 바다 위에 널브러져 있다. 덕분에 커다란 파도가 우리를 덮쳐도 배가 구르지 않도록 지탱하는 역할을 한다. 부러진 기둥이 갑판을 내리친다. 내가 할 수 있는 일은 아무것도 없다. 안젤리나는 계속 비명을 질러 댄다.

"내가 붙잡고 있으니 걱정 마!"

나는 안젤리나에게 고함을 친다. 하지만 바람이 내 말소리를 집어삼킨다. 시간만이 동생을 진정시킬 수 있으리라.

내 생각대로다. 카유코 옆에 붙어서 한참 동안 안젤리나를 붙들고 있으니 마침내 안젤리나의 비명 소리가 잦아들더니 섧은 울음소리로 바뀐다. 시간이 좀 더 지나자 울음소리는 딸꾹질로 바뀐다. 가슴에서부터 올라오는 딸꾹질이다. 딱하다. 내 자신 또한 딱하다. 더는 내가 할 것이 없다. 우리가 버틸 수 없을 때까지 폭풍이 몰아치도록 놔두는 수밖에. 그러고 나면? 그다음은 생각하고 싶지 않다. 아마도 놀이에서 지고 말겠지.

파도 꼭대기에 닿을 듯이 낮은 구름이 지나간다. 파도는 거대한 동물의 가슴처럼 오르락내리락한다. 바다가 살아서 숨을 쉬는 것처럼 보인다. 바다가 숨을 쉬면 바람은 파도에게 휘파람을 불어 우리를 덮친다. 커다란 파도가 카유코에 와서 부딪힌다. 내 희망의 작은 조각마저 뺏어 간다. 이제 바다는 그런 희망 따위는 신경 쓰지 않나 보다. 내 식량과 물을 가져갈 때도 아무렇지 않더니 이제는 겁먹은 소년과 그의 작은 여동생이 죽어도 눈 하나 깜짝하지 않을 것 같다.

오랫동안 너무 힘을 주고 매달린 탓인지 어깨가 점점 무감각해진다. 손에서는 피가 흐르고 소금물이 계속 튀어 눈이 찌르는 듯이 아프다. 배가 뒤집힌 채로 벌써 몇 시간이나 흐른 것처럼 느껴진다. 아직도 폭풍은 하늘에서 사투라도 벌이듯 무서운 소리를 내며 우리 곁을 떠나지 않고 있다. 나는 풀어진 밧줄을 끌어다가 안젤리나를 카유코에 붙들어 맨다. 안젤리나를 붙들고 있을 힘이 떨어졌기 때문이다. 동생은 아직도 부서진 인형을 꼭 끌어안고 있다.

이 폭풍이 얼마나 오랫동안 불었는지, 내가 얼마나 오랫동안 카유코를 붙잡고 있었는지 모르겠다. 시간이 또다시 종적을 감췄다. 하늘은 점점 시커메진다. 폭풍 때문인지 아니면 밤이 오려는 것인지 분간할 수가 없다. 아마도 밤이 오는 쪽이 맞는 것 같다. 바람 소리가 더 이상 비명 소리처럼 들리지 않는 걸 보니 말이다. 파도도 더 이상 나를 공격하지 않는다.

안젤리나를 돌아보니 밧줄이 동생 가슴을 깊이 파고들었고 얼굴은 마치 유령 같다. 무언가에 홀린 듯한 눈으로 공포 말고는 아무것도 느끼지 못하는 것 같은 표정을 하고는 나를 바라본다.

"포기하면 안 돼!"

나는 소리친다.

"거의 끝났어!"

안젤리나의 공허한 눈이 그저 내 쪽을 향해 깜빡일 뿐이다.

나는 바람과 파도가 분노를 가라앉힐 때까지 기다린다. 그런 다음 사이드보드로 기어 나가 카유코를 바로 세운다. 날이 어두워지더니 하늘이 새카매진다. 배 기둥 중간이 부러졌기 때문에 카유코를 한 번 세게 당기니 바로 선다. 나는 안젤리나를 갑판 위로 끌어 올린다.

이제 무엇을 해야 할지 모르겠다. 찢어진 돛은 부러진 배 기둥에 매달려 종잇장처럼 펄럭이고 있다. 모든 것이 사라졌다. 코코넛도 생선도 물도 마체테도, 전부 다. 좌석 아래로 손을 넣어 더듬어 본다. 낚싯바늘과 낚싯줄마저 사라지고 없다. 노만 아직 카유코에 매달려 있다. 부러진 채로 말이다.

나는 기계처럼 카유코에 고인 물을 손으로 퍼낸다. 팔이 꼼짝도 하지 않으려고 함에도 불구하고. 내가 왜 이러고 있는지 모르겠다. 내 머리로 생각할 수 있는 것은 우리가 하고 있던 놀이뿐이다. 어쩌면 사람들은 누구나 살아남기 놀이를 하는 중일지도 모르겠다. 어쩌면 실제로는 이것이 우리가 아는 유일한 놀이일 수도 있다. 지금도 죽음은 나와 함께 이 배에 타고 있다. 나는 마지막으로 이 놀이를 하는 척해 보기로 한다.

팔을 더 이상 움직일 수도 없게 되자 나는 자리에 앉아 시커먼 바닷물 저편을 물끄러미 바라본다. 다음 파도를 타기 위해 노를 아주 열심히 젓지도 않는다. 아무런 힘도 남아 있지 않고 또 내 마음에 희망이 남아 있지 않기 때문이다. 이번에 파도가 또다시 나를 물속으로 빠뜨리면 그걸로 마지막이다. 양초도 파라핀이 다 떨어지면 더는 타지 않는 법이니까.

바로 그때 깜빡이는 불빛이 보이기 시작한다. 모든 희망을 잃은 채 멍하니 시커먼 파도를 바라보고 있을 때였다. 처음에는 파도에 반사되어 보이는 불빛을 보고 별빛일 거라고 생각한다. 하지만 별들은 아직 구름 뒤에 숨어 있다. 그리고 별빛이 파도 위로 빛줄기를 그리는 법은 없었다. 내 눈으로 보는 것을 내 머리가 받아들이지 못한다. 이미 포기한 상태이기 때문이다. 나는 계속해서 눈을 깜빡여 보지만 빛은 사라지지 않는다. 숨이 멎을 것만 같다.

"안젤리나, 저것 좀 봐."

내가 말한다.

안젤리나는 눈길도 돌리지 않는다. 카유코 바닥에 그냥 누워 있다. 가

숨이 아직 들썩이는 걸 보니 죽지는 않았다. 동생은 아직도 부서진 인형을 주먹으로 꼭 쥐고 있다. 어떤 상황에서도 동생은 인형을 포기하지 않았다. 폭풍에 배가 뒤집힌 순간에도 말이다.

불빛들이 보인다. 하지만 노를 저을 힘이 없다. 뒤에서부터 바람이 불어와 파도가 우리를 앞으로 밀어 준다. 내가 얼마나 멀리 떨어져 있는지는 가늠할 수는 없지만 그건 중요하지 않다. 절대로 포기해선 안 된다. 나는 힘이 다 빠져 버린 팔로 부러진 노를 들어 올려 물속으로 넣는다. 카유코를 움직이는 데에 큰 도움이 되리라고 생각지는 않지만 희망이 내게 아주 작은 시도라도 하게 만든다.

한참이 지났지만 불빛이 가까워지질 않는다. 어쩌면 저 불빛들은 꿈일지도 모른다. 하지만 천천히, 해안선을 따라 길게 늘어선 불빛이 옆으로 길어지기 시작한다. 시간이 좀 더 흐르자 눈앞으로 엄청나게 큰 도시가 펼쳐진다. 과테말라에서는 저렇게 많은 불빛을 본 적이 없다. 내 앞에 펼쳐진 불빛 덕분에 팔에 힘이 나기 시작한다. 나는 저 앞에 보이는 땅이 미국이라고 생각하지 않기로 한다. 저 불빛들은 이미 거의 죽은 것이나 다름없는 누군가의 꿈일 뿐이다. 그래, 그냥 꿈이겠지. 하지만 꿈치고는 괜찮은 꿈이다. 나는 계속해서 노를 젓는다. 이 꿈에서 깨고 싶지 않기 때문이다.

얼마나 많은 시간이 지났는지 모른다. 마침내 해변의 그림자가 눈에 들어오기 시작한다. 이제 더는 노를 젓지 않는다. 파도에 밀려 해변의 돌 방파제 쪽으로 흘러 들어간다. 나는 다시 노를 저어 보려 하지만 팔이 말을 듣지 않는다. 한 남자가 방파제 위에 서 있다. 그 남자는 자신의 앞으로 떠내려가는 우리 배를 유심히 본다. 나는 바람과 파도가 끌고 가는 대로 맡겨 둔다. 사방이 불빛이다. 음악 소리와 사람들이 떠들고 큰 소리로 외치는 소리를 듣는다. 자동차 엔진과 경적 소리도 들려온다.

다른 건물들보다 유독 밝은 빛을 내는 건물이 앞에 보인다. 많은 사람들이 해변을 걷고 있다. 나는 억지로 팔을 움직여 노를 젓는다. 카유코가 앞으로 떠밀려 간다. 물 위로 뻗어 나온 불빛들이 한데 엉긴 리본처럼 보인다.

"안젤리나, 저기 좀 봐. 저 불빛들 좀 봐."

이렇게 말하는 내 목소리는 너무 힘이 없어 마치 다른 사람의 목소리처럼 들린다.

안젤리나는 여전히 고개를 들려고 하지 않는다.

해변에 있던 사람들이 고개를 돌려 어둠을 뚫고 자기들 쪽으로 다가오는 카유코를 바라본다. 우리를 손으로 가리키고 있는 사람들도 있다. 나는 노를 이용해 계속해서 물을 밀어낸다. 멈추면 안 된다. 하지만 노를 저을 때마다 이게 마지막이 될 것만 같다. 마침내 카유코가 모래톱을 긁으며 멈춘다. 노가 내 손을 빠져나가 물속으로 들어간다.

올려다보니 사람들이 많이 몰려들었다. 이들이 쓰는 말을 알아들을 수가 없다. 나중에 알고 보니 한 남자가 큰 소리로 이렇게 외쳤단다.

"냄새 나는 보트피플(망명을 위해 작은 배를 타고 자기 나라를 탈출하는 사람들을 일컬음―옮긴이) 같으니라고!"

나는 손을 내밀며 말한다.

"네세시타모스 아유다."

스페인어로 도와달라고 말한다.

"꺼져!"

다른 남자가 소리친다.

"여긴 프라이빗 클럽이라고!"

영어를 몰라도 그 남자를 비롯한 다른 사람들의 눈빛에 담긴 분노와 경멸을 읽을 수 있다.

키 큰 여자가 남자들 사이를 비집고 나온다. 이 여자의 눈빛은 친절하다. 구두를 신은 채 물속을 첨벙거리며 다가오더니 카유코 앞머리를 붙든다. 그제야 다른 사람들도 물속으로 뛰어 들어와 여자를 거들기 시작한다. 모두 힘을 합쳐 무거운 카유코를 모래사장 위로 끌어 올린다.

곧 사람들이 우리에게 손을 뻗는다. 혼자서는 설 수조차 없는 나를 사람들이 들어 올린다. 키 큰 여자가 카유코 안으로 허리를 굽혀 안젤리나를 들어 올린다. 플라스틱 인형이 모래밭으로 떨어진다. 내가 손가락으로 인형을 가리키자 여자는 떨어진 인형을 집어 든다. 여자는 안젤리나와 인형을 안고 해변으로 올라선다.

몸이 너무 약해진 상태였기에 중간중간 기억이 없다. 하지만 사람들이 내 팔을 붙들어 준 기억은 난다. 사람들은 두 다리로 설 수도 없는 나를 들어 올린다. 작은 자동차 한 대가 불빛을 번쩍이며 다가온다. 나와 안젤리나는 그 차를 타고 어디론가 간다. 우리가 어디로 향하는지 알지 못한다. 이윽고 사람들은 우리를 환한 방으로 데려간다. 간호사들과 의사들이 보인다. 과테말라에서는 병원에 가 본 적이 없다. 돈이 없었기 때문이다. 간호사와 의사는 부자들을 위해 일하는 사람들이다.

사람들이 안젤리나를 다른 방으로 데려가려고 한다. 안젤리나가 비명을 지른다. 네 살짜리 여자아이치고는 큰 목소리다. 사람들이 다시 안젤리나를 내게 데려온다. 안젤리나가 내 곁에 꼭 붙어 있다. 간호사한 명이 내게 다가와 스페인어로 말을 건다.

"꼬모 떼 야마스?"

내 이름이 뭐냐고 묻는다.

"산티아고, 산티아고 크루즈."

내가 말한다.

"나는 후아나라고 해."

간호사는 계속 스페인어로 말한다.

"그럼 이 작은 애 이름은 뭐니?"

"제 동생이에요."

내가 말한다.

"이름은 안젤리나고요. 제발 동생을 데려가지 말아 주세요."

"물론이지."

후아나가 말한다.

"너희 집은 어디니?"

이 물음에 어떻게 내답해야 할지 모르겠다.

"우리는 과테말라에서 왔어요."

내가 말한다.

"그럼 너희 부모님은 어디 계시니?"

"부모님은 돌아가셨어요."

간호사는 나를 바라본다. 믿을 수 없다는 눈빛이다.

"그럼 여기까지는 어떻게 왔니?"

"저희 둘이서 카유코를 타고 바다를 건너 왔어요."

파란 하늘

사람들이 안젤리나와 나를 어떤 방으로 데리고 간다. 탁자 두 개가 놓여 있다.

"안젤리나."

내가 말한다.

"이젠 울지 마. 이 사람들이 우릴 도와줄 거야."

"날 두고 가면 안 돼!"

안젤리나가 소리를 지른다. 두 뺨이 눈물로 젖어 있다. 눈 속을 들여다보니 공포가 너울거리며 춤을 추고 있다.

"내가 같이 있잖아."

내가 말한다.

"아무 데도 안 갈게."

내 말을 들은 안젤리나는 울음을 그친다.

내 옆에서 간호사 하나가 안젤리나를 치료하고 있다. 안제리나는 자꾸만 내가 자리에 있는지를 확인한다. 안젤리나는 아파서 괴로워한다. 하지만 가장 큰 고통은 동생의 눈 속에 담겨 있다. 아마도 이 상처를 치유하는 데는 한참이 걸릴 것 같다.

간호사들이 너덜너덜해진 옷을 벗기고 우리 둘을 씻겨 준다. 스페인어를 할 줄 아는 후아나가 목욕을 시키면서 내게 말을 건다.

"네 여동생이 하는 말은 못 알아듣겠더구나."

"우리는 켁치어를 쓰거든요."

내가 말한다.

"제 스페인어 실력이 좋지 않은 이유예요. 하지만 안젤리나도 스페인어를 조금은 알아들어요."

"왜 이렇게 상처가 많이 난 거지?"

"이십삼 일간 바다에 있었으니까요."

내가 말한다.

"뜨거운 햇빛과 소금물 때문이에요."

후아나 말이 우리 팔에 호스를 연결한 주사 바늘을 꽂아야 한단다. 아마도 안젤리나가 다시 한 번 울 것 같다. 하지만 간호사들이 안젤리나의 팔에 주사 바늘을 찌르기 전 나는 안젤리나에게 묻는다.

"인형 어디 있니?"

안젤리나는 맞은편 테이블을 가리킨다. 안젤리나가 다시 나를 돌아보았을 때에는 이미 주사 바늘이 들어간 다음이다. 후아나라는 간호사가 내게 미소를 지어 보인다.

"저 사람들이 내 인형도 치료해 줄까?"

안젤리나가 내게 묻는다.

"물론이지."

내가 말한다.

"하지만 일단 너부터 치료받아야 해."

"제 동생을 도와주시려면요, 동생의 인형도 치료해 주셔야 해요."

나는 후아나에게 작은 목소리로 말한다.

"그러자꾸나."

후아나가 말한다.

"그리고 네 부모님 말이다."

후아나가 묻는다.

"돌아가셨다고 했지. 어떻게 돌아가셨니?"

정말이지 대답하기 어려운 질문이다. 이제 내가 울 차례다.

"군인들이 그랬어요."

내가 말한다.

"한밤중에 쳐들어와서는 우리 마을을 불태웠어요. 마을 사람 모두를 죽였고요."

"너희는 어떻게 도망쳤니?"

"어머니가 저를 깨워서 군인늘이 오고 있다고 말해 주었어요. 안젤리나를 안겨 주시고는 도망치라고 하셨어요. 그래서 무작정 달렸어요. 도망친 후 뒤를 돌아다보니 밤하늘이 새빨갛게 불타고 있었어요."

후아나는 우리에게 마실 물을 가져다준다. 하지만 오늘 밤 음식을 먹을 수는 없단다. 뼈가 부러졌을 수도 있으니 수술이 필요할 수도 있기 때문이라고 한다. 후아나가 몸을 돌려 다른 간호사들에게 영어로 뭔가를 이야기한다. 모두들 나를 돌아다보고는 또 안젤리나를 본다. 매우 친절한 눈빛들이다. 후아나가 내게 더 많은 질문을 한다. 나는 할 수 있는 한 모두 대답을 하려고 애쓴다. 하지만 너무 피곤하다. 간호사들이 상처에 붕대를 다 감기도 전에 안젤리나와 나는 잠에 빠져든다.

잠에서 깨어 보니 나는 작은 방에 누워 있다. 캄캄하지만 문틈으로 빛이 새어 들어온다. 내 옆에는 안젤리나가 같은 침대에 누워 있다. 내가 카유코가 아닌 이곳에 있다는 것이 꿈만 같다. 그래서 나는 다시 눈을 감고 잠을 청한다.

하지만 꿈이 아니다. 아침에 눈을 떠 보니 창문 사이로 햇빛이 비치고 있다. 창문이 빛으로 이루어진 강처럼 보인다. 안젤리나도 일어나 커다란 눈으로 주변을 두리번거린다. 동생 또한 이것이 꿈이라고 생각하는 것이리라. 우리는 둘 다 온몸에 붕대를 감고 있다. 나는 머리 옆으로 커다란 붕대를 감고 있다. 돛대에 맞은 자리다.

"잘 잤니, 안젤리나?"

내가 말한다.

안젤리나가 나를 쳐다본다. 눈만 껌뻑이고 있다.

"여기가 어디야?"

동생이 묻는다.

나는 미소를 짓는다.

"여기는 미국이야."

안젤리나가 창밖을 내다본다.

"여기 좋은 것 같아. 그러니까……."

동생은 말을 멈춘다.

"여기가 어디라고 그랬지?"

"미국."

동생은 고개를 끄덕인다.

"응, 여기 좋다."

동생이 주위를 둘러본다.

"카유코가 다시 뒤집혔어?"

"응, 아주 커다란 폭풍이 몰아쳐서 카유코가 뒤집어졌지."

간호사가 우리 말소리를 듣더니 방으로 들어온다. 후아나는 아니지만 이 간호사도 스페인어를 할 줄 안다.

"잘 잤니, 얘들아?"

간호사가 묻는다.

나는 그저 고개만 끄덕인다.

"너희 둘이 바다를 건너왔다고 하더구나."

간호사가 말한다.

또다시 나는 고개를 끄덕인다.

"간밤에 있었던 폭풍도 만났니?"

"네."

내가 말한다.

"배가 뒤집혔어요."

"지난 몇 년간 있었던 열대 폭풍우 중 최악의 폭풍이었다지."

"우리가 이곳에 있다니 기뻐요."

내가 말한다.

"너희 배고프니?"

간호사가 묻는다.

안젤리나가 고개를 끄덕인다.

"네, 네, 정말 배고파요."

내가 말한다.

"이런, 먹을 것을 좀 가져다주마."

간호사는 그렇게 말하고 방을 나가더니 곧 쟁반 두 개를 들고 나타난다.

"오늘 아침에는 빵과 푸딩만 먹어야 한다."

간호사가 말한다.

"이따가 오후가 되면 좀 더 먹어도 되지만 말이야."

빵과 푸딩은 우리에겐 진수성찬이나 같다. 하지만 이 말을 간호사에게 하지는 않는다.

"식사를 다 하고 나면 너희들과 이야기하고 싶어 하는 아저씨들을 만나야 한단다. 괜찮지?"

"내 인형은 어디 있어요?"

안젤리나가 묻는다.

"밤새도록 간호사들이 네 인형을 치료해 주었단다. 너무 많이 다쳤더구나."

간호사가 말한다.

"후아나가 곧 데려올 거야."

"죽지는 않았죠, 그렇죠?"

안젤리나가 묻는다.

"물론이지. 살아 있단다."

간호사가 말한다.

안젤리나의 얼굴이 걱정스럽게 바뀌지만 울지는 않는다.

우리가 식사를 마치자 남자 둘이 우리를 찾아온다. 문을 닫더니 우리 침대 옆으로 의자를 끌어다 앉는다. 스페인어로 자기들은 이민귀화국에서 나왔다고 말한다. 이민귀화국이 무엇인지는 모르겠지만 정부 기관인 것 같다. 정부라니 두렵다. 우리나라에서는 누구나 정부를 무서워한다.

하지만 이 남자들은 화가 나 있는 것 같지는 않다. 하지만 내게 질문을 할 때 웃지는 않는다. 내가 말을 할 때면 남자들은 종이에 열심히 무엇인가를 적는다. 우리 가족에 대해서 계속 물어보는 것으로 봐서는 나를 믿지 못하는 것 같기도 하다. 우리가 배를 타고 이곳까지 왔다는 사실도 믿지 않는 것 같다.

"제가 카유코를 보여드릴게요."

내가 말한다.

"네 카유코는 이미 보았어."

한 남자가 말한다.

"배 타는 법은 어디서 배웠니?"

"배 타는 법에 대해서 아는 것은 별로 없어요."

내가 말한다.

"라모스 삼촌이 조금 가르쳐 주었고, 삼촌의 이웃인 엔리케 아저씨에게서도 배웠고요. 하지만 무엇보다 바다에게서 가장 많이 배웠고요. 하지만 배의 각 부분의 이름을 다 알지는 못해요. 지도를 읽는 법도 모르고 별을 보고 위치를 찾는 방법도 몰라요. 저는 항해사는 아니거든요."

그 남자는 내 얼굴을 찬찬히 살피더니 마침내 미소를 짓는다.

"저 조그마한 카누를 타고 과테말라에서부터 여기까지 건너왔다면 너야말로 진짜 항해사라고 할 수 있지. 넌 아주 바보거나 혹은 아주 용감한 아이인 게 틀림없다."

"정말 무서웠어요."

내가 말한다.

남자들이 질문을 마친다. 하지만 왜 자신들이 나를 만나러 이곳에 왔는지 혹은 어떤 생각을 하고 있는지 등을 말해 주지 않는다.

"내일 좀 더 이야기하자."

그들은 이렇게 말한다.

그들이 문을 여니 밖에는 아주 많은 사람들이 모여 있다. 라디오와 텔레비전 방송국에서 일하는 사람들이라고 간호사가 말해 준다. 배를 타고 여기까지 온 우리의 이야기를 듣고 싶어 한다.

저들과 이야기하는 것은 문제가 없지만 왜 내 얘길 듣고 싶어 하는지는 이해할 수가 없다.

사람들이 스페인어로 내게 질문을 해 댄다. 나는 또다시 수많은 질문에 대답을 한다. 안젤리나는 겁에 질렸다. 그래서 내 쪽으로 기어와 내 무릎에 앉는다. 모두가 안젤리나를 좋아하는 것 같다. 사람들이 자꾸만 질문을 멈추고 안젤리나를 보는 것을 보니 그렇다. 사람들이 웃으며 안젤리나의 사진을 찍는다.

나는 라모스 삼촌이 죽던 날 밤, 삼촌이 내게 해 준 말을 사람들에게 들려준다.

"'최대한 멀리 가서 오늘 밤 이곳에서 벌어진 일을 세상 사람들에게 알리거라.' 하고 당부하셨어요."

내가 말한다.

"그게 삼촌이 내게 한 말이에요. 그 말을 결코 잊을 수 없어요."

그렇게 나는 그날 일어난 일에 대해 전부 이야기한다. 우리 가족이 죽은 이야기와 라모스 삼촌, 다리가 잘린 카를로스, 시뻘겋던 밤하늘에 대해 이야기하다가 나는 다시 울음을 터뜨린다. 이 생각만 하면 앞으로도 계속 울게 될 것 같다. 나는 하얀 나비들과 연료통 속에 진흙을 넣은 일, 카유코의 돼지들에 대해서도 들려준다. 모두들 웃는다. 나는 해적과 낚싯바늘과 폭풍우를 끝으로 이야기를 마친다. 그리고 나는 우리의 놀이에 대해서도 들려준다. 살아남기 놀이 말이다.

"쓰레기 강에 대해서도 말해, 오빠. 거기서 내 인형을 찾았잖아."

안젤리나가 내게 말한다.

그래서 나는 쓰레기 강과 안젤리나의 부서진 인형에 대해서도 말한다.

"그 인형은 어디 있나요?"

한 여자가 묻는다.

내가 말하기도 전에 방 안에 있던 간호사가 대답한다.

"그 인형은 부서져 팔 한 쪽도 없고 많이 망가져 있었죠. 그래서 우리가 밤새 인형을 치료해 주었답니다. 이제 많이 나은 것 같아요."

간호사가 안젤리나를 마주 본다.

"지금 네 인형을 만나 보겠니?"

안젤리나가 세차게 고개를 끄덕인다.

간호사 후아나가 등 뒤로 무언가를 숨기고는 방 안으로 들어온다.

"눈을 감고 손을 내밀어 보렴."

후아나가 안젤리나에게 말한다.

안젤리나는 눈을 감고 붕대 감은 작은 팔을 뻗는다. 완전히 새것이 된 인형을 품에 안는 순간 안젤리나가 실눈을 뜬 것 같기도 하다. 인형에게는 까맣고 긴 머리칼이 생겼으며 빨간색 새 드레스를 입고 있다. 검은 피부는 유리처럼 반짝인다. 오른팔에는 붕대가 감겨 있다.

안젤리나가 넋을 잃고 바라본다. 눈빛이 대단히 밝게 반짝이는 게 머릿속에 전등이라도 넣은 것 같다. 아마도 그렇게 아름다운 것은 처음 보는 것이리라. 모인 사람들이 박수를 치고 카메라 셔터 소리도 더 많이 들려온다. 안젤리나가 인형을 끌어안는다. 안젤리나는 미소를 짓는다. 눈에는 소리 없이 눈물이 고인다. 안젤리나의 눈물을 보니 앞으로 시간이 지나면 상처도 괜찮아지리라는 생각이 든다.

사람들이 떠나기 전, 한 남자가 말하길 오늘 밤 우리가 텔레비전에 나올 것이란다.

"뭐 하고 싶은 말이라도 있니?"

그가 묻는다.

사람들이 내 다음 말을 기다린다. 하지만 나는 할 말을 다 했다. 나는 천천히 고개를 젓는다. 더 이상 말할 수도 없다. 눈물이 차오른다. 내 기억의 상처들이 강한 손처럼 내 목을 조여 온다.

늦은 오후, 사람들이 모두 떠나자 간호사들이 와서 붕대를 갈아 준다. 우리는 다시 식사를 한다. 이번에는 빵과 뜨거운 닭고기 수프를 가져다 준다. 안젤리나가 두 손으로 빵을 붙들고 먹는다. 삼키지도 않고 저렇게 입에 쑤셔 넣기만 하다가는 곧 목이 막힐지도 모르겠다. 이 사람들이 언제까지 우리에게 먹을 것을 줄지는 모르겠지만 우리는 먹을 것을 더 달라고 한다. 그리고 또 먹는다. 그들이 수프와 토르티야, 타말레를 가져다준다.

저녁을 먹고 후아나가 텔레비전을 켠다. 전에 아버지와 함께 이사발 호수에서 텔레비전을 본 적이 있다. 하지만 안젤리나는 텔레비전이 처음이다. 안젤리나는 아무 말도 하지 않고 커다란 눈을 깜빡이며 움직이는 그림을 뚫어져라 본다. 오늘 밤 내 눈에 보이는 장면들은 믿기 어렵다. 텔레비전에서 해변가에 놓여 있는 카유코와 병실에 앉아 있는 안젤리나와 내 모습이 나온다. 영어를 알아들을 수 없지만 후아나가 텔레비전에서 하는 말을 모두 통역해 주었다. 우리에 대한 이야기를 하고 있단다.

다른 간호사들과 의사도 우리 방에 모여 다 같이 텔레비전을 본다. 안젤리나는 텔레비전이 마치 마법이라도 되는 양 계속해서 바라본다. 화면에 자기의 모습이 비칠 때마다 동생은 박수를 치며 소리를 지른다.

"나 좀 봐, 오빠. 나 좀 봐!"

우리는 웃는다.

텔레비전에서 더 이상 우리가 나오지 않자 의사와 간호사들이 방을 나간다. 후아나도 바쁘기에 가 봐야 한다. 하지만 날이 어두워지자 후아나가 다시 방으로 돌아와 나와 이야기를 계속한다. 우리는 안젤리나가 잠든 뒤 한참이 지나도록 이야기를 한다. 나는 엔리케 아저씨와 실비아 아주머니에 대한 이야기를 들려준다.

"그분들 도움이 없었다면 오늘 우리가 이렇게 살아 있을 수 없었을 거예요."

내가 말한다.

"우리가 살아 있다는 것을 그분들이 어떻게든 알게 되었으면 좋겠어요."

후아나는 아주 맘씨 좋은 사람이다. 우리 엄마 생각이 난다. 후아나는 믿어도 될 사람 같다는 생각이 들기에 정말 중요한 질문을 한다.

"우리한테는 이민 서류가 없거든요. 그럼 미국 정부가 우리를 과테말라로 되돌려 보낼까요?"

후아나는 고개를 저으며 미소 짓는다.

"오늘 밤 텔레비전을 통해서 네가 겪은 일들과 네가 한 이야기들이 알려졌으니 너희가 원하지 않는 한 너희를 과테말라로 보내는 일은 없을 거야."

"하지만 언젠가는 돌아가고 싶어요."

내가 말한다.

"군인들이 어머니들과 아버지들 그리고 아이들을 계속 죽인다면 가고 싶지 않지만요."

"언젠가는 안 그럴 때가 올 거야."

후아나가 말한다.

"그리고 네 용기 때문에 그 시간이 더 빨리 올 것도 같구나. 그때까지는 미국이 너희들의 새 집이 될 거야. 모든 것이 새롭고 다르기 때문에 쉽지는 않겠지. 우선 너희 둘 다 영어부터 배워야겠다. 어리니까 금방 배울 거야."

"친구가 되어 주셔서 고맙습니다."

내가 말한다.

후아나의 미소는 무척이나 친절하다. 안젤리나가 이미 잠든 상태였음에도 불구하고 이렇게 말해 준다.

"잘 자렴, 산티아고와 안젤리나 크루스. 미국에 잘 왔다. 다시 일하러 가지 않으면 모두들 내가 집에 갔다고 생각할지도 몰라."

그렇게 말하며 후아나는 조용히 몸을 돌려 방을 나간다.

후아나가 떠난 뒤 나는 자지 않고 누워서 까만 밤하늘을 올려다본다. 한참이 지나도록 눈을 붙이기가 두렵다. 후아나가 계속 내 곁에 앉아 이야기를 나눠 주었으면 하고 바란다. 다시 잠이 들면 나는 또다시 꿈에서 비명과 총소리와 큰 불길이 솟는 곳으로 돌아갈 것이기 때문이다. 지금도 붉은 밤하늘이 눈에 보이는 것 같다. 결코 잊을 수 없는 것들이다.

마침내 나는 피곤함을 이기지 못하고 눈을 감는다. 긴 밤이 되겠지만 어쩔 수 없다. 하지만 아침이 오면 빨갛던 하늘은 사라지고 태양이 떠올라 하늘은 다시 파래질 것이다. 언젠가는 하늘이 날마다 파란 날이 오리라. 하늘은 언제나 파란색이어야만 한다.

1980년대 중앙아메리카에서 일어난 끔찍한 군사 학살에 대한 많은 기록이 남아 있다. 과테말라만 해도 450개가 넘는 마을이 불에 타서 사라졌으며 수만 명의 사람들이 고문을 당하고 죽었다. 남자들이 가장 먼저 살해되었고 그다음엔 여자들이 그리고 마지막으로 아이들이 죽어갔다. 많은 아이들이 이 잔혹 행위를 목격했으며 그중 살아남은 몇몇 덕분에 세상에 그 일을 알릴 수 있게 되었다. 당시 아이들이었던 세대는 여전히 그 상처를 안고 살아가고 있다.

많은 미국인들은 이 사건을 단순한 비극으로 일축해 버린다. 하지만 미국에게도 책임이 있다. 실제로 하늘을 빨갛게 물들이던 그날 밤, 과테말라 마을을 습격했던 군인들에게 무기를 대 주고 군사훈련을 시켜 준 것은 다름 아닌 미국 정부였다.

이후 국회 청문회에서 미국의 군 지도자들은 자신들이 저지른 학살을 옹호하고자 공산주의를 막기 위해서 그랬다고 변명했다. 하지만 그 당시 그렇게 죽임을 당한 사람들의 대부분이 공산주의라는 말은 들어 본 적도 없다는 사실에는 변함이 없다. 공산주의자들의 호위를 받아 무장하고 있었던 것도 분명히 아니었다. 대부분의 사람들이 마체테나 막대기, 그리고 자신의 가족과 집을 지키겠다는 의지만을 무기로 지닌 채 그렇게 세상을 떠났다. 사랑하는 사람들의 목숨이 위태로울 때 누구에게나 생기는 그런 의지 말이다.

앞으로는 우리가 과거에 저지른 실수를 거울 삼아, 어떤 이유로도 절대로 붉은 밤하늘을 보는 일이 없기를 바란다.